어제를 표절했다

어제를 표절했다

천 세 진

피서산장
감성을 깨우는 도서출판

어제를 표절했다

CONTENTS

3부 - 본성의 표절

4부 - 문화인종의 탄생

프롤로그

1

인문학에 대한 관심이 커진 지 꽤 되었다. 도서관이나 서점에 가보면 인문학 관련 서적들이 가득 꽂혀 있다. 신드롬으로도 불린다. 인간이 소외되고, 맘몬(Mammon, 탐욕의 천사)을 숭배하는 문화가 힘을 얻은 때문이라 진단한다. 그러면 현대 이전의 역사에는 돈을 숭배하지 않고 인간이 소외되지 않은 아프지 않았던 시대가 대부분이었을까?

이름을 얻은 것들은 존재감이 컸기 때문에 기록되고 회자된다. 맘몬이 등장하는 존 밀턴(1608~1674)의 『실낙원』은 350여 년 전인 1667년 간행되었다. 거기서 멈추지 않는다. 성경에서도 존재가 확인되고, 이름을 달리했을 뿐, 4~5천년 전으로 또 거슬러 올라간다. 맘모니즘 (mammonism, 拜金主義)은 어제 오늘 얘기가 아니다. 문자가 탄생한 이후 기록문화에 빠지지 않고 등장하는 주연배우였다. 밀턴의 기록에서 다른 이름을 하나 얻었을 뿐이다.

문자문명이 탄생한 지도 5천년이 넘었다. 유물을 통해 존재가 확인된 메소포타미아 문명권의 시조인 수메르문명의 문자가 5천년 전의 것이기 때문에 그렇게 추정하지만 더 오래 되었을지 모른다. 아직 역사적 위치를 배정받지 못한 인도 캠베이만 해저에서 발견된 도시 문명은 기원전 7500년경 형성된 것으로 추정되고, 인류 최초의 도시로 인정받고 있는 터키 아나톨리아 반도 코니카 근처에서 발굴된 카탈 후유크(Catal Huyuk)는 기원전 6500년경 조성된 것으로 추정된다. 지금으로부터 8500~9500년 전의 일이다.

인류 문명 초기의 도시들에서 문자가 발견되지 않았다고 해서 문자의 존재를 완전히 배제할 수는 없다. 최초의 도시에서 수메르 문명권까지의 약 4천년 동안 문자 없이 도시문명이 탄생했다고 보는 것은 쉽게 납득되지 않는다. 문자를 기록한 재료 때문에 남아있지 않을 가능성도 있다. 잉카제국이 문자 없이 화려한 문명을 일구었다고 하지만 잉카 문명권에도 매듭문자 '키푸'가 존재했다. 매듭문자로 고도의 문명을 일군 것이 오히려 놀랍다.

도시문명은 자본, 계급, 종교 등의 사회적 시스템을 배경으로 형성되었다. 따라서 현대인들이 겪는 삶의 문제들은 최소 1만년의 역사를 가진 것으로 보는 것이 옳다. 현대문명이 만들어낸 것이라고 여기는 독창적인 문화 콘텐츠들조차 완전히 새로운 것이 아닐 수 있다.

당대 문명이 이전 문명과는 다른 문화적 요소들로 이루어졌다는 믿음은 어느 시대에나 있었다. 물질적 양상에 주목하면 그 믿음에 손을 들어줄 수도 있지만, 다르게 보이는 시대별 양상의 뿌리를 들춰보면 서로 닮아 있다.

다르면서도 닮은 모습을 해석할 담론이 필요하다. 서로 다른 집과 음식점에서 쏟아져 나와 '세계광장'에 모인 군중의 모습에서 담론의 단초를 얻을 수 있다. 사람들은 모두 다른 옷을 입고 있다. 그들의 다름은 옷에서만 발견되지 않는다. 피부색, 언어, 음식, 집, 음악, 춤… 이루 헤아릴 수 없는 문화적 면면들에서 서로 다른 문화 유전자가 추출된다.

한 공간에서 태어났지만 같은 인종이 아니고, 다른 공간에서 태어났지만 같은 인종이다. 수십 명, 때로는 단 한 사람만으로도 새로운 인종으로 불린다. 한 집안에서 형제자매로 태어나 문화를 만들지만 결코 같은 문화를 만들지 않는다. 우리는 한 사람 한 사람이 서로 다른 '문화인종(人種)'이다.

수전 손택은 이렇게 말했다. "스타일은 예술작품 안의 결정 원칙이요, 예술가가 자필로 서명한 의지다. (…) 인간의 의지가 취할 수 있는 태도는 무한정하므로 예술작품의 스타일도 무한정하다."[1]

손택이 말한 스타일은 모든 영역에 적용될 수 있다. '문화인종'을 만든 것이 바로 그 무한정한 '스타일'이기 때문이다. 인간이 만든 '문화벼룩시장'에는 백사장 모래알만큼이나 많은 '스타일'이 펼쳐져 있다. '문화인종'이 무수히 많은 건 그 때문이다. 모래알처럼 널린 스타일의 '게놈'을 분석하면 인간을 해석할 수 있는 핵심 줄기를 찾을 수 있을 것이다.

어제를 표절했다

2

인간은 창조와 복제 사이를 오가는 존재다. 시인 비슬라바 쉼보르스카(Wislawa Szymborska, 1923~2012, 폴란드, 1996년 노벨문학상 수상)는 이렇게 노래했다.

두 번은 없다. 지금도 그렇고
앞으로도 그럴 것이다. 그러므로 우리는
- 중략-
우리가, 세상이란 이름의 학교에서

가장 바보 같은 학생일지라도
여름에도 겨울에도 낙제란 없는 법.
반복되는 하루는 단 한 번도 없다.
두 번의 똑같은 밤도 없고,
두 번의 한결같은 입맞춤도 없고,
두 번의 동일한 눈빛도 없다.

– 「두 번은 없다 Nic dwa razy」 중에서[2]

시인이 주목한 것은 유일성이다. 인간은 아무리 하찮은 존재라도 어느 것과도 비교할 수 없는 유일한 존재다. 그 때문에 모든 시간이 창조적이고, 모든 행동이 새로운 창조라는 당위성을 갖는다. 하지만 모든 이가 쉼보르스카의 시각으로 바라본 것은 아니다. 프리드리히 니체(1844~1900)는 이렇게 말하고 있다.

한 가지 가르침이 선포되었고
그것과 나란히 한 가지 신앙이 퍼졌다.
모든 것은 공허하다. 모든 것은 동일하다.
모든 것은 이미 있었던 것이다!
그러자 모든 언덕으로부터 메아리가 들려왔다.
모든 것은 공허하다. 모든 것은 동일하다.
모든 것은 이미 있었던 것이다![3]

니체의 생각에 따르면, 인간과 문화는 이미 있었던 것의 복제다. 삶의 속성과 행동양태를 분석해보면 니체의 말 또한 인정하지 않을 수 없다. 쉼보르스카와 니체가 갈파한 두 진리의 외침인 '유일성'과 '복제성'이라는 딜레마 사이에서 삶을 지탱해 줄 조화로운 답을 얻어야 한다. 답을 얻지 못하면 공허한 복제의 메아리 속에서 근거 없이 유일성을 외치다가 허망하게 스러질 것이다. 쉼보르스카는 유일성과 복제성을 연결해주는 문의 열쇠 하나를 보여준다.

> 레이크스 미술관의 이 여인이
> 세심하게 화폭에 옮겨진 고요와 집중 속에서
> 단지에서 그릇으로
> 하루 또 하루 우유를 따르는 한
> 세상은 종말을 맞을 자격이 없다.[4]

– 「베르메르」 전문

쉼보르스카가 준 '황금 키'는 중단되지 않는 일상이다. 니체의 눈으로 보면 복제의 연속이지만, 쉼보르스카의 눈으로 보면 창조적 삶의 연속이다. 하지만 연속 그 자체만으로는 답이 될 수 없다. 연속성의 연료가 중요하다.

연료는 바로 '스타일'이다. 복제로 보이는 반복적 일상 속에 스타일을 버무려 넣어야 평범한 일상이 창조적 나날로 변신한다. 스타일은 무작위로 선택하면 안 된다. 유행에 들떠 구매한 스타일로 만든 연속성은 창조의 문을 열 수 없는 '버블 키(Bubble Key)'다. 베르톨트 브레히트는 이렇게 충고한다.

> 유혹받지 말라!
> 다시 오는 삶은 없다.

(…)

기만당하지 말라!

삶은 얼마 되지 않는다.

(…)

현혹당하지 말라!

너희에게 시간이 그리 많지 않다!

– 「유혹받지 말라 Gegen Verf hrung」 중에서

유혹과 기만에 넘어가지 않고 만든 스타일만이 '황금 키'가 될 수 있다. 스타일은 세 가지 핵심 요소에 의해 만들어진다. 공간, 시간, 본성이 인간을 '문화인종'으로 만들어주는 '스타일'의 3원색이다.

'스타일'은 쉽게 만들어지지 않는다. 모든 인간은 지구상의 유일한 '문화인종'이지만, 당당한 문화인종으로 존재하는 것은 쉽지 않다. 혹독한 자연환경으로 연마되고, 화려하면서도 잔인한 문화 환경 속에서 사포질과 옻칠을 거쳐야만 연주가 끝나고도 계속해서 커튼콜을 받는 멋진 '문화인종'이 될 수 있다.

3

문학과 인문학이 치유의 힘을 갖고 있다고 말한다. 인문학을 말할 때 '힐링'이 함께 떠오르는 이유다. 하지만 의문이 들었다. 곳곳에서 치료가 이루어지고 있는 데도 우리가 사는 세상이 기대한 만큼 '살 만'하지 않았기 때문이다. 인문학에 대한 의문을 갖게 되었고, 뭔가 빠진 것이

있다고 느껴졌다. 마차를 제대로 굴러가게 할 살이 촘촘한 바퀴 같은 책이 필요하다고 생각했다.

다양한 인문학 책이 존재한다. 철학자의 사상을 빌려 이야기를 전개하는 인문학 책도 있고, 장르를 넓혀 음식, 음악, 미술을 소개하는 책도 있다. 모든 것이 인간과 맞닿아 있으니 장르가 넓혀지는 것은 당연하다.

하나의 장르를 택해 우물을 깊게 파면 땅속에서 맑은 물이 솟아오른다. 하지만 동시에 우물 안 개구리가 될 수도 있다. 우물에 갇혀 있지 않고 다양한 생각의 우주를 우물물에 비추어 보기 위해서는 무엇이 필요할까를 고민했다. 고민 끝에 모든 장르의 이야기를 하나의 책에 담아보기로 했다.

무작정 담을 수는 없는 일이어서 하나의 깃발이 필요했다. 모든 생명체와 모든 문명에는 '다름'이 있다. 그리고 그 다름은 일정한 패턴을 갖고 있다. 그 다름의 패턴 즉, '스타일'을 사유의 깃발로 정했다. 그동안 인문학이 가장 홀대했던 자연과학과 동물학, 식물학, 생태학, 지리학 등은 물론이고, 음식, 건축, 의상, 음악, 도시 등의 여러 이야기들을 총망라했다.

인문학을 바라보는 관점도 어느 한 학자의 사상이 아니라, 공간, 시간, 자연적 본성이라는 관점으로 바라보고 이야기를 풀었다. 그렇게 해서 모든 인간은 각자가 유일한 '문화인종'이라는 개념도 탄생했다. 마치 복사된 것처럼 자연계의 삶과 인간계의 삶이 닮아 있는 가운데, 인간계를 개별적이고 의미 있는 삶으로 어떻게 해석해 낼 것인가에 대해 깊이 고민했다.

인간과 세계를 한 눈에 조망할 수 있는 '사유의 문'을 열 '황금 키'가 인문학 세계 어딘가에 분명히 존재할 것이다. '황금 키'가 '스타일'일 수는 있겠지만 어느 한 장르의 우물에 담겨 있지는 않을 것이다. 그래서 모

어제들 표절했다

든 우물을 들여다보고 작은 답을 내보려 한 것이다. 답으로 가는 길을 조금은 보여주었기를 기대한다.

*

글을 기획하고 6년이란 시간이 흘렀다. 책을 쓰기 위해 다양한 장르의 권위 있는 책들을 탐독했다. 책을 쓰겠다는 결심 이전에도 문학에만 집중하지 않고, 문화인류학을 비롯해 도시사회학, 신화, 음악, 건축, 대중문화, 정치, 역사, 미술 등 다양한 장르를 공부해온 것이 도움이 되었다. 시인의 글에도 모든 장르의 정수가 담겨야 한다고 믿었기 때문이다.

그런 공부가 쌓여 어느 날 문득 원고의 첫 장이 펼쳐졌다. 다양한 장르의 이야기 속 톱니를 맞추려다 보니 원고가 모습을 갖춘 후에도 2년 넘도록 수정을 했다. 수백 권의 책을 읽은 후에 고민하고 사유한 것을 달이고 달여 하나의 책이 나오게 되었지만, 아직도 곳곳이 아쉽고 부끄럽다. 많은 것을 담으려는 욕심 때문에 깊이를 더하지 못한 점이 특히 그렇다.

아득하게 펼쳐져 있는 인문학의 길에서 '황금 키'를 품은 인문학을 꿈꾸는 '피서산장'과 인연을 맺게 되었다. '피서산장'의 웅숭깊은 속내를 들을 수 있었다. 힘든 길이지만, 이야기를 나누며 함께 걸어간다면 그것도 행복한 일이다. 이번에 피서산장에서 나의 이야기를 들어주었다. 깊은 고마움을 전한다.

갈대처럼 흔들리던 삶을 지켜준 아내 은경, 두 아이 희은, 훈범, 그리고 사랑하는 가족들에게 고마움을 전한다. 이 책을 바치는 것으로는 많이 부족할 것이다.

1부 인간의 표정

지구라는 공간이 탄생했고, 지구만의 시간이 흐르기 시작했다. 공간과 시간 속에서 각양각색의 생명이 움트기 시작하자, 스타일이 탄생했다.

모든 생명체는 어미에게서 태어나고, 어미는 더 큰 어미에게서 태어난다. 어미의 이름은 '공간'이다. 어미의 모습은 너무도 크고 다양하여, 단 하나의 이름으로 부를 수 없다.

인간은 '공간'이란 어미의 젖을 빨며 인간으로 만들어진다. '공간'은 인간만이 아니라 무수한 다른 생명체에게도 젖을 물리고 있다. 인간과 모든 생명체는 젖형제다.

1장
공간에 복종하라

● 공간이 만든 운명

같은 날 같은 시간에 출생한 두 아이의 운명을 역술가에게 묻는다면 같은 답이 나올지 모른다. 하지만 한 아이는 미국에서, 한 아이는 팔레스타인에서 태어났다면 얘기는 달라진다. 서로 다른 공간에서 출생한 두 아이는 성장하면서 전혀 다른 문화적 스타일을 갖게 된다. 이라크와 아프가니스탄에서 일어난 전쟁과 뉴욕의 쌍둥이 빌딩이 무너진 사건을 같은 시각으로 보지 않을 것이다.

두 아이를 다르게 만든 것은 공간이다. 모든 인간은 자연공간과 문화공간의 영향 속에서 스타일을 만든다. 자연공간의 지역적 개별성은 스타일을 다양하게 분화시켰다. 때문에 그 자체로도 문화적 공간으로서의 의미를 동시에 갖는다.

러디어드 키플링(1865~1936, 영국, 1907년 노벨문학상 수상)이 1894년 발표한 동화 모음집 『정글북』에는 늑대에 의해 키워진 '모글리'가 등장한다. 자신의 정체성을 찾고 싶었던 모글리는 결국 인간세계로 돌아가 친부모를 만나고, 마을사람들과 어울려 살게 된다.

소설 속이 아니라 실제로 모글리와 같은 존재가 발견된 적이 있었다. 그러나 그 아이는 인간 사회에 적응하지 못했다. 인간의 공간에서 성장한 것이 아니라, 자신을 키워준 동물의 공간에서 성장했기 때문이다. 모글리도, 에드거 라이스 버로스의 소설 『유인원 타잔』(1914)의 주인공 타잔(Tarzan)도 책 속에서 걸어 나와 현실로 들어온다면 이야기는 절대 해피엔딩으로 끝날 수 없다.

자연공간에서 태동했지만, 각 문화집단이 개별성을 갖고 분화시킨 문화공간은 오랜 시간 동안 서로 다른 문화적 사건이 개입되면서 자연공간이 만들어준 것과는 비교할 수 없는 다양한 스타일로 분화되었다.

문화공간에서 만들어진 스타일은 오랫동안 개별성을 유지했다. 고대시대에도 '초원로드'나 '실크로드'로 상징되는 문화 교통(交通)으로 문화집단들이 영향을 주고받았지만, 큰 틀에서는 어느 정도 독립성을 유지했다.

유럽 제국들의 식민지 개척으로 '1차 세계화'가 진행되었고, 그 과정에서 독립적으로 유지되던 문화스타일의 괴멸이 시작되었다. 문화적 대등함에 대한 고려는 전혀 존재하지 않았다. 잉카, 아즈텍을 비롯해 아메리카, 아프리카, 아시아 등 비유럽지역 전역에서 수많은 문화공동체가 '1차 세계화' 시대에 사라졌고, 살아남은 경우에도 기형적으로 변했다.

20세기 들어 기술문명에 근거한 '2차 세계화'가 진행되었다. 겉으로는 '1차 세계화' 때처럼 참혹한 문화집단 살해와 문화적 압살이 진행되지는 않았지만, 속 내용은 크게 달라지지 않았다. 지금도 경제력이 강한 나라의 문화가 약한 나라의 모세혈관까지 침투해 들어가는 문화 삼투압 현상이 진행되고 있다. 세계화는 문화적 독립성을 갖고 있었던 공간들을 무력하게 만들고 있다. 앞으로도 각각의 문화집단이 오랫동안 축적해온 문화적 스타일에 치명상을 입힐 것이다.

● 선천적, 후천적 결정 스타일

인간의 스타일은 자연공간과 문화공간에 의해 만들어진다는 개념 구분 외에 '선천적 결정 요소'와 '후천적 결정 요소'라는 개념으로도 구분할 수 있다.

스타일을 만드는 선천적 결정 요소는 성(性), 인종, 민족처럼 스스로 선택할 수 없는 것들로, 외형적인 면과 집단의 모습에서 특징적으로 나타난다. 후천적 결정 요소는 직업, 거주지, 취미 등 자발적으로 선택하여 '차이'를 만드는 것들로, 개인의 행동 양상에서 특징적으로 나타난다. 스타일의 다양성은 후천적 결정 요소에 의해 더 화려하게 분화된다.

전근대 시대와 전통을 중시하는 문화권에서는 선천적 결정 요소가 후천적 결정 요소를 압도하며 개인의 문화적 성장을 제어했다. 현재는 계급이 후천적 결정 요소이지만, 신분제도가 명확하게 존재했던 시대에는 선천적 결정 요소였다. 현대사회와 다양성을 중시하는 다인종, 다문화 사회에서는 후천적 결정 요소가 선천적 결정 요소를 압도하며 스타일 형성에 영향을 끼친다.

문화집단은 '선천적 결정 요소'와 '후천적 결정 요소'의 혼합물이다. 하나의 집단은 언어, 음식, 옷, 학습과정 및 학습형태, 남녀 관계에 대한 인식, 성인이 되는 통과의례, 연애와 결혼의 형식, 가정을 이루는 형태 등 모든 것에서 타 집단과는 다른 스타일을 갖고 있다.

문화집단이 갖고 있는 스타일은 새로 태어나는 구성원에게 거의 강제적으로 전수된다. 누구든 자신이 속한 문화공동체가 갖고 있는 문화스타일을 익히지 않으면 그 문화권 안에서 살아가는데 심각한 어려움을 겪게 된다. 문화 요소들 중에 불합리한 것들이 많다 해도 따르지 않을 수 없다.

타 문화집단과 다른 스타일의 문화환경이 만들어지는 데는 오랜 시간이 걸리지만, 일단 문화적 정체성으로 굳어지고 나면 변화와 일탈에 대한 반감과 경계는 소요된 시간만큼이나 강고하게 유지된다. 이슬람 사회에서 벌어지는 '명예살인'은 비이슬람권 사회의 눈에는 반인권적 범죄이자 비인간적 문화지만, 그들 문화권 내에서는 여전히 사라지지 않는 관습으로 존재하고 있다. 양상은 다르겠지만, 모든 문화권에 그와 같은 어두운 관습이 존재할 것이다.

전통적 문화환경과 선천적 결정 요소가 강하게 작용하는 완고한 문화 속에서도 변화의 의지는 늘 발견된다. 이슬람권 여인들이 착용하는 부르카에도 자신들만의 스타일이 존재하고, 동일한 교복을 입어야 하는 한국의 학생들은 길이를 줄인다거나 폭을 변형시켜 자신만의 스타일을 만든다. 같은 노래라도 똑같이 부르지 않는다. 이런 작은 시도에서부터 자신만의 스타일이 만들어진다.

집단뿐 아니라 개인의 문화스타일도 '선천적 결정 요소'와 '후천적 결정 요소'의 혼합물이다. 어떤 자리에 모두가 한국의 전통의상인 한복을 입고 참석해야 한다면 그것은 선천적 결정 요소의 영향이다. 하지만 그 안에서 발견되는 각기 다른 한복 디자인은 후천적 결정 요소의 영향이다. 스타일은 그렇게 창조된다.

두 요소는 좋은 관계로만 유지되지 않는다. 선천적 결정 요소는 변화와 변형을 싫어하고 보수적이다. 변화와 변형은 전통에 대한 도전으로 받아들여진다. 전통적 문화스타일은 외부에서 강제된 강력한 힘이 아니고서는 쉽게 바뀌지 않는다. 외부의 강력한 힘이 작용하는 와중에도 변화는 순탄하게 이루어지지 않는다. 1895년(고종 32년) 일본의 강요로 전국에 단발령이 내려졌을 때는 의병이 일어나기도 했다. 미국의 강요로 1854년 문호를 개방한 일본에서도 서양식 문화스타일이 순탄하게 정착된 것은 아니었다.

후천적 결정 요소는 변화를 지향하고 독창성을 추구한다. 진보적이고 반항적이다. 개인적 이해관계에 따라 외부에서 강제된 것들을 훨씬 유연하게 수용한다. 기존 사회에서 선천적으로 기득권을 누릴 수 없었던 계층에 속한 사람이라면 능동적으로 변화를 받아들인다. 당연히 지키려는 구성원과 바꾸려는 구성원 사이에 충돌이 생길 수밖에 없다. 그 때문에 선천적 결정 요소와 후천적 결정 요소 사이의 충돌은, 식민지 통치처럼 외부에서 강제된 강력한 힘에 의해 정치적, 계급적 시스템이 바뀔 때 가장 극적으로 나타난다.

● 선천적 결정 요소가 만드는 스타일

변화를 거부하는 집단의 문화적 태도와 변화를 추구하는 개인의 문화적 태도 중에서 보다 강력한 힘을 갖고 있는 것은 집단의 문화적 힘이다. 보수적 성격의 그 힘은 불합리하다는 비난 속에서도 쉽게 약해지지 않고 사라지지도 않는다.

한국의 결혼식은 서구 문화의 영향에 의해 겉모습은 바뀌었지만 여전히 식이 끝나고 나면 남성 집안 중심의 폐백이 이루어진다. 남녀가 평등해져야 한다면서도 다른 한쪽에서는 이전의 문화스타일이 강요된다. 명절(추석, 설) 문화 속에도 많이 약화되기는 했지만 여전히 남성 중심 문화의 잔재가 남아있다. 공개된 장소에서 담배를 피우는 여성의 뺨을 치는 나이든 남성들의 행동도 보수적 문화의 완고한 폐쇄성에서 나온 것이다.

자본주의의 성장은 개인주의를 함께 성장시켰다. 자본주의의 성장에는 개인의 성장이 필수적이었다. 집단의 이해만 강조되는 문화 속에서는 다양한 소비 형태가 발달하기 어렵기 때문에 개인주의가 성장하면서 문화스타일에 대한 후천적 결정 요소의 영향이 강해졌다.

현대사회에서 개인을 강조하는 경향은 더욱 두드러진다. 인류 문명이 발전해왔다는 역사적 견해 중 하나가 개인의 자유와 권한이 확대되었다는 것이므로 환영할 만한 일이다. 귀족과 왕족, 부유층들만 누렸던 자유와 권리를 이제는 대부분의 사람들이 누리고 있다.

하지만 개인을 지나치게 강조하면서 중요한 축 하나가 무너지고 있다. 오랫동안 구축해온 문화적 요소들이다. 비합리적인 요소들은 걷어내면 되지만, 무조건 구악으로 일소해 버리면 공백이 발생한다. 우리가 지금 겪는 혼란은 그런 공백과도 무관하지 않다. 어느 사회의 문화든 오랜 시간 지속되어 온 것은 비합리적 요소만큼이나 합리적인 요소가 존재했기 때문에 시스템이 이어진 것이다.

● 비워지고, 채워지는 스타일

기술문명의 발전과 사회시스템의 혁명적 진화로 인해 전 세계적으로 문화적 격변기를 맞았지만, 시야를 좁혀 한국을 보면 외부에서 온 강력한 새로운 시스템들에 의해 어느 나라보다도 심한 문화적 격변을 겪었다.

다른 문화공간에서 만들어진 스타일이 또 다른 문화공간에 유입되어, 갈등이 최소화되면서 안정적으로 정착되는 데는 일정한 시간이 걸린다. 문화는 땡감이 홍시가 되듯 익는 기간이 필요하다. 숙성기간을 거치지 않으면 깊은 뿌리를 내리기 어렵다. 한국사회는 불운하게도 일본이나 미국에서 만들어진 문화들을 받아들이는 과정에서 숙성시간을 여유 있게 갖지 못했다. 날 것 그대로 겉모양만 바꾸어 내놓아야 했다. 한국적인 스타일로 바꾸기 위해서는 마라톤 주법으로 달려야 했으나, 단거리 주법으로 달려왔다. 문제가 안 생겼다면 그것이 오히려 이상하다.

이 시점에서 인문학은 어떤 역할을 해야 할까? 인문학은 선천적 결정 요소와 후천적 결정 요소의 변화를 읽어내고 설명해 줄 필요가 있다. 문화환경의 변화가 인간의 문화적 DNA 변형에 상당한 영향을 미치기 때문이다. 자고 일어나면 새로운 스타일이 사방에서 물밀 듯 밀려오고 공장에서 정신없이 새로운 스타일이 생산되고 있는 지금, 인문학이 정신을 바짝 차려야 하는 시점이다.

현대인들은 후천적 결정 요소에 대한 맹신에 빠져 있다. 개인의 창의성이 모든 가치를 압도한다. 다른 가치를 압도하고 탄생한 창의적인 것들이 과연 완전히 새로운 것일까?

겨울이 끝나기도 전에 의류회사들은 다가오는 봄에 유행할 봄 패션을 선보인다. 그들은 예언자가 아니다. 그들이 판매할 옷을 만들어 놓고 대중의 취향을 그 방향으로 인도하는 것뿐이다. 자본주의는 공장에서 스타일을 만든 뒤에 개별화를 강조하며 그 상품을 판다. 결국 대중은 공장에서 만들어진 스타일을 구매하는 것일 뿐이다. 대중은 공장 생산품 중 하나를 선택한 뒤에, 자신의 의지와 선택으로 자신만의 스타일을 만들었다고 믿는다. 하지만 실제로는 의류회사가 만들어 놓은 여러 선택지 중 하나를 선택했을 뿐이다.

새로운 스타일이 무작위로 취해질 수는 있지만, 상품 중에서 고민 없이 선택한 것을 자신의 문화적 정체성이라고 할 수는 없다. 상업적 문화 스타일에서 정체성을 찾는 것은 자기정체성을 만들어가는 올바른 방식이 아니다. 그것은 진정한 의미의 후천적 결정이 아니다.

● 지식의 유행과 가치

인문학에도 유행이 있다. 여러 전문가들이 미셸 푸코를 언급하면 너도 나도 푸코를 읽고, 지젝이 유행을 타면 지젝을 읽는다. 지식도 유행상품을 구입하듯이 구매한다. 그것은 후천적 결정권을 행사하는 것도 아니고 자신만의 스타일을 만드는 것도 아니다. 오히려 유행하는 지식에 대해 의심을 가져야 한다. 지식은 선구자의 모습만을 가진 것이 아니다. 지식도 권력과 이익을 좇는다.

지식인은 전제군주에게 지식을 팔던 시기에서, 귀족계급에게 팔던 시대를 거쳐 이제는 대중에게 지식을 파는 위치로 변신해왔다. 손자병법을 쓴 손자의 지식이 제왕이 지배하던 고대시대에 1,000억의 가치를 지녔다면, 귀족계급의 시대에는 10억, 대중의 시대인 현 시대에는 단돈 1만원의 가치를 지닌다. 고대시대에는 절대 권력자의 입맛에만 맞으면 됐고, 중세시대에는 후원하는 소수 귀족 계급의 입맛에만 맞으면 됐지만, 이제는 대중의 입맛에 맞춰야 한다.

입맛을 맞춰야 할 대상이 늘어난 것은 부담이지만, 지식인들이 자유로이 생각을 펼칠 수 있게 된 것은 긍정적이다. 덕분에 다양한 스타일의 지식결과물이 탄생했다. 여전히 누군가의 입맛에 맞춰야 하지만, 이제는 지식인 자신이 시장을 주도할 수도 있다. 인문학의 본질에서 벗어난 것이라고 해도 운이 좋다면 다수 대중이, 운이 없더라도 소수 대중이 자신을 지지할 가능성이 남아 있기 때문이다. 대중이 지식인의 실체를 정확히 인식해야 하는 이유다.

시대변화에 따라 지식이 제공하는 인문학의 모습 또한 다양하게 변화했다. 그러나 문화환경에는 변하지 않는 본질이 있다. 인문학은 변하지 않는 본질을 중심으로 이야기해야 한다. 새로운 스타일은 5천년을 산 바오밥나무의 집채만 한 몸에서가 아니라 겨우 몇십 년 된 나무의 가느다란 가지에서 피어난 이파리에 불과한 것일 수도 있기 때문이다.

2장
문화인종의 탄생

● 자연 환경과 문화 환경

자연환경과 문화환경은 인간을 문화적 존재로 만들어주는 핵심 요소다. 출발점은 자연환경이다. 자연환경은 모든 인간의 모태이자, 인종 개념으로 구분되는 다양한 인간을 탄생시킨 인큐베이터실이다.

찰스 다윈은 갈라파고스 군도에 격리되어 살면서 부리가 다양하게 진화한 핀치새에 대한 연구를 통해 각각의 섬으로 격리된 상황이 새로운 종으로의 진화에 영향을 미쳤다는 사실을 밝혀냈다. 다윈의 학설은 인간에게도 적용된다. 초원을 달리는 아프리카인들의 달리기 능력이나, 럭비계에서 두각을 나타내는 마오리족의 근력은 타 지역 인간들과는 다르게 진화해 온 유전적 결과물이다.

자연환경은 인간 종을 큰 분류인 백인, 흑인, 황인종으로 분화시켰다. 하지만 자연환경은 열대, 아열대, 온대, 한대 등의 기후대로만 구분되지 않는다. 하나의 기후대 안에서도 다양한 환경이 존재한다. 이처럼 다양한 자연환경은 큰 분류인 황인종의 줄기를 한족, 몽골족, 북미 인디언, 이누이트족으로 다시 세분화시켰다. 지역마다 생태적으로 차이를 갖고 있는 자연환경이 유사한 혈통을 가진 인종을 다양한 삶의 양식을 가진 문화집단으로 변화시킨 것이다.

인간은 자연환경을 통해서만 문화적 존재로서의 모습을 갖춘 것이 아니다. 자연환경에 더해 기술, 종교 등 유무형의 독특한 요소를 기반으로 하는 문화환경을 존재의 집으로 만들었다. 애초부터 차이를 가졌던 자연환경을 통해 서로 다른 문화적 존재로 나뉜 인류는, 문화환경을 통해 다시 한 번 세분화된 문화적 존재로 나뉘며 오늘날의 다양한 문화집단으로 존재하게 된 것이다.

● **자연환경과 문화환경의 차이**

자연환경과 문화환경은 분명한 차이점이 있다. 자연환경은 지리적 특징으로 구분되는 개별적 영역을 갖는다. 그 영역의 영향에서 벗어나려면 영역을 떠나면 되지만 벗어나는 순간 고유의 특성은 의미를 잃는다.

문화환경은 자연환경보다는 영역의 제한을 덜 받는다. 세계화는 영역을 넘나드는 문화환경의 특성 때문에 만들어진 현상이다. 어느 지역에 살든 새롭고 더 나은 문명을 필요로 하는 욕구가 존재하기 때문에 지리적 한계를 뛰어넘는 문화 광역화가 이루어진 것이다.

문화환경은 자연환경에 순응하려고만 하지는 않는다. 그런 점 때문에 자연환경과 문화환경을 대립적인 관계로 볼 수도 있다. 그러나 두 환경은 독립적으로 존재하지 않고, 갈등과 조화를 반복하며 이어져 왔고, 그런 관계는 지금도 지속되고 있다.

인류 문명 초기의 문화집단은 무수한 작은 단위로 구성되어 있었다. 그 시기에 강력한 지배력을 행사한 것은 자연환경이었다. 자연환경의 영향력에서 벗어나려는 노력으로 문화환경의 지배력이 커졌고, 작은 단위로 나뉘어 있던 문화집단들이 통합되기 시작했다. 그 결과 국가와 민족 같은 거대 문화집단이 탄생했다. 문화환경은 계속 변화하고 있다. 불과 1세기 전만 해도 인류의 대부분이 '농촌'이라는 문화환경 속에서 살았다. 이제는 대부분이 '도시' 속에서 산다.

문화환경의 변화 양상을 살펴보면 획일화와 통합의 경향을 보인다. 문화환경이 세계화를 만들어냈는데, 이제는 세계화가 문화환경을 급속하게 변화시키고 획일화시키고 있다. 획일화는 '경제'가 주도한다. 개인이든 집단이든, 다른 개인이나 집단과 문화적 차이를 이루려는 '분화(分化)'에 대한 욕구가 강렬하지만 그 욕구는 '경제'가 주도하는 통합의 욕구가 압도한다. 시장 단일화를 통하여 더 큰 이득을 얻으려는 욕구는 작지만 다양한 욕구들을 시장에서 밀어내고 있다.

획일화되고 통합된 모습이 바람직한 목표점인지는 의문이다. 문화환경의 획일화에도 불구하고 또 다른 배경인, 쉽게 변하지 않는 자연환경이 여전히 삶의 근거이기 때문이다.

● 자연 환경과 문화 환경의 관계

지리적으로 떨어진 사람들은 문화환경은 공유할 수 있어도 자연환경은 공유할 수 없다. 그럼에도 불구하고 자연환경에 억지로 문화환경을 적용하려 들면 이제까지 각각의 자연환경이 다양하게 길러낸 결과물들 간에 충돌과 괴리가 일어날 수밖에 없다. 어느 한쪽에 무게를 두고 그 기준으로 모든 것을 바꾸려 하면 긍정적인 결과보다는 부정적인 결과를 거둘 우려가 크다.

자연환경과 문화환경은 영향을 주고받으며 작동한다. 자연환경은 문화환경의 탄생에 영향을 미친다. 성경에 등장하는 '카인과 아벨'의 사건에서 카인이 하나님에게 홀대를 당할 만한 어떤 일을 했다는 기록은 드러나지 않는다. 유추할 수 있는 것은 카인과 아벨의 직업이 갖고 있는 사회적 의미다. 카인은 농업인이었고, 아벨은 유목업에 종사했다. 사막과 오아시스로 대표되는 서남아시아의 생활터전에서 주업은 유목이었지 농업이 아니었다. 당연히 아벨의 직업이 민족적 정통성을 갖는다.

서남아시아 지역에서는 돼지를 부정(不淨)한 동물로 취급한다. 돼지는 유목을 할 수 있는 동물이 아니다. 정주형(定住形) 동물이고, 풀만으로 키울 수 없고, 물을 많이 소비한다. 서남아시아의 자연환경에 맞지 않기 때문에 부정한 동물이 되었다. 이처럼 자연환경이 종교적 방향성과 동물에 대한 도덕적 인식을 만들어내기도 했다. 이슬람의 할랄[1], 유대교의 코셔[2]도 환경적 영향 속에서 탄생해 교리로 굳어졌다.

개별적인 자연환경의 영향을 받아 독자적인 문화가 형성된 공간을 차별적이고, 우열을 가릴 수 있는 문화적 시스템을 가진 공간으로 이해해서는 안 된다. 인류학자 클로드 레비-스트로스가 갈파한 것이 그것이다. 아마존과 뉴욕은 다른 모습을 갖고 있다. 아마존 부족사회는 문화적 변화가 심하지 않은 정적인 사회다. 구성원 수가 적고 구성원의 변동도 거의 없다. 경쟁은 제한적이고, 삶의 스타일을 크게 바꿀 이유도 없다.

반면에 뉴욕은 동적인 열기를 발산하는 공간이다. 많은 인간들이 모여 경쟁하고 문명을 계속 발전시켜가는 치열함이 가득찬 사회다. 구성원도 수시로 바뀐다. 그 같은 확연한 차이 때문에 뉴욕에 사는 사람들은 아마존 부족에게 제대로 된 문화가 존재하지 않는다고 생각할 수 있다. 하지만 클로드 레비-스트로스는 두 사회의 구조적 차이는 없다고 이해

---

1 이슬람의 율법에 따라 먹는 것이 허락된 음식과 사용이 허락된 제품.
2 유대교의 율법에 따라 식재료를 선택하고 조리한 음식.

했다.

　태어나서 공동체의 문화를 배우고 그 문화에 따라 성인으로 성장하고, 가족을 구성하고, 삶을 영위해가는 과정에서는 아마존과 뉴욕이 서로 다르지 않다. 뉴욕은 몹시 복잡하고 삶에 영향을 미치는 크고 작은 요소들이 도처에 널려 있을 뿐이다. 뉴욕이 누리는 많은 문화들은 좀 더 다양한 놀이들에 불과할지 모른다.

● 문화인종

　클로드 레비-스트로스에게서 인간의 문화를 이해하는 중요한 실마리를 얻을 수 있다. 그는 문화의 수(數)에 대해 이렇게 언급하고 있다.

　　인종과 문화가 관련되어 있다는 개념에 반대하여, 인류학은 오래전부터 두 가지 논점을 입증해왔습니다. 첫째, 존재하는 문화들의 수입니다. 특히 지구상에는 2~3세기 전부터 존재하던 문화가 지금도 존속되고 있을 만큼 문화의 수는 인종의 수와 비교할 수 없을 만큼 많습니다. 더 면밀한 조사에 따르면, 문화가 수천 개라면 인종은 12~24개에 불과합니다. 그러나 같은 '인종'에 속한 사람들이 만든 두 문화가 '인종'이 다른 두 집단에서 나온 두 문화만큼이나 차이가 날 수도 있고, 심지어 더 큰 차이가 나기도 합니다.

　　둘째, 문화적 유산은 유전적 유산보다 더 빨리 진보합니다. 우리의 증조부모가 알고 있던 문화와 우리가 아는 문화는 다릅니다. 심지어 고대 그리스 및 로마인의 생활양식과 18세기 우리 조상의 생활양식 간의 차이보다, 18세기 우리 조상의 생활양식과 오늘날 우리의 생활양식 간의 차이가 더 크다고도 할 수 있습니다. 그러나

어제를 표절했다

우리가 물려받은 유전적 특징은 거의 그대로 유지하고 있습니다.[5]

레비-스트로스의 글에서 하나의 개념을 만들어 볼 수 있다. 신체적으로 드러난 인종의 개념 말고, 문화적 요인들에 따라 차이를 갖게 된 사람들을 '문화인종'으로 부를 수 있다. 레비-스트로스의 견해를 적용하면 같은 공간, 같은 시간을 살아가는 사람들도 서로 다른 '문화인종'으로 볼 수 있다. 한 사람 한 사람을 구성하고 있는 문화 유전자가 서로 다르기 때문이다. 심지어 쌍둥이조차도 다른 '문화인종'에 속한다.

그럼 인문학은 현대문명 속의 자연환경과 문화환경을 어떻게 해석해야 할까? 많은 인문학 언설(言說)들이 자연환경을 이익과 치유의 공간으로 설정하고 있다. 인간이 자연을 멀리 떠나 기술문명의 영향이 두드러진 문화환경 속에서 살면서, 편리함을 얻었지만 황폐함도 얻었기 때문이다.

어느 한쪽으로 치중된 환경은 다른 한쪽에 대한 오해와 의미 규정을 만들어 낼 수 있다. 자연을 이익이나 치유의 공간으로 보는 것이 그런 오해의 산물이다. 자연환경은 이용가치로만 계산되는 환경도 아니지만, 치유의 공간이라고 확신할 수도 없다. 현대인들의 현실적 삶과 멀리 떨어져 있기 때문에 만들어진 이미지일 수 있다.

안타깝게도 현재의 많은 인문학 언설들이 그런 오해에서 크게 벗어나지 못했다. 자연을 이익으로 보는 시각은 비난하면서도, 치유라는 특정한 시각으로 바라보고 있다. 치유 또한 이익의 다른 모습이다. 실제의 자연은 다양한 모습을 가진 존재다. 인류가 기술문명을 극대화하기 전까지 자연은 받아들이고 순응해야 하는 존재였다. 기술문명이 선사한 지금의 문화환경은 어쩌면 돌연변이일지도 모른다.

각 문화집단은 자연환경을 통해 서로 다른 문화적 존재로 성장했다. 문화환경은 물질문명의 발달에 힘입어 지리적, 언어적 제약을 넘어 광역화되었다. 인류는 광역화된 문화환경 속에서 물질문명의 결과물을 공유하게 되었다. 도덕적, 정치적 이념을 공유하기도 하고, 위대한 작가와 화가, 음악인들의 작품을 공유하고 공감하기도 한다.

그런 이해를 바탕으로 자연환경과 문화환경을 동등한 시각으로 바라봐야 한다. 인문학은 이익과 활용도를 넘어서 자연환경과 문화환경의 가치를 말해야 한다. 생명을 낳고 기르는 모태로서의 가치에 주목해야 한다.

3장
주방은 마술공장

● 음식의 탄생

문화집단의 특성을 나타내는 대표적인 문화요소는 음식, 옷, 집이다. 각각의 지리적 공간은 서로 다른 음식, 옷, 집의 원재료를 제공한다. 그런 이유에서 문화스타일을 결정짓는 핵심 요소를 의식주(衣食住)로 꼽는다.

각 문화집단마다 거주하는 지리적 환경에 따라 음식의 종류와 섭취 방법이 다르게 나타난다. 음식은 문화집단의 자부심이 담긴 문화적 상징이 된다. 세계화는 그런 음식들을 다른 문화집단 구성원들도 맛보게 해주었다. 피자, 스파게티, 바게트, 케밥, 또르티야, 커리, 똠양꿍, 스시, 딤섬, 훠궈 등 해당 문화권을 방문하지 않고도 어디서나 맛볼 수 있게 되었다.

음식문화 초창기의 굽거나 삶는 것도 문화이기는 하지만, 다른 지역에서 볼 수 없는 특별한 조합과 과정을 거쳐야만 해당 문화집단을 대표하는 음식문화라고 부를 수 있다.

다양한 음식의 탄생에는 지리적 환경의 차이가 큰 영향을 미쳤지만,

또 다른 영향도 있었다. 바로 사회문화적 환경의 차이다. 비빔밥, 햄버거, 피자 같은 음식은 서로 다른 지역의 음식이라는 특성 외에도 그런 음식이 탄생하게 된 서로 다른 사회문화적 배경이 있었다.

보신탕이 때때로 도마에 오른다. 동물에 대한 진전된 이해와 국제교류가 없었다면 논란은 없었을지 모른다. 논란에는 복수의 잣대가 등장한다. 반대 측은 도덕적 잣대를 갖고 이야기하고, 찬성 측은 문화적 잣대를 갖고 이야기한다. 서로 다른 잣대로 이야기하면 논란은 종식되지도, 옳고 그름이 판별되지도 않는다. 양쪽 모두 자기 잣대만을 기준 삼아 주장하기 때문이다. 논란을 끝내기 위해서는 도덕과 문화를 넘어선 생명의 보편성에 대한 존중과 이해라는 잣대가 필요하다.

보신탕이 미개하고 사악하다는 잣대를 들고 선봉에 선 프랑스도 동일한 잣대의 공격을 피하기 어렵다. 프랑스가 자랑하는 푸아그라를 제공하기 위해 거위들은 야만적 환경에서 사육된다. 푸아그라가 허기를 채우기 위한 것이 아니라 기호 충족을 위해 탄생한 음식이라는 점에서 도덕적 잣대는 더 가혹할 수 있다.

전 세계 대부분의 서민층 음식은 사악함과 미개함 때문에 탄생한 것이 아니다. 어느 나라든 불과 1세기 전만 해도 서민층 이하의 사람들에게 굶주림은 수시로 찾아오는 낯익은 악마였다. 미각 호사를 위해 음식을 만들 여유가 없었다. 음식이 풍족했던 귀족들과 부유층이 아니면, 영양과 생존이라는 두 목적을 한 그릇에 담은 음식을 먹어야 했다.

음식에 대한 금기와 권장은 필요에 의해 만들어졌다. 고대와 중세에는 전 세계 상당수 나라에서 소를 먹는 일을 국법으로 금했다. 소고기 금기 조치는 도덕적 판단이 아니라, 농사에 필요한 노동력 확보 차원에서 제정되었다. 금기의 배경이 다른 것도 존재한다. 인도의 힌두교 문화권에서도 소고기는 금기다. 인도에서의 소고기 금지는 종교적인 배경을 갖고 있다.

이처럼 음식의 탄생은 자연환경뿐만 아니라 사회문화적 요인에도 영향을 받았다.

자연환경이든 문화환경이든 환경은 인간에게 두 가지 모습을 갖게 한다. 하나는 유사성이고 다른 하나는 개별성이다. 유사성은 서로 다른 문화를 가진 인종 간에도 공감을 갖게 하고, 개별성은 그들만의 특징적인 문화에 대한 존중을 갖게 한다. 음식문화도 두 모습을 함께 갖고 있다.

● 공간이 만든 음식들

한국 전통음식 중에 '어란(魚卵)'이 있다. 숭어알로 만드는 독특한 음식이다. 숭어가 많이 잡히는 전라남도의 서해안 지역의 특산품이다. 다른 지역에서는 숭어가 잡히지 않기 때문에 한국 내에서도 특색 있는 문화로 인정받아 그 지역의 자부심이 되고 있다. 어란은 제작과정이 복잡하고 시간이 많이 걸려 고급음식으로 알려져 있다.

그런데 전라도 이외 지역에서는 낯선 어란이 이탈리아 샤르데냐 지방에서는 낯익은 음식이다. 샤르데냐의 보타르가(Bottarga)가 숭어알을 소금에 절여 건조한 것이다. 한국의 어란에 기름칠 과정이 더해지기는 하지만, 기본적으로 같은 음식이다. 숭어를 잡는 방식도 같다. 한국에서도, 이탈리아에서도 밀물 시에 들어온 숭어를 잡는다. 음식 스타일이 환경적 요인에 의해 탄생했다는 것을 증명하는 사례다.

한국과 이탈리아에만 있을까? 프랑스의 프로방스 지역에도 숭어알을 눌러서 건조시킨 부타르그(Boutargue)가 있는데, 흰 캐비어로도 불린다. 일본의 나가사키현에도 가라스미(カラスミ)라는 숭어알을 소금에 절인 후 말린 음식이 존재한다. 스페인, 타이완, 이집트에도 숭어알을 이용한 어란(魚卵)이 있다. 어란은 한국의 서남해안에만 존재하는 음식이

아니다. 숭어가 살고 있는 지역마다 유사한 어란이 탄생했다.

염장한 돼지고기문화도 사례로 들 수 있다. 스페인의 하몽(Jamón)이 대표적이지만, 이탈리아에는 프로슈토 크루도(prosciutto crudo), 프랑스에는 샤퀴테리(Charcuterie), 크로아티아에는 프루슈트가 있다. 중국에도 유사한 요리가 있다. 돼지를 기르는 나라들에서 공통적으로 발견되는 요리다.

또 다른 사례가 있다. 전라남도를 대표하는 음식 중 하나이자 역한 냄새로 유명한 홍어다. 독창적이고 세계적으로 독특한 음식이라고 자부하지만, 아이슬란드의 상어를 발효시킨 음식인 하칼과 하우카르들도 삭힌 홍어와 유사하다. 두 음식 모두 발효과정에서 지독한 암모니아 냄새를 풍기는 것으로 유명하다. 역한 냄새로는 청어를 삭힌 스웨덴의 수르스트뢰밍도 빠질 수 없다. 냄새가 지독해서 주로 야외에서 먹는다. 일본의 후나즈시(붕어초밥), 중국의 취두부, 그린란드의 키비악도 악취로 유명한 발효식품들이다.

역한 냄새를 갖고 있는 음식들을 날 때부터 좋아하는 사람은 드물다. 역한 음식의 탄생은 지리환경적 영향 때문이었다. 일 년 내내 쉽게 얻을 수 있고, 맛있는 음식이 풍족한 상황이었다면 홍어와 수르스트뢰밍은 탄생하지 않았을 것이다. 역한 냄새를 가진 음식은 문화적, 즉 후천적 학습을 통해서 익숙해졌다. 사회문화적 영향에 의해 이어진 것이다. 다른 나라 사람들의 코를 쥐게 하는 역한 냄새에도 불구하고 문화적 자부심의 상징인 것도 그 때문이다.

김치는 어떤가? 고춧가루를 빼고도 문화적 개별성을 유지할 수 있을까? 한국의 채식 중심 문화와 저장채소 문화를 자랑스럽게 평가하는 견해가 있지만, 겨울이 명확하게 찾아오는 문화권마다 저장채소 문화가 존재한다.

고춧가루가 들어가기 이전의 김치는 백김치였다. 소금에 절인 뒤에 발효, 숙성시킨 음식이다. 그런 과정에 주목하면 전 세계에 비슷한 음식들이 허다하다. 피자를 먹을 때 나오는 피클뿐만 아니라, 거의 모든 문화권에 김치와 같은 음식이 존재한다. 슬로베니아에는 '키슬로 젤리에'라는 채소절임이 있다. 양배추를 소금에 절여 숙성시킨 것인데, 소시지, 고기와 함께 겨울에 자주 먹는다. 독일의 '사우어크라우트'도 비슷하다. 유럽 여러 나라에 이름만 다를 뿐인 유사한 음식이 존재한다.

동남아지역에도 채소가 들어간 음식들이 많다. 동남아지역에 염장·발효를 거친 채소음식이 눈에 띄지 않는 것은 일 년 내내 신선한 채소를 먹을 수 있기 때문이지 발효문화를 몰라서가 아니다. 동남아 대부분의 나라에 발효식품인 젓갈이 존재하는 것을 기억해야 한다. 김치가 한국의 상징적인 음식이지만 단 하나의 김치가 존재하는 것도 아니다. 각 지역의 기후와 환경에 따라 다양하게 분화되었다. 북쪽 지방 김치는 젓갈과 양념이 적게 들어가 국물이 많고 깔끔한데 비해, 전라도 지방은 양념이 다양하게 들어가고 젓갈도 풍부하게 들어가 감칠맛이 좋다. 날씨가 따뜻해서 김치가 상하는 것을 막기 위해 타 지방보다 많은 양의 젓갈과 자극적인 양념이 들어가야 했다. 추운 지방에서 많은 양의 젓갈과 양념을 넣는다면 발효가 제대로 이루어지지 않을 것이다.

만두는 또 어떤가. 중국의 쟈오쯔·사오마이·바오쯔·춘권, 일본의 만쥬, 몽골의 보츠·호쇼르, 베트남의 짜조·반바오, 티베트, 네팔, 인도, 부탄에서 먹는 모모는 물론이고, 우즈베키스탄의 만띄, 터키의 만트, 러시아의 뻴메니, 폴란드의 피에로기 등 전 세계 각지의 문화권에 이름만 다른 '만두'가 존재한다.

만두도 그렇지만, 파스타는 의미심장한 인문학적 메시지를 우리에게 던져준다. 파스타는 놀랍도록 다양한 모양에도 불구하고 재료는 동일하다. 단 하나의 재료에서 다양한 스타일의 디자인으로 탄생한 파스타는 본질과 문화의 관계를 보여준다. 음식문화를 통해 인간을 해석한다면 "인간은 파스타를 먹는 존재다."라고 표현할 수 있을 것 같다. 본질은 동질적인데, 스타일은 매우 다양하기 때문이다.

● 평등한 음식

모든 음식은 생존의 절실한 필요에 의해 만들어지고, 시간이 흐르며 문화적 가치를 갖게 되었다. 어떤 전통음식도 도덕적 잣대로 구분하고, 무시하고, 혐오의 대상으로 판단해선 안 된다. 타 문화권 음식에 대한 그런 태도는 그들의 환경을 혐오하고 무시하는 것이 된다. 누군가 타 문화권으로 이주하여 살게 된다면, 반드시 현지 음식에 친숙해져야 한다. 그것이 생명 유지를 위한 가장 기본적인 원칙이다.

세계화와 도시화는 전통음식문화에 치명적 영향을 미쳤다. 전통음식은 패스트푸드에 비해 조리과정에 많은 시간과 노력이 든다. 하나의 전통음식이 사라지는 것은 하나의 불편함이 사라지는 것이지만, 고유의 문화도 동시에 사라진다. 우리는 매일 세 차례 문화를 섭취한다. 그것이 인간과 음식의 관계를 이해하는 인문학적 시각이어야 한다.

음식문화는 환경의 산물이다. 환경 때문에 넓게는 서양의 밀과 육식을 즐기는 문화가, 동양의 쌀과 채식을 즐기는 문화가 생겨났고, 좁게는 쌀 문화권 안에서도 서로 다른 문화가 탄생했다. 타국인들이 고개를 젓는 엽기적인 음식도 처한 환경에서의 생존이 밑바탕에 깔려 있다.

음식문화는 우열로 접근할 수 없다. 수평적 위치에서의 차이일 뿐이다. 독일 격언에 "사람은 그가 먹는 음식 그 자체다."라는 말이 있다. 채식을 하는 사람과 육식을 하는 사람은 환경을 바라보는 관점에서 차이를 보인다. 애견가라면 결코 개고기를 먹지 않을 것이다. 한 사람이 즐기는 음식을 통해 그 사람이 갖는 의식과 정체성을 읽을 수 있다. 프랑스 역사학자 브로델(1902~1985)은 "부엌에서 나는 냄새만 맡아도 그 문명의 특징을 알 수 있다."고 했는데, 문화로서의 음식의 의미를 적확하게 표현한 것이다.

음식이 앞에 놓였을 때, 그 음식을 보고 눈시울이 뜨거워지며 과거를 추억하는 사람들이 있다면, 그 음식은 기억하는 이의 문화를 담고 있는 것이자, 자란 토양을 담고 있는 음식이고, 정체성이다. 다른 지역, 다른 나라에서 토속음식을 마주했을 때, '이 음식이 이곳 사람들의 정신과 지혜가 담긴 스타일이구나.'라고 생각한다면, 문화는 풍성해질 것이다.

● 주방의 마술화

음식에 대한 관심 덕분에 음식, 요리 관련 프로그램이 TV에 대거 등장하고, 출판계에서도 음식과 인문학을 연결하는 시도가 많다. '요리는 고급문화'라는 인식이 자리를 잡았고, 요리사(셰프)들이 대중문화의 스타 대열에 합류했다.

음식문화가 대중문화의 주류 콘텐츠가 되면서 요리를 하는 공간인 주방은 식사를 준비하는 조리 공간에서, '예술적, 주술적(신앙적) 의식이 식재료를 통해 실현되는 단계'에 도달하는 '주방의 마술화'[3]가 이루어지는 공간으로 바뀌었다. 새로운 요소들을 융합하고 창조하여, 조리과정에 예술성과 아우라(후광)를 입히는 단계에 이르렀다. 하야미즈 켄로는

---

3 '마술화'는 막스 베버가 종교 사회학적 개념 설명에 이용한 말로 '주술적이거나 미신적인 사고'를 가리킨다.

『음식 좌파 음식 우파』란 책에서 막스 베버의 '마술화' 개념을 이용하여 '부엌의 마술화'라는 개념을 설명했다. 번역상의 문제일 수도 있지만, 부엌과 주방은 다른 문화적 공간이고, 문화적 차이가 분명히 존재한다.

근대 이전과 이후의 요리는 문화적 개념이 달라졌다. 사회학자 데버러 럽턴은 요리에 대해 이렇게 설명하고 있다.

> 요리는 원물질을 '자연'상태에서부터 '문화'상태로 변형시키고 (…) 원물질을 길들이고 순화시키는 도덕적 과정이다. (…) 음식은 요리에 의해 단지 실행의 수준에서만이 아니라 상상력의 수준에서 '문명화'된다.[6]

요리가 문명화 되는 과정은 오랫동안 부엌에서 이루어졌다. 인류문명 초기에는 요리가 원재료의 자연 상태에서 크게 벗어나지 않았을 것이고, 요리공간과 생활공간이 분리되지 않았을 것이다. 문화가 발전하면서 문화적 요리와 분리에 대한 욕구가 생겼을 것이다.

문명화되는 동안에도 요리는 오랫동안 고급문화가 아니었다. 음식 만들기는 노동이었고, 남성에 비해 정신적이기보다는 육체적인 존재로 여겨졌던 여성들의 몫이었다. 한국에서도 부엌은 여성들만의 공간이었고, 제례음식을 준비하는 특별한 경우가 아니라면 남성들은 요리에 관여하지 않았다.

데버러 럽턴이 원재료가 갖고 있는 '자연' 상태를 '문화' 상태로 바꾸는 과정을 '도덕적 과정'이라고 한 것은 자연 상태가 도덕적이지 않고 야만적이라는 관념이 있었기 때문이다. 일본의 스시가 서구사회에 처음 선보였을 때 야만적인 음식이라고 취급된 것도 도덕적 과정을 거쳐 문화에 이르지 못했다는 평가 때문이었다.

음식 조리 공간은 오랫동안 도덕적이고 문화적인 공간이 아니었다. 음식이 만들어지는 부엌은 가족들이 생활하는 방과는 별도로 분리된 노동의 공간이었다. 부엌에서는 자연 상태의 재료들이 죽임을 당하는 과정이 이루어지기도 했다. 부정하고 야만적인 공간이었고, 그 일이 여성에게 맡겨졌다. 주택이 현대화되고, 아파트가 현대인들의 주요 거주공간이 되면서 부엌은 거실과 맞붙은 실내공간인 주방으로 바뀌었다.

요리공간이 생활공간으로 복귀했지만 단순한 공간의 회귀가 아닌 새로운 의미부여가 필요했다. 콜린 앨러드는 요리 공간이 분리된 의미를 다음과 같이 해석하고 있다.

> 음식을 준비하는 공간이 따로 마련되어 음식을 준비하는 책임을 맡은 사람을 위한 개인 공간이 생기자 가정에서 남편과 아내, 자식의 역할이 공고해졌다. 실제로 『주거공간의 역사』를 쓴 공간사회학자 피터 워드는 서구의 가정 공간이 사생활과 자기 영역, 각자의 방을 수용하는 방향으로 복잡해지면서 서구문화가 집단보다는 개인에게 더 가치를 두는 방향으로 발전해왔다고 설명한다. 남들과 떨어져서, 심지어 가족구성원과도 떨어져서 생활할 수 있게 되자 독립성과 자율성에 높은 가치를 두기 시작했다는 것이다.[7]

분리되었던 공간이 복귀했다고 해서 독립성과 자율성을 확보한 문화를 인류문명 초기로 되돌릴 수는 없다. 문화는 통합과 분화를 반복하지만, 획득된 문화수준까지 과거로 회귀하는 것은 아니다. 돌아온 공간은 다른 문화스타일이 되었다. 도살의 현장이 생활공간으로 들어올 수는 없기 때문에, 먼저 요리 재료가 달라졌다. 현재 주방에서 요리되는 재료들은 야만적이고 부정한 상태가 처리되어 들어온다. 털이 뽑히고, 내장이 손질되고, 먹기에 혐오스러운 부분은 미리 제거된다.

분리되었던 부엌이 주방으로 바뀌면서 남성들이 접근하면 안 되는 계급적 경계 또한 공간적으로 무너졌다. 요리가 더 이상 여성에게만 짐 지워지는 노동이 되어서는 안 된다는 사회적 분위기가 만들어지고, 주방은 예술과 엔터테인먼트 요소가 가미된 요리의 공간이 되었다. 심리적 경계 또한 무너지며 문화적 진화와 확장이 이루어진 것이다. 주방이 저급(低級) 노동의 공간이 아니라 예술과 고급문화의 공간이 되면서 남성들이 주방을 자신들의 예술작업 공간으로 장악해 가고 있다. 그런 이유 때문에 현재 진행 중인 요리의 예술화와 아우라화 과정을 '부엌의 마술화'라기보다는 '주방의 마술화'로 보는 것이 타당하다.

'주방의 마술화'가 전적으로 바람직한 것인가는 좀 더 숙고할 문제다. 음식은 여러 모습을 갖고 있다. '마술화' 단계에 도달한 지금도 이전에 존재했던 음식의 문화적 의미는 손상되지 않는 것이 바람직하다. 문화적 의미의 여러 층에 또 다른 층을 얹는 것이 가장 바람직한 방향이다. 요리의 스타일 확장은 필요하지만, 현재의 '주방의 마술화' 현상은 대중문화적인 측면이 지나치게 강하다.

● 음식과 사회적 의미

독일 민속학자 군터 비겔만(1928~2008)은 음식과 관련된 기술적 혁신이 중심에서 주변부로, 도시에서 지방으로, 상류층에서 하류층으로 전파한다고 보았다. 이때의 음식은 경제·사회적 의미를 갖는다. 예를 들어, 요즘은 일식(日食)이 소도시에서도 서민들이 쉽게 접할 수 있는 음식이 되었지만, 수십 년 전에는 주요 대도시에서 부유층과 권력층만 즐기던 음식이었다. 사회적 부(富)가 상승하고 중산층이 증가하면서 일식의 수요층과 지역에 변화가 생겼다. 덕분에 부유층과 권력층은 자신들과 서민들을 차별화시켜주는 새로운 메뉴와 장소를 찾아 나서야 했다.

종교적 의미도 있다. 동남아의 한 기업은 소를 먹지 않는 인도인들을 위한 특별한 라면을 개발해 크게 성공했다. 한국에서도 수출 품목에 '할랄' 인증을 받은 음식이 등장했다. 종교적 절차에 따라 만든 음식 시장의 파워가 상당하고, 한 문화권의 음식이 갖고 있는 문화적 스타일이 결코 가볍지 않은 무게를 갖고 있다는 것을 실감한다.

음식이 갖고 있는 또 다른 의미는 '계급'이다. 인류학자 매리 더글라스(1921~2007, 미국)는 식사를 사회관계의 상징으로 보았다. 즉, 식사체계에 사회적 계층의 음식문화 패턴이 들어있다고 본 것이다. 국밥 한 그릇과 많은 가짓수로 구성된 코스요리는 "너와 나는 계급이 달라!"라는 메시지를 선명하게 보여준다. 그런 장면은 작은 그림일 뿐이다. '정치 음식'이라는 독특한 문화적 음식도 등장한다.

● 음식과 정치

음식은 정치와 깊은 관계가 있다. 아니, 음식은 정치적이다. 한국 최고의 '정치 음식'은 국밥이다. 대통령 출마자들이 재래시장을 찾아 국밥을 먹는 것도 그 때문이다. 국밥을 먹는 것은 서민층에 대한 접근이라는 상징을 갖고 있다. 부유층과 권력층은 평소에 국밥을 거의 먹지 않을 것이기 때문에 대통령 출마자들도 평소에 국밥보다는 고급 일식이나 한정식, 양식을 먹을 가능성이 높다. 출마자가 선거전에 일단 뛰어들고 나면, 하루 세끼를 푸아그라(거위 간)와 송로버섯(트뤼플), 캐비아(철갑상어알)만 먹는다고 해도 절대 TV에 등장하지 않는다. 등장하면 바로 패배

한다. 뼛속까지 금으로 되어 있어도, '국밥을 즐기는 사람'이 되어야 한다. 국밥은 서민과 노동자를 상징하기 때문이다. 승리를 위해, 구역질이 나도 국밥을 먹어야 한다.

전라도 사람을 가리켜 '홍어'로 지칭하는 경우가 있다. 홍어가 전라도를 대표하는 음식이기 때문이다. 음식의 지역성을 편견에 사로잡힌 이들이 정치적으로 오용한 사례다. 지역을 상징하는 음식은 '홍어'만이 아니다. 강원도 사람은 '강냉이', 경상도 사람들은 '보리문둥이'로 불렸다. '강냉이'와 '보리문둥이'가 문화적 비하였다면 '홍어'에는 치졸한 정치적 의미까지 더해진 차이가 있을 뿐이다.

요즘은 음식좌파·우파까지 등장했다. 특정 정치의식을 가진 사람들이 먹는 음식에 정치적 의미를 가미해 생긴 구별이다. 채식주의자들과 육식주의자들은 정치적 지향점이 다르다. 우선 동물권에 대한 인식에서부터 차이가 있다. 환경문제에 대한 정치적 태도도 다르게 나타난다. 이념적 성향에 따라 먹는 음식이 달라지는 모습은 주변을 잠시만 둘러보아도 금방 드러난다. 음식이 갖는 의미는 이렇게 겹겹이다.

농업계는 사람들의 정치적 성향 변화를 파악할 필요가 있을지 모른다. 특정 정치성향을 가진 이들이 반드시 특정 음식을 먹지는 않겠지만 대략적인 맥락을 짚을 수도 있다.

● 세계화와 단일화로 인한 스타일의 위기

모든 생명체가 다른 생명체를 먹어야만 생존할 수 있는 숙명 속에서도 지구에 담긴 자연이 소멸하지 않고 이어져 온 것은 나름의 안정적인 시스템을 갖고 있기 때문이다. 당연히 인간도 그 시스템 속에서 살아왔다.

인간에게 음식을 제공하는 시스템은 여전히 안정적일까? 세계화가 진행되면서 생태시스템은 많이 망가졌다. 최근 바나나가 곰팡이에 감염돼 말라죽는 '新파나마병'이 전 세계로 급속히 퍼지고 있다는 언론 보도가 있었다. 대책이 마련되지 않으면 10년 내로 바나나가 지구인의 식단에서 완전히 사라질 수 있다는 비관적인 관측도 있다. 음식을 제공하는 생태 시스템이 위기를 맞고 있는 것이다.

현재 인류가 주로 먹는 바나나는 '캐번디시' 품종이다. 이전에 가장 많이 먹었던 품종은 '그로미셸'이었다. '그로미셸'이 '파나마병' 때문에 사라지면서 병에 강한 특성을 보인 캐번디시로 대체되었는데, 新파나마병 때문에 이번에는 캐번디시가 위기에 처했다.

그로미셸을 캐번디시가 대체했던 것처럼 다른 품종으로 대체하면 된다고 생각할 수도 있다. 캐번디시 이외에도 몽키, 로즈, 레드, 플랜틴, 바나플 등의 품종이 존재한다. 그중 하나로 대체하면 될 것 같지만 문제가 그리 간단하지 않다. 바나나 시장은 공급자와 농업인들의 이해에 따라 캐번디시가 거의 모든 시장을 차지하고 있다. 대체를 준비하는 동안 시장은 마비될 것이고, 운 좋게 새로운 품종으로 대체가 된다고 해도 위험은 반복될 것이다.

바나나는 음식문화에 위기가 닥친 사례 중 하나일 뿐이다. 심란 세티는 다양성의 위기를 이렇게 전하고 있다.

농업 생물다양성의 상실이라고 하면 고개가 갸우뚱해질 수 있다. 특히 통로를 따라 바닥부터 천장까지 먹을 게 잔뜩 쌓여 있는 초대형 슈퍼마켓을 생각하면 더욱 그럴 것이다. 내가 노스캐롤라이나 주 윈스턴세일럼에 있는 월마트에서 세어보니 아이스크림 맛이 153가지나 있고 요구르트 상표가 여덟 가지가 있었다. (…) 선택의 다양성은 피상적인 것이었다. 무엇보다 맛이 그랬고, 두 번째로 상표가 그랬다. (…) 요구르트와 우유, 아이스크림 용기 안에 있는 모든 내용물의 90퍼센트 이상이 한 품종의 소에서 나온 우유로 만들어진다.[8]

소에서 나온 우유는 다 같은 것이라고 쉽게 접근하는 생각이 얼마나 위험한지를 짚어보게 한다. 현재의 시장은 각 문화권이 갖고 있던 음식 원재료들의 다양한 특성을 무시하고 있다. 단일화는 스타일의 치명적인 적이다.

● 표준화와 대중화의 위기

심란 세티의 말이 이해되지 않을 수도 있다. 현재 식단을 보면 수십 년 전에 비해 매우 다양해졌다. 전국 각지의 음식뿐만 아니라, 쉽게 맛보지 못했던 세계 각국의 음식을 즐기게 되었으니 다양화로 해석할 수 있다.

하지만 깊이 살펴보면 다양성과는 다른 모습을 발견하게 된다. 한국만 보더라도 각 지방의 음식들이 교류과정에서 대중이 선호하는 맛으로 획일화되고 있다. 예전에는 많은 종류의 김치들이 존재했지만, 김치냉장고의 보급으로 김치의 다양성도 줄고 있다. 시선을 전 세계로 돌려도 마찬가지다. 세계화 이전에는 전 세계에 존재하는 점심 식사의 종류가 나라 수만큼이나 많았다. 세계화 이후 패스트푸드의 유행이 그 다양성을 사라지게 했다.

점심으로 햄버거, 피자, 짜장면을 먹는 경우가 많은데, 점심이 백반에서 그 메뉴들로만 바뀐 것이 아니다. 백반에 사용되는 식재료들이 줄어들고, 햄버거와 피자 등을 위한 식재료가 늘어난 것이다. 그 현상이 전 세계적으로 일어나고 있다. 햄버거, 피자의 식재료는 유럽, 남미, 아시아, 아프리카가 다르지 않다. 전 세계적으로 소비가 확대된 식재료를 공급하려면 농업시스템도 그에 맞게 변화해야 한다. 하나의 메뉴가 전 세계적으로 큰 비중을 차지하게 되면 그에 따라 농업 생산물이 단일화될 수밖에 없다.

지구에는 엄청나게 많은 수의 식물과 동물이 존재한다. 그런데 국제연합 식량농업기구의 자료에 따르면, 인류가 먹는 음식물의 75%가 겨우 12종의 식물과 5종의 동물에서 나온다. 인류가 얻는 칼로리의 95%선으로 확대해도 식량이 되는 동식물의 종은 겨우 30종에 불과하다.

세계화가 진행되면서 30종에 불과한 동식물 안에서 다시 단일화가 일어나고 있다. 여러 젖소 품종 중에서 홀스타인종이 압도하고 있는 것처럼, 해당 종 내에서 자본 이익을 얻기 쉬운 특정 종으로 단일화하고 있다. 사육 품종이 단일화되면 생산 공정이 단순해지기 때문에 생산자 입장에서는 더 많은 이윤이 생긴다. 반면에 해당 품종에 문제가 생기면 위험의 크기도 그만큼 커진다.

지구의 자연과 인류의 문명을 이어지게 한 원동력은 다양성에 있다. 생명체들은 온갖 원인으로 멸종의 위기를 겪었다. 그 과정에서 많은 종들이 사라졌지만, 살아남은 종들이 다시 분화하며 다양성을 확보하고 살아남았다. 현 인류는 스스로의 문화를 다양화가 아니라 단일화 쪽으로 몰아가고 있다.

전 세계의 토양은 각 지역마다 특성을 갖고 있기 때문에 다양한 식물종이 탄생했다. 거대 곡물회사들은 그 점을 고려하지 않는다. 국제연합 식량농업기구의 조사 결과 전 세계 농지의 3분의 1 이상이 퇴화했다고 한다. 땅은 다져지고, 침식되고, 오염되었다. 농민들은 곡물상들의 요구에 따라 농약과 비료를 뿌리고 있다. 그 과정에서 다양한 식물을 길러낼 수 있는 땅의 생명력이 죽어가고 있다. 땅이 죽고 나면 다양한 품종을 길러내고 싶어도 그럴 수 없다.

한국은 콩의 원산지로 알려져 있지만 현재 식탁에서 만나는 콩은 몇 종류 되지 않는다. IMF 시기에 종자회사들이 외국 자본에 팔리면서 재래 종자를 지키는 일이 더욱 힘겨워졌다. 민간에서 재래 콩 종자를 지키는 노력이 이어지고 있지만, 상황은 낙관적이지 않다.

땅은 문화를 만들어내는 공간이다. 종자 다양성을 지키는 것은 단순히 먹거리의 다양성을 지키는 것에 그치지 않고 인류가 땅에서 얻는 다양한 스타일의 문화유전자를 지키는 일이기도 하다.

4장
입을 수 없는 자주색

● 옷에서 상징으로

옷은 자연환경의 영향 속에서 스타일 변화가 이루어졌다. 음식이 그러했듯이, 옷 또한 추위를 견디기 위한 육체적 필요를 충족시키는 단계에서 정신적 욕구를 충족시키는 단계로 발전해왔다. 옷은 현시대에 이르기까지 다양한 문화적 요소들이 스며들어, 본래의 기능보다는 문화적 상징으로서의 기능이 확대되어 왔다. 민족, 국가, 계급, 직업, 취미, 취향, 정치적 성향 등 다양한 영역에서 서로 다른 문화적 스타일을 드러내는 상징 기호가 되었다.

원재료를 가공하는 기술이 발전하면서 옷의 다양성이 확보되었다. 덕분에 스타일에서도 문화적 분화가 활발히 일어났고, 각각의 공간에서 입는 옷의 형태적 스타일이 달라졌다. 종교, 학습, 노동, 놀이 공간에서 요구하는 특정한 스타일이 만들어졌고, 현대로 오면서 스타일의 장르적 분화는 점점 세밀해지고 있다.

특정한 사건이나 사회구성원의 인식 변화가 스타일 변화를 요구하기도 한다. 오랫동안 멋과 부의 상징으로 여겨지며 유행했던 모피코트는 동물

보호운동이 거세지면서 부도덕한 옷으로 낙인찍혔다. 여성의 사회적 위치가 상승하면서 여성들에게 바지가 허용되는 변화도 있었다.

옷은 언어와 같은 기호다. 장소와 모임의 성격에 따라 특정의 색과 조합을 이루어 의미를 표시한다. 장례식장을 찾을 때는 애도를 표하는 검은색 복장을 갖추어야 한다. 정치·사회적 사건 때마다 특정 색의 셔츠가 메시지를 대변하기도 한다. 필리핀의 마르코스 독재정권을 몰아낸 '피플 파워'는 노란색 물결이었고, 다른 나라의 반정부 항거에도 노란색이 등장했다. '세월호' 사건 때에도 노란색은 등장했다.

문화권마다 특정한 색의 옷이 존재한다. 한민족을 백의(白衣) 민족이라고 부른다. 하지만 조선시대 전 국민이 흰옷만을 입었던 것도 아니고, 핵심 진원지였을 궁중의 평상시 복장에서 흰옷이 주류였던 증거는 없다. 양반가의 평상시 복장도 흰옷이 주류였다고 보기 어렵다. 흰옷이 전 국민이 선호한 것은 아니라는 증거들은 많다. 혜원 신윤복(1758~?)의 『혜원 풍속화첩(혜원전신첩)』을 비롯한 작품들에 등장하는 여성들과 기생집을 찾는 남성들의 옷은 다양한 색상이다.

흰색 옷은 특별한 감정적 선호나 기호보다는 신분 구별, 옷을 만든 천의 재질과 염색에 따르는 경제적 문제, 부모의 상(喪)뿐만이 아니라, 왕실의 상(喪) 등으로 인해 상복을 오랫동안 입어야 했던 유교 제례문화 등 다양한 이유가 개입되었다. 『경국대전』에는 일반 백성에게 붉은색과 자주색 옷은 금지하고, 흰옷은 금하지 않는다는 내용이 단속사항으로 규정되어 있었다.[9] 그럼에도 불구하고 한국인의 옷은 흰옷이라는 상징이 만들어졌다.

● 문화가 선택한 스타일

비가시적 문화스타일도 가시(可視)세계의 사물을 통해서 드러나야만
파악이 가능하다. 원하는 스타일을 가시적으로 노출하고 싶은 욕망은 원
하는 그대로 나타나기 어렵다. 스타일을 제한하고 강제하는 사회문화적
요인들이 존재하기 때문이다. 옷을 입을 때, 자신의 취향대로만 입는다
고 생각하지만 실제로는 타인의 시선을 고려한다. 타인의 시각적 평가가
스타일을 제한한다. 벌거숭이 임금님처럼 착한 사람의 눈에만 보이는 옷
을 입고 다닐 수 없는 이유이다.

옷은 문화다. 결혼식장에 장례식 복장으로 갈 수는 없다. 등교 시에
는 교복을 입어야 하고, 수영장에서는 수영복을 입어야 한다. 활동 영역
마다 그에 적절한 복식이 필요하다. 자유롭게 입는다고 생각하지만 실제
로는 자유롭지 않다. 이런저런 제한을 고려하고 나면 선택의 폭은 생각
보다 좁다. 그 때문에 넓어졌다가 좁아지고, 길어졌다가 짧아지고, 짙어
졌다가 연해지고, 밝아졌다가 어두워지기를 반복한다. 문화적 제한 안에
서의 스타일은 생각보다 많지 않다.

옷의 스타일은 장소성 뿐만 아니라 시간성도 작용한다. 나이든 분들
이 원색을 좋아하는 사실에서, 생의 시기마다 사물을 대하는 심상과 기
호가 달라진다는 것을 확인할 수 있다. 문화 공간 안에서의 장소성과 시
간성만 있는 것이 아니다. 서로 다른 집단(민족)의 '공간성'도 존재한다.
열대, 온대, 한대 지역의 사람들은 복식을 위한 재료에서 차이를 보이
고, 의상 형식의 반복은 기후 환경이 제공하는 조합의 가능치 안에서 이
루어진다.

세계화 현상이 심화되면서 지역별 복식문화의 독특함은 점차 위기를
맞고 있다. 공장에서 만들어진 획일적 양식의 옷들이 대량 소비되면서 공
간적 차이에도 불구하고 지구촌 사람들의 스타일이 비슷해지고 있다. 그

나마 존재하던 다양성이 위기에 처해 있다.

● 환경에서 탄생한 스타일

베두인들을 비롯한 사막 유목민들의 옷은 위, 아래 구분이 없는 흰색 통옷이다. 베두인의 흰옷은 환경적 요소가 색과 형태를 결정한다는 증거다. 작열하는 태양을 견디기에는 흰옷이 최적이고, 통옷이어야만 빈틈으로 들어오는 모래를 막을 수 있다. 머리에 두르는 터번도 마찬가지다. 뜨거운 열기로 인해 머리를 보호하기에는 흰색이 적합하고, 머리를 여러 겹으로 두르고 얼굴까지 덮을 수 있는 긴 천이어야만 모래를 막을 수 있다.

동남아 지역에서 남녀를 구분하지 않고 입는 '사롱'도 자연환경이 만든 복식이다. 덥고 습한 기후에서 신체 여러 부위가 차단되는 옷을 입으면 땀띠와 습진으로 고통을 받는다. 여성들의 전통 옷은 색상이 화려하다. 화려한 꽃들이 사철 피는 기후환경과 무관하지 않다. 순록의 모피로 만든 이누이트의 옷은 혹한의 환경을 견디기 위한 복식이다. 이누이트족이 동남아 지역 민족들이 입는 화려한 옷을 입을 수도 없겠지만, 가능하다 해도 일상생활에는 조금도 도움이 되지 않는다. 이처럼 다양한 민족 의상은 환경에 어울리는 스타일을 지니고 있다.

자연환경에 적응하는 과정에서 탄생한 복식은 환경이 변하지 않는 한 큰 변화가 일어나지 않는다. 하지만 자연환경의 영향이 최소화된 도시문명권에 사는 사람들의 복식문화는 잦은 변화를 겪는다. 그 변화는 자연환경이 아닌 문화환경의 변화에 따라 이루어진다.

세계화에 따라 민족 간의 문화가 빠르게 교류되고 뒤섞이면서 복식 스타일은 자연환경이 아니라 문화환경에 따르는 비중이 더 커졌다. 도시화는 자연환경의 영향력을 최소화시키는 방향으로 진행되고 있다. 다른 문화적 공간에서 탄생한 복식스타일이 환경적 필요성에 의해서가 아니라 새로운 스타일을 입고 싶은 욕구에 의해 거리를 수놓고 있다.

● 계급이 색과 스타일을 지배한다

추상표현주의의 선구자이자, '색면 화가'로 불리는 마크 로스코(1903~1970, 러시아)의 그림들을 보고 있으면, 두세 개의 색을 배치해 놓은 그림이 '대체 무슨 의미일까? ' 하는 의심이 들기도 한다. 그런데도 많은 이들이 로스코의 그림을 의미 있게 받아들이는 것은 색이 의미를 지니기 때문이다. 붉은색 일색인 로스코의 1970년도 작품 〈무제 untitled〉를 보고 있으면 피, 붉은 꽃, 석양, 태양, 불 등이 떠오른다. 그것들 중 하나는 그림을 보고 있는 이의 과거 속 내밀하고 강렬한 사건과 연관되어진다. 단순한 색을 아무렇게나 칠해 놓은 것 같은 로스코의 그림은 이런 색과 관련된 경험으로 감성적, 이지적 메시지를 갖게 된다.

색은 유형(有形)의 사물이나 가시적인 현상을 통해서 우리에게 인식된다. 그 과정에서 색은 이지적, 감성적 이미지를 갖게 된다. 색과 관련된 감정들은 그 이미지에 대한 반응에서 만들어진다.

색의 의미가 일상에서 강하게 적용되는 것이 바로 옷이다. 옷의 색은 사회문화적 양상을 확인하는 중요한 증거다. 지금은 원하는 색의 옷을 자유롭게 입을 수 있지만, 오랫동안 옷의 색은 개인에게 자유롭게 허락된 것이 아니었다. 존 하비는 "옷의 의미는 상당한 정도 색의 역사"[10]라고 했다. 신분구별이 명확했던 근대 이전의 사회에서 각각의 계급은 복식을 통해 자신의 계급을 드러냈다. 각각의 계급이 입는 옷과 옷의 색이 법적으로 강제되었다.

조선시대 기본법전 『경국대전』에는 서민의 경우 홍자의(紅紫衣)와 자대(紫帶)를 금한다는 내용이 있다. 붉은색과 자주색은 서민에게 허용되지 않았다. 그뿐이 아니었다. 서민과 양반이 쓰는 모자의 구체적인 기준, 서민들 옷의 구체적인 치수까지 정해두고 있었다. 가톨릭 성직자들은 지위가 달라질 때마다 검은색, 자주색, 붉은색으로 옷의 색이 바뀐다. 가톨릭교회에서는 전례행사마다 다른 상징색을 갖고 있기도 하다. 색의 변화를 통해서 권위의 무게를 다르게 나타내는 것이다.

동북아문화권에서 황금색은 황족에게만 허락된 고귀한 색이었다. 옷에 새겨 넣는 동물들도 금기가 있었다. 동북아문화권에서 용은 황제와 왕이 아니고서는 함부로 새겨 넣을 수 없었다. 동북아문화권뿐만이 아니었다. 왕조시대의 전 세계 많은 나라에서 황금색은 절대권위와 동의어였다.

서로 다른 색으로 구분된 것은 계급뿐만이 아니었다. 남녀도 색으로 구분되었다. 존 하비는 뤼스 이리가라이[4]를 인용하며 다음과 같이 부연설명하고 있다.

> 젠더는 색으로 표현될 수 있다. 뤼스 이리가라이는 "신의, 남자의, 여자의 체현은 색 없이 형상화될 수 없다"고 주장했다. 이것은 사실이지만 남자와 여자의 체현이 중요한 시기에 그녀가 언급하는 것만큼 강한 색으로 표현되기보다, 우리가 색으로도 색이 아닌 것으로도 취급하는 흑백이라는 역설의 색으로 표현된 것도 사실이다.[11]

남녀의 구분이 흑백으로 두드러지게 나타나는 문화권이 서남아시아

어제를 표절했다

---

4 뤼스 이리가라이(1934~), 벨기에 태생의 철학자이자 페미니스트 이론가.

지역이다. 베두인을 비롯한 여러 부족의 남성들은 흰옷을 입는다. 하지만 대부분의 지역에서 여성들은 검은 옷을 입는다. 남녀를 구별하는 문화적 개입의 유산이다.

서양식 결혼식장에서 발견되는 남녀의 색은 정반대다. 남성이 검은색이고, 여성이 흰색이다. 이때의 색에는 또 다른 메시지가 들어있다. 엄숙함과 순수가 메시지로 작동한다. 서양의 결혼식이 주로 교회에서 이루어지고 검은색이 가장 권위 있는 색이었던 기독교의 영향과 무관하지 않을 것이다.

색은 계급으로부터 자유로워졌지만, 문화로부터 자유로워질 수는 없다. 색은 신화, 상징, 메시지다. 색이 다양하다는 것은 신화, 상징, 메시지가 넘쳐난다는 것을 의미한다. 익사할 위험만 없다면 색은 편견으로부터 더 자유로워져야 한다.

● 옷으로 사회를 읽는다

연예 프로그램을 보다보면 연예인들의 부끄러운 흑역사를 들춰내는 장면을 만난다. 그때 등장하는 증거물은 과거 젊은 시절의 사진이다. 사진이 공개되면 한결같은 반응이 나온다. 당사자는 부끄러워 어쩔 줄 모르고, 보는 이들은 웃겨 어쩔 줄 모른다. 아마도 바로 그 장면을 잘 담아두었다가 10년 뒤에 튼다면, 그 자리에 있는 모두가 또 다시 부끄러워 어쩔 줄 모를 것이다.

10년 전이나, 15년 전의 그 복식 스타일은 부끄러운 스타일이 아니라, 당시 최고의 핫한 스타일이었다. 시간이 어깨를 으쓱하게 했던 스타일을 쥐구멍을 찾게 만드는 스타일로 바꿔 놓은 것이다. 옷의 스타일에 대한 감성적 반응조차 이렇게 사회적 시간에 의해 달라진다.

옷의 스타일과 색은 한 사회의 계급과 정치체제의 긴장감을 보여주기도 한다. 남과 북의 서민들이 입는 옷의 스타일과 색의 다양성에는 상당한 차이가 있다. 북한의 경우 여성들의 복장에서 이전보다 다양해진 스타일과 색상을 발견할 수 있지만, 남성들의 복장에서는 여전히 다채로운 색을 발견하기 어렵다. 시스템이 통제적인 사회일수록 스타일과 색은 단일성을 띠게 되고, 시스템이 자유로운 사회일수록 스타일과 색은 다양해진다.

같은 시대, 같은 사회라도 도시와 시골의 복식스타일과 색이 차이를 보이기도 한다. 한국의 시골과 도시는 단순히 삶의 공간이 다른 정도가 아니라 세대별, 직업별 구분이 명확하게 나뉜다. 농업이 기반인 시골은 60대 이상 세대가 다수를 차지하고 있고, 전통사회의 성격을 여전히 강하게 갖고 있다. 튀는 복장과 색에 대한 문화적 거부감이 도시보다 강하다. 도시에서는 직업의 다양성만큼이나 다양한 문화적 출처와 환경적 배경을 가진 옷과 색이 큰 문화적 거부감 없이 수용되고 있다.

시기적으로도 전통시대와 현대시대의 복식스타일과 색은 단일성에서 다양성으로 바뀌어왔다. 현재는 옷의 색이 갖고 있는 문화적 상징들을 곧바로 해석해내기 어렵다. 전통적인 문화를 고수하던 시기의 집단에서 용인되던 색은 지금처럼 다양하지 않았고, 색이 드러내는 메시지를 곧바로 읽을 수 있었다. 그러나 현재의 도시 문명사회에서는 색이 갖고 있던 전통적 메시지를 그대로 적용할 수 없다.

옷의 색은 점점 더 자의적인 해석을 통해 탄생하고 있다. 오랜 연원의 문화적 배경을 고려하지 않고 전적으로 자의적인 취향에 의해 옷의 색이 결정되는 정도가 높아지면서 남성의 것으로 여겨졌던 색과 여성의 것으로 여겨졌던 색의 경계도 무너지고 있다.

이렇게 자의적인 색 문화가 번성하면서 색의 스타일을 문화적으로 어떻게 해석할 것인가는 숙제로 남겨진다. 옷에 입혀지는 색이 문화적 제한에서 풀려나고, 색의 의미가 다양해진 것은 반가운 일이지만, 한편으로는 색이 만들어준 일정한 문화적 의미가 소멸해 가는 것으로 볼 수 있기 때문이다.

● 서로 다른 국기의 색

'붉은 악마'가 새로운 메시지를 심기 이전에 한국에서 붉은색은 이념적 메시지에 사로잡혀 있었다. 여전히 중국과 러시아에서는 붉은색이 사랑받고 있다. 한때 공산주의를 대표했던 두 나라의 상징색이 붉은색이기 때문에 '빨갱이'라는 말이 탄생했지만, 두 나라의 문화와 붉은색의 관계는 훨씬 더 깊은 문화적 배경을 갖고 있다. 중국과 러시아가 바라보는 붉은색의 문화적 의미도 동일하지 않다. 중국의 붉은색은 복을 기원하는 의미가 강하고, 러시아의 붉은색은 몹시 추운 지역이기 때문에 태양과 관련이 깊다.

러시아의 '붉은 광장'은 '붉은'이라는 의미로 쓰이는 '끄라스나야'라는 단어가 '아름다운'이라는 뜻으로 함께 사용되던 시대에 이름이 붙여졌지만, 이후 '끄라스나야'가 아름답다는 뜻을 상실하고 '붉은'이라는 의미만 남게 되면서 발생한 오역 때문이라고 한다.[12] 정확한 이름이 아닌 것이 되었지만, 태양이 중요한 문화적 상징이었고, 그 상징색이 아름다움과 연결되어 있었던 문화적 흔적을 확인할 수 있다.

구소련과 중국의 깃발은 붉은색이지만, 그것으로 이념적 구분을 할 수는 없다. 붉은색이 섞인 나라는 스위스, 덴마크, 캐나다, 터키, 키르기스스탄, 베트남 등 무수히 많다. 열거한 나라들에서 이념적 동일성을 찾을 수는 없다.

색을 정치적 이념으로 가두게 되면, 색에 대해 갖는 문화적 시각은 편향적이고 좁아지게 된다. 비단 정치만 색을 가두지는 않는다. 편협성에 물든 모든 문화적 발상에서 색은 자연적 의미를 잃는다.

● 스타일은 영원하다

문학, 음악 장르는 추상적인 감성으로 그 존재를 확인한다. 옷은 눈에 보이는 실재, 즉 몸에서 뗄 수 없는 존재다. 그 어떤 장르보다도 외부로 향한 감각의 직접적인 영향을 받을 수밖에 없다. 그 점에서 인간과 시간의 인문학적 관계를 풀어보는 데 아주 중요한 사례가 될 수 있다.

유행에 뒤떨어진 옷이나 넥타이 같은 것을 버리려 할 때, 이런 얘기를 들어보았을 것이다. "버리지 말고 보관해둬. 몇 년 지나면 유행이 다시 돌아올 거야." 농담처럼 받아들이지만, 실제로 유행은 돌아온다. 아주 똑같지는 않지만 말이다. 디자인의 창의성이 무한하다면 유행은 다시 돌아오지 않아야 한다. 패션의 유행은 돌고 돈다. 왜 계속해서 새로운 스타일로 변모하지 않고 일정한 시간이 지나면 다시 돌아오는 것일까? 그 대상이 바로 몸을 가진 인간이기 때문이다.

패션디자이너 이브 생 로랑(1936~2008, 프랑스)이 "유행은 사라지지만 스타일은 영원하다."라는 말을 했다. 그는 핵심을 짚었다. 유행은 특정 스타일의 일시적 선호 현상이다. 선호 현상은 지속되는 시간이 짧다. 인간은 싫증을 내는 동물이고, 개별화를 추구하는 동물이다. 특정 스타일이 대중적으로 만연하게 되면 선호 현상은 매력을 잃는다. 그러면 다른 스타일이 부상해야 된다. 그렇게 유행은 다른 유행으로 대체된다. 하지만 유행의 밑바닥에 자리 잡고 있는 본질인 '스타일'은 잠시 잠복기에 들어갈 뿐이다.

미래파 운동의 선구자로 불리는 마리네티(F. T. Marinetti)[5]는 "짧지 않은 강렬성은 없으며, 강렬한 감각은 더할 수 없이 짧은 법이다."[13]라고 말했다. 마리네티의 말만큼 유행을 설명하는데 적절한 문장은 없을 것이다.

유행은 강렬하게 찾아온다. 전염병이나 태풍처럼 사방을 휩쓸고, 번개처럼 빨리 지나간다. 강렬하고 빨리 지나가기 때문에 유행이다. 오래 머무는 것은 결코 강렬할 수 없다. 우리의 감각은 오래 머무는 것들을 강렬하게 기억하지 않는다. 시간이 흐를수록 처음의 기억조차 희미해진다. 전염병을 일으킨 주체가 무엇인지, 태풍의 이름이 무엇인지는 시간이 조금만 흘러도 중요하지 않은 것이 된다. 몇 사람이 죽었고, 건물들이 어떻게 부서졌고, 농작물이 어떻게 망가졌고, 어떤 고통이 뒤따랐는지가 중요한 것이다. 유행에서 중요한 것은 따를지 말지다. 어떤 옷인지, 어떤 음식인지, 어떤 헤어스타일인지는 정작 중요하지 않을 수 있다.

유행에 대해 어떤 태도와 인식을 갖는가는 매우 중요하다. 유행에 쉽게 굴복하지 않는 '사유의 스타일' 덕분에 강렬한 감각의 파도에 휩쓸려서는 안 되는 본질적인 스타일들이 지켜지고 이어졌기 때문이다.

1부 공간의 표절

---

5 Filippo Tommaso Emilio Marinetti, 1876~1944, 이탈리아(이집트 알렉산드리아에서 출생), 소설가, 시인. 『미래파의 사람 마파르카』, 『트리폴리 전쟁』 같은 작품을 남겼고, 그가 주창한 미래파운동은 회화 분야에도 영향을 끼쳤다.

5장
환경의 집, 창조의 집

● 환경과 재료가 만든 집

인류 문명 초기의 집들은 예술적, 미학적 안목을 크게 고려해서 지어지지 않았다. 문명이 발전하면서 예술적, 미학적 가치를 지닌 집과 공공건물이 속속 탄생했지만, 서민들의 집은 여전히 예술과는 거리가 멀었다. 한국을 대표하는 전통가옥문화를 볼 수 있는 곳으로 전주 한옥마을, 경주 교촌 한옥마을, 북촌 한옥마을 등이 각광받고 있지만, 냉정하게 보면 한옥은 조선시대 상층계급과 부유층의 주거문화였다. 집과 환경의 관계를 제대로 살피기 위해서는 서민들의 집을 기준으로 해야 한다.

집은 다양한 문화적 상징을 드러낼 수 있지만 활동 영역 안에 있는 물질적 한계 내에서 지어졌다. 재료는 환경적으로 최적화된 것이었다. 그 때문에 각각의 문화권에서 서로 다른 스타일의 주거문화가 나타날 수 있었다.

이누이트족의 이글루, 몽골족의 게르, 동남아 지역의 나무집, 수상가옥 등이 그런 이유에서 탄생했다. 아프리카의 집들은 주변에서 구할 수 있는 흙과 초식동물의 배설물을 섞어 지어졌다. 수렵채집 부족인 피그미

어제를 표절했다

족은 이동을 고려해 나뭇가지, 나무껍질, 풀 등을 이용해 집을 지었다. 카메룬 바밀레케족의 왕궁은 나무 기둥, 흙과 대나무로 반죽한 벽, 풀로 이은 지붕이 특징이다. 왕궁조차 환경적 제약에서 벗어나지 않았다. 아프리카 중부의 광대한 지역을 통치했던 말리 제국(1235~1645)의 건축문화유산에서도 환경적 영향을 명확하게 확인할 수 있다. 말리 제국 제9대왕 만사 무사(Mansa Musa, 무사 케이타 1세, 1280~1337, 재위 1312~1335)는 당시 세계 최고의 부를 자랑했다. 말리 제국은 전 세계 금 생산량의 70%, 소금 생산량의 50%를 차지했던 것으로 알려져 있다. 당시 말리 제국의 부가 어느 정도였는지를 말해주는 상징적인 사건이 있다. 이슬람교도였던 무사 케이타 1세는 1324년 메카 순례 시에 무려 11톤의 황금을 가져갔다고 한다. 그는 카이로에 들렀을 때 만나는 사람들마다 금을 선물로 주었는데, 그가 뿌린 금 때문에 카이로 금시장이 붕괴하고 이를 회복하는 데만 10년 가까운 시간이 필요했다고 한다. 1375년 카탈루니아에서 제작된 지도(Catalan Atlas)의 아프리카 부분에 황금을 쥔 케이타 1세가 등장하는 것을 통해서도 말리 제국의 부가 어느 정도였는지를 가늠해볼 수 있다. 케이타 1세는 이슬람 건축가와 스페인 건축가를 불러 여러 지역에 모스크를 짓게 했는데, 어마어마한 부에도 불구하고 만들어진 모스크는 황금이 아니라 진흙이 주재료였다.

한국의 서민층 가옥도 1960년대까지만 해도 주변에서 쉽게 얻을 수 있는 흙과 볏짚을 재료로 지어진 초가집이었다. 한반도 안에서도 나무는 구하기 쉽고 볏짚은 구하기 어려웠던 산간지역에서는 나무 널판을 이용한 '너와집'이 나타났다. 지역적으로 개별성을 보인 집의 스타일은 재료에 의해서만이 아니었다. 기후환경의 차이 때문에도 달라졌다. 눈이 많은 지역의 집들은 지붕의 경사가 가파르다. 바람이 심한 제주도에서는 바람의 영향을 최소화하기 위하여 지붕의 경사가 완만했고, 그것도 모자

1부 인간의 표정

라 줄로 지붕을 보강했다.

동남아 지역의 나무집들은 물과 짐승, 벌레를 피하기 위해 땅에서 이격(離隔)된 부양식이 많다. 인도네시아 파푸아지방 밀림 속에 거주하는 코로와이(Korowai)족은 곤충을 비롯해 여러 천적들로부터의 위험을 피하기 위해 수십 미터에 이르는 나무의 상단에 집을 짓기도 한다.

중국 남부 푸젠성과 광동성에 거주하는 소수민족 객가(客家)족의 전통가옥 '토루(土樓)'는 또 다른 환경의 영향을 보여준다. 둥근 형태의 토루는 4~5층 높이로, 흙으로 단단하게 지어졌다. 외부는 밖을 조망할 수 있는 작은 창들만 몇 개 배치되어 있고, 수십 가구에 달하는 각각의 집들은 모두 안쪽으로 향해 있어 내부로 쉽게 들어갈 수 없는 구조를 갖고 있다. 방어적 필요성에 의해 만들어진 주택 스타일이다.

북미 인디언 타오스족의 전통 흙집 '어도비'도 '토루'와 같은 목적으로 지어졌다. 500년 이상 유지되어 오면서 1992년 세계문화유산으로 등재되기도 한 '어도비'는 적이 쉽게 침입하지 못하도록 1층에 문이 없고, 흙, 나무, 돌을 조합하여 1층 기단을 단단하게 구축했다.

집의 구조가 달라지며 자연환경의 변화를 만드는 경우도 있다. 온돌은 한국을 상징하는 주거문화지만 처음에는 한반도 전체의 양식이 아니었다. 고구려에서 발생한 것으로 알려진 온돌은 "대한해협을 넘지 못했고 중국 대륙에서도 만리장성을 넘지 못했다. 결과적으로 온돌은 만주와 한반도에만 존재하는 독특한 보온 방식이 되었으며, 한옥의 독특한 구조를 결정하는 힘이 되었다."[14]고 한다. 백제와 신라인들의 집에 벽난로와 바닥에서 떨어진 침대가 있는 모습을 상상해보는 것도 재미있을 것이다. 온돌은 벽난로식보다 훨씬 많은 연료를 소비한다. 한반도에 비해 나무가 흔치 않은 몽골지역이나 중국으로 전파되지 못한 것도 연료 확보의 어려움 때문이었을 것이다.

조림사업이 성과를 거두기 전인 1970년대에 이르기까지 한국의 산들은 거의 헐벗은 상태였다. 난방과 취사를 위해 나무를 채취한 것도 주요 원인 중 하나였다. 이제 한국의 산들은 달라졌다. 국가에서 조림사업을 펼친 이유도 있지만, 농촌인구의 도시 이주와 난방을 위한 대체 연료의 공급도 큰 이유였다. 온돌문화의 변화가 자연환경을 변화시킨 것이다.

● 한국의 아파트

각 문화권의 서민가옥이 보여주는 다양한 형태적·물질적 스타일은 환경 적응 과정에서 만들어졌다. 현재 대부분의 한국인들이 살고 있는 아파트도 사회·환경적 요인에서 탄생한 주거스타일이다. 전통적인 주거문화에서 현대적인 주거문화로의 변화를 짧은 기간 안에 극명하게 보여준 사례를 전 세계에서 찾는다면 한국만한 사례를 만나기 어려울 것이다.

2018년 5월 열린 제3회 서울국제건축영화제에서는 차드 프리드리히 감독의 〈프루이트 아이고〉가 개막작으로 선보였다. 〈프루이트 아이고〉는 1954년 미국의 세인트루이스에 건립되었지만, 1972년 폭파해체된 대규모 공공주택단지 푸르이트 아이고의 실패를 다룬 다큐멘터리다. 차드 감독은 그 아파트를 소재로 인간과 건축물 사이의 관계를 파헤쳤다.

300만을 수용하는 공동주택 도시를 실현하겠다는 꿈을 갖고 있었던 르 코르뷔지에는 1952년 마르세유에서 12층짜리 공동주택 유니떼 다비타시옹(Unité d'Habitation)에 구체화시켰다. 유니떼 다비타시옹의 성공 여부를 떠나서, 아파트문화를 처음 탄생시킨 프랑스지만 한국만큼 아파트가 주류 주택 스타일은 아닌 것 같다. 한국에서는 서울뿐만 아니라 전국 주요 도시가 아파트촌이 되었다. 창시자를 압도하는 놀라운 성공이다. 르 코르뷔지에의 신념이 한국에서 실현되었는지도 모른다. 통계청 자료를 보면 2017년 한국의 전체 가구 중 아파트 거주 비율은 61.2%였다. 단독주택 가구 비율은 33.3%였다.

한국에서 아파트가 성공한 이유는 공간적 환경의 특성 때문이다. 미국은 방대한 영토를 갖고 있다. '프루이트 아이고'는 선택적 우위를 가진 주택 스타일이 아니었다. 서울은 공간적 한계를 갖고 있다. 서울은 605㎢의 면적에 1천만명의 인구가 밀집해 있다. 유럽지역에서 아파트값이 비싼 곳으로 자주 거론되는 런던의 경우 2016년 현재의 인구가 1,040만명 정도로 서울보다 약간 많지만 면적은 1,570㎢으로 2배를 약간 넘는다. 유럽에서 서울과 비슷한 규모의 인구를 가진 도시는 런던 외에 모스크바와 파리가 있다. 모스크바는 2,511㎢의 면적에 2016년 현재 1,230만명이 살고 있고, 파리는 2,844㎢의 면적에 1,090만명이 실고 있다. 서울보다 면적 면에서 상당히 여유가 있다.

나라 전체로 확대해도 비슷한 상황이 발견된다. 한국은 100,363㎢의 면적에 5,200만에 가까운 인구를 갖고 있다. 6,600만명 정도의 인구를 가진 영국은 243,610㎢의 면적을 갖고 있고, 6,500만명 정도인 프랑스는 면적이 674,843㎢다. 한국에 비해 인구가 1천 4백만명 가량 많지만, 영토는 2.5배에서 6.7배에 달한다. 산지(山地) 비율은 한국이 더 높다. 한국의 아파트는 협소한 공간의 특성상 피할 수 없는 최선의 주택 스타일이었다. 도시에 밀집한 대부분의 인구를 수용하는 데는 아파트 말고는 다른 대안이 없었다.

어제를 표절했다

● 수직화와 슈퍼시티

뉴욕, 런던, 동경, 베이징, 파리, 서울 같은 세계적인 슈퍼시티 (supercity)들은 수직적 공간이라는 특성을 공유한다. 슈퍼시티는 집적화와 수직화의 특성이 극대화되어 나타난다. 짧은 동선(動線) 안에 많은 편의시설들을 집적시키는 것과 제한적인 공간이 특징이다. 제한된 공간 안에 많은 인구와 시설들이 들어서기 위해서는 공간의 수직화가 필연적이다.

서울의 아파트 비율이 외국 어느 도시보다 높다고 지적하지만, 피할 수 없는 선택이었다. 높은 아파트 비율은 슈퍼시티들의 공통된 특성이다. 비율상의 차이가 있을 뿐이다. 만약 수직화 공간을 수평화한다면 서울의 크기는 현재의 10배 이상으로 늘어나야 한다.

많은 이들이 수평적 공간인 전원을 꿈꾸지만, '수평화'는 도시에 사는 현대인들의 현실적 욕망과는 다른 방향이다. 수평화는 이동 거리가 길다. 긴 이동거리를 감수한다 하더라도 펼쳐놓을 수 있는 땅이 있어야 가능하다.

아파트 문화에 대한 비판 중에는 수직화한 공간이 미학적이지 않다는 것도 있다. 수직화 공간이 미학적 스타일을 확보할 수 있느냐는 수직화에 투입된 문화적 시간이 관건이다. 슈퍼시티 형성과정에 문화적 시간이 어느 정도 축적되었느냐에 따라서 수직화 공간의 미학적 발현이 달라진다.

뉴욕 맨해튼의 엠파이어스테이트빌딩은 1931년 102층으로 완공되었다. 77층 높이의 크라이슬러빌딩은 1930년 완공되었고, 70층의 록펠러센터는 1940년 완공되었다. 서울은 1970년 31층의 31빌딩이 완공되어 고층빌딩의 역사가 시작되었고, 1985년 63빌딩, 2016년 123층의 롯데월드타워가 완공되었다. 반세기 이상의 격차가 존재한다.

서울은 공간을 미학적으로 해석하는 능력을 갖추기 전에 수직화가 이루어졌다. 미국의 고층빌딩 역사는 19세기에 시작되었다. 도시화의 역사가 긴 서양의 슈퍼시티들은 수직화가 이루어지는 동안 많은 시행착오와 다양한 미학적 시도의 기회가 있었다. 수직화 공간에 다양한 문화스타일을 접목시킬 기회가 많았던 것이다. 그러나 동양권의 슈퍼시티들은 다양한 스타일을 시도해 볼 기회를 갖지 못했다. 양적 수직화로 도시를 가득 채운 뒤, 뒤늦게 질적 수직화에 대한 논의가 이루어지고 있는 상황이다.

● 배경과 가치

한국의 아파트들은 어느 지역에 있든 구조적 스타일이 비슷하다. 건물이 갖고 있는 미학적 차이도 크지 않다. 같은 건설사가 같은 설계도를 가지고 서울과 지방도시에서 아파트를 짓는다. 건설사들에게 공간의 위치는 큰 의미가 없다.

이익에 대한 탐욕이 스타일을 만들기도 한다. 아파트를 기둥식으로 지을 경우 입주자들이 현재의 벽식구조에 비해 더 다양한 스타일의 구조를 누릴 수 있고 층간소음도 줄어들지만, 비용이 더 들기 때문에 건설사들에게는 고려하고 싶은 스타일이 아니다.

서울 안에서도 동일한 스타일의 아파트가 큰 가격차를 보인다. 이유는 이미 알려져 있다. 발터 벤야민(1892~1940)은 "건축이란, 배경으로 경험될 뿐 그 외는 아무 것도 아니다."라고 말했다. 벤야민의 말은 건축의 의미를 냉소적으로 평한 것처럼 들리지만 흥미로운 점이 있다. 현대사회의 도시인들이 건축물을 갖고 싶어 하는 배경에는 자신의 정체성으로 내보이기 위한 경쟁도 숨어 있다. 건축물이 갖고 있는 배경을 자신의 배경으로 해석한다. 한강이 잘 보이는 아파트들이 다른 지역 아파트보다 가격이 비싼 것은 건물이 위치한 생활환경의 우수성에도 있지만 배경의 가치가 다르기 때문이다.

정치적 의도 때문에 특정 공간과 그 안의 건물들이 다른 문화적 배경과 가치를 갖기도 한다. 서울이 급속히 성장하고 빈민들이 변두리로 밀려나면서 '판자촌'이 형성되었다. 판자촌은 자연발생적인 공간으로만 해석할 수 없었다. 다양한 사회적 의미가 포함되었겠지만, 정치적 의도와도 직간접적으로 연결된 공간이었다.

뉴욕의 브룩클린은 여러 모습을 가지고 있지만, 영화 <브룩클린으로 가는 마지막 비상구>가 조명하고 있는 모습처럼 '소외된 사람들의 세계'라는 이미지를 강하게 지니고 있었다. 어느 도시나 소외지역은 존재한다. 자연적으로 발생할 수밖에 없는 것이 도시의 생태적 특징이다. 하지만 브룩클린은 다른 요소도 가미되었을 수 있다.

1930년대부터 60년대까지 뉴욕의 도시개발을 주도했던 로버트 모지스가 만든 뉴욕시 개발 디자인에는 통과 높이가 3미터가 채 되지 않아, 트럭이 통과할 수 없는 낮은 육교가 200개쯤 있다고 한다.[15] 육교의 수가 계획한 대로 조성되었는지는 중요하지 않다. 거대도시의 공간이 정치적 의도에 의해 백인과 흑인, 부유층과 빈민층의 공간으로 나뉜 것이 중요하다. 의도적으로 나뉜 공간과 그 안의 건물들은 스타일이 다를 수밖에 없고 배경과 가치 또한 처음부터 차별적으로 매겨질 수밖에 없었다.

'슈테틀'과 '게토'를 통해 공간과 건물의 문화적 의미를 읽을 수도 있다. 요즘의 차이나타운이나 한인타운처럼, 2차 대전 이전까지 유대인들이 모여 살았던 공간인 슈테틀과 2차 대전시기에 유대인들을 외부와 강제 격리시킨 공간인 '게토'는 유대인들이 모여 있었다는 사실을 제외하고는 전혀 다른 문화적 의미를 갖고 있었다. '슈테틀'은 한국의 집성촌과 같은 공동체 문화가 숨쉬는 곳이었지만, '게토'는 인간성이 말살된 지옥의 공간이었다. 정치는 이렇게 공간이 완전히 다른 문화적 의미를 갖게 할 수 있다. 슈테틀과 게토의 공간적 의미를 너무나 잘 알고 있을 이스라엘이 팔레스타인을 게토화한 것은 아이러니다.

● 갈망의 공간과 변화

집은 기거하고 싶은 갈망을 실현하는 공간이다. 가옥에서 드러나는 각 문화집단마다의 차이는 삶의 공간을 어떻게 바라보고 있는가에 대한 문화적 시각의 차이를 보여준다. 인간이 거주하는 가옥은 자연환경과 기후환경, 사회문화적 환경, 종교적 환경을 개인의 갈망과 타협하는 적정선에서 탄생한다. 현대 이전의 가옥은 개인의 갈망대로만 실현되지는 않았다. 한국의 여러 곳에 남아 있는 조선시대의 99칸 집은 욕망의 최대치를 상징함과 동시에 절대 권위를 넘어서는 안 되는 사회문화적 경계를 보여주기도 한다.

세계화가 진행되며 인간의 거주 공간과 주변 생활공간이 문화적 출처가 다양한 스타일로 변화되고 있다. 서양의 인상파 화가들은 자신들의 그림에 일본의 정원을 그렸다. 일본의 정원이 자신들의 정원과 유사하고, 특별한 의미를 부여할 필요가 없는 스타일이었다면 새로운 스타일의 그림을 그리고자 했던 그들이 일본의 정원을 담을 필요는 없었을 것이다. 다른 스타일이었기 때문에 그들의 그림 속으로 들어갔다.

최근 조성된 단독주택지구들을 살펴보면, 철근과 콘크리트가 재료의 주종을 이루며 문화적 스타일을 잃었지만, 형태적 스타일은 제각각이다. 지붕이 평평한 집도 있고, 경사가 가파른 지붕을 가진 집도 있다. 스페인 풍의 집도 있고, 북유럽식의 집도 있다. 그리스 산토리니의 집을 연상시키는 양식도 있다. 세계화의 영향이다.

남미 지역과, 필리핀, 베트남 등 식민시대를 겪은 나라들에서 발견되는 이국적 스타일의 집과 공공건물들도 세계화의 영향으로 지어진 것이지만, 그 집과 공공건물은 식민 본국의 사람들이 집단으로 이주하거나 그들의 지시 하에 지어졌다. 외부에서 강제로 이식된 세계화 양식이었다.

현재 단독주택지구 주택들의 스타일은 자유로운 의지에 따라 선택된다. 하지만 이전의 주택들은 일정한 문화적 틀 안에서 지어졌다. 1960년 대까지만 해도 한국의 시골 주택은 대부분 초가집이었다. 1970년대, 새 마을운동을 감독한 공무원들의 취향에 의해 전국이 슬레이트 지붕의 집 들로 바뀌었다. 그러나 이제 단독주택들의 스타일은 전적으로 집주인의 취향에 따라 결정된다.

현재 새로 지어지고 있는 건물과 주택들은, 해당지역의 땅이 주택문화 스타일에 어떤 환경적 영향을 주었는지를 전혀 유추할 수 없게 한다. 어 떤 집들도 이전의 스타일로 지어지지 않고, 이전의 재료들은 더 이상 활 용되지 않는다.

임석재는 "건축은 산업이요 경제요 정치요 사회요 문화요 예술이기 때 문에, 즉 한 사회단위가 영위하는 생활의 총체적 집합체이기 때문에 그 사회의 내적 상태가 고스란히 드러나게 되어 있다. 아무리 치장하고 숨기 려 해도 소용없다."[16]고 했다. 그렇게 드러난 것이 우리가 보고 있는 집과 건물의 스타일이다. 사회단위에는 개인도 포함된다.

음식은 하루에 세 차례 유행을 따를 수 있다. 옷은 3개월에 한 번씩 바꿀 수 있지만, 마음만 먹으면 음식처럼 하루에 3번씩 바꿀 수도 있다. 집은 그렇지 않다. 한 번 결정하면 족히 30년을 넘긴다.

단독주택지구에서 만나는, 개인적 열망과 취향이 담긴 다양한 양식의 집들은 계속해서 눈에 띌 것이다. 몇 년 지나지 않아 집주인의 취향이 바 뀐다 해도 집의 모습은 바뀌지 않을 것이다. 땅과 무관한 출처의 스타일 이 점점 낯설어질 수도 있겠지만, 집이 지어진 시대에 그 시대 사람들이 어떤 문화에 매력을 느꼈는지를 보여주는 중요한 증거가 될 것이다.

6장
하기아 소피아와 여수 밤바다

● 공간과 상징

비지스의 〈Massachusetts〉를 듣고 있으면, 한 번도 가본 적 없는 매사추세츠에 가보고 싶은 마음이 문득 피어난다. 눈을 감으면, 애인을 남겨두고 떠났던 곳, 그래서 빛이 꺼져버린 매사추세츠가 선하게 다가올 것 같다.

〈Massachusetts〉가 사람들의 마음을 움직이는 것은 감성적 사연 때문이다. 노래의 배경이 된 특정 공간에서 있었던 일이 사람들의 마음을 움직이면, 그 공간은 특정 감정을 대변하는 대명사가 된다. 각인이 좀 더 진행되고 나면 그 공간의 이름만 들어도 특정의 감정이 솟게 된다. 그렇게 공간과 감정은 하나로 연결된다. 공간이 품는 문화적 상징은 매우 다양해서 하나의 공간에서 여러 개의 상징이 탄생하기도 한다. 단순한 감성의 공간이 될 수도 있지만, 정치·경제·예술·문학 등과 관련된 사회적 의미를 품을 수도 있다.

폴란드 남부 마우폴스키에주에 작은 공업도시가 하나 있었다. 주민들은 공장에서 일을 하고 저녁에는 집으로 돌아가 가족들과 단란한 시간을 보냈다. 거리에는 사랑하는 여인을 기다리는 청년이 초조하게 서있기도 했고, 친구들과 재잘거리는 소녀들이 지나가기도 했다. 하지만 1940년 이후, 사람들은 그 도시의 이름을 들으면 결코 일상의 삶을 떠올리지 않는다. 그 작은 도시의 이름은 '아우슈비츠'다.

하나의 공간에서 서로 다른 이해관계와 문화적 견해가 충돌하며 특정 공간이 상징을 갖게 되기도 한다. 2차 대전기의 노르망디처럼 '피아(彼我)'의 시각에서 볼 수도 있고, 판문점 비무장지대와 베를린장벽처럼 이념의 시각에서, 앨라배마주 몽고메리 카운티처럼 인종의 시각에서, 오데사항구 포템킨 계단처럼 계급적 시각에서, 만리장성처럼 민족의 시각에서, 홍콩처럼 식민의 시각에서, 예루살렘처럼 종교의 시각에서 볼 수도 있다.

인간이 사는 모든 공간에는 긴 역사를 통해, 겹겹의 층을 가진 지층처럼 다양한 '문화 지질대(地質代)'가 형성된다. 현존하는 최고의 비잔틴 건축물인 이스탄불의 '하기아 소피아(Hagia Sophia, 지혜의 대성당, 성 소피아 성당)'는 이스탄불이 콘스탄티노폴리스로 불리던 동로마시대에 콘스탄티누스 2세에 의해 360년 처음 건립되었다. 화재로 소실되었다가 비잔틴제국의 황제 유스티니아누스 1세(483-565, 재위 527-565)에 의해 다시 건립(532~537년)되었다. 1천백여 년의 거의 전 시기 동안(360년~1453) '콘스탄티노플 대성당'으로 불렸다. 이후 약 500년(1453년~1931년) 동안은 이슬람사원으로 사용되면서 '하기아 소피아'로 불렸다. 여러 민족의 통치를 받았던 이스탄불과 함께 서로 다른 이름을 가지며, 한 공간의 문화적 변화의 산증인이 된 것이다.

'하기아 소피아'는 건물이라는 상징으로 공간을 대변하고 있지만, 공간과 연결된 노래들도 얼마든지 공간의 문화적 변천을 대변하는 상징이 될 수 있다.

● 한국의 공간과 음악

모든 문화권에 문화적 상징 공간이 등장하는 노래들이 존재한다. 한국의 도시와 고장들도 노래를 갖고 있다. 서울이 가장 많은 노래를 갖고 있을 것이다. 서울에 대한 노래는 여러 시기에 걸쳐 다양한 의미를 품고 탄생했다. 대중적으로 많이 알려진 노래로는 현인의 〈서울야곡〉(1959년), 패티김의 〈서울의 찬가〉(1969), 김민기의 〈서울로 가는 길〉(1973), 조용필의 〈서울 서울 서울〉(1988), 장철웅의 〈서울 이곳은〉(1994), 달빛요정역전만루홈런의 〈쓸쓸한 서울, 노래〉(2004), 김건모의 〈서울의 달〉(2005) 등을 들 수 있다.

'서울'이라는 지명이 들어있지 않더라도 서울 안에 존재하는 공간들로 확장하면 관련된 노래는 헤아릴 수 없을 정도로 많다. 자이언티의 〈양화대교〉, 혜은이의 〈제3한강교〉, 주현미의 〈비 내리는 영동교〉처럼 서울의 다리를 소재로 한 노래만 해도 상당수다.

서울을 담은 노래들은 제작 시기, 제작자(작사, 작곡)의 음악세계, 장르 등 내적 외적인 형태와 방식에서 모두 다른 모습을 갖고 있고, 담고 있는 이미지와 감성 또한 다르다. 〈서울의 찬가〉와 〈서울서울서울〉은 건전가요 느낌이 난다. 〈쓸쓸한 서울, 노래〉와 〈서울 이곳은〉은 도시에서의 상실감을 노래하고 있다. 〈서울야곡〉은 우수어린 감성이 매력인데, 서울 안의 공간인 충무로, 보신각, 명동을 애련(哀戀)의 공간으로 만들었다.

구체적인 장소·공간의 등장은 서울의 노래임을 분명하게 드러낸다. 하지만 구체적인 장소성이 모든 노래를 아름답게 만들지는 않는다. 오히려 감성 몰입의 방해요소로 작용할 수도 있다. 서울시는 가수 보아에게 돈을 주고 〈서울의 빛〉이란 노래를 제작했다. 그 노래는 아름다운 가사들로 가득 차 있지만 이야기가 담겨 있지 않았다. 그 노래를 아는 이가 극히 드문 것은 그 때문이다. 사람들이 노래를 듣고, 노래를 하는 이유는 공간속에 자신의 삶을 투영한 이야기를 듣고 싶기 때문이다. 그런 욕구를 충족시키지 못한다면 대중가요로서의 가치는 떨어진다.

● **공간과 장르(트로트)**

한국 음악사를 수놓은 장르 중, 공간이 많이 등장하는 경우는 트로트에 특히 많다. 〈이별의 부산정거장〉, 〈부산갈매기〉, 〈돌아와요 부산항에〉, 〈목포의 눈물〉, 〈대전부르스〉, 〈소양강 처녀〉, 〈흑산도 아가씨〉, 〈꿈꾸는 백마강〉, 〈돌아가는 삼각지〉, 〈신라의 달밤〉, 〈마포종점〉, 〈칠갑산〉 같은 노래들이 대표적이다.

1970년대를 포크음악이 주도했다고 하지만 포크는 젊은이들만의 음악에 가까웠고 특정 공간과의 연계성은 떨어졌다. 지금은 쇠락하고 일그러지고 퇴폐적인 모습을 보이고 있지만, 1960~1970년대 서민들의 애환과 정서를 대변한 대표적인 장르는 트로트였다. 지금의 트로트처럼 밤무대에나 적합한 노래도 아니었고, 도시보다는 시골의 정서를 대변하고 있었다. 향토적인 공간을 노래 속 공간으로 많이 형상화한 것은, 1960~1970년대에 가난한 시골 서민들이 고향을 떠나 도시로 향했고, 시골 공간이 그리움의 공간이 되었기 때문이다. 시골살이를 기억하는 이들에게 트로트는 지난 시절의 감성을 끌어내는 장치였다. 도시에서의 기억이 대부분인 현재의 신세대에게는 힙합이 비슷한 감성장치일 것이다.

특정 공간과 인연을 맺은 각각의 노래들은 세월이 흐르면서 애환과 그리움을 대변해주던 역할은 퇴색하지만, 다른 공간에서 다른 문화적 의미로 살아나기도 한다. 프로야구 경기장에서 그것을 확인할 수 있다. 〈부산갈매기〉, 〈목포의 눈물〉 같은 곡들은 연고지역을 상징하는 응원가로 불리고 있다.

개인적 심상을 그린 노래들이 지역을 상징하는 노래로 불리게 되면 정치적 의미를 갖게 되고, 노래의 탄생과는 상관없이 지역주의 정서를 담게 되는 부정적인 측면이 생겨난다. 개인적이고 감성적인 이유에서 그 노래를 좋아했던 타 지역 사람들에게는 불편하게 받아들여질 수 있다. 한 노래의 역사로 보면 결코 긍정적 변화라고만은 볼 수 없다. 노래에 특정 공간이 갖고 있는 사회적 의미가 투영되며 의도하지 않은 모습을 갖는 사례로 볼 수 있다.

● 장소와 음악, 음악인

자이언티의 〈양화대교〉처럼 선명한 '장소성(場所性)'과 '이야기'를 갖고 있는 노래는, 특정 공간을 이야기를 품은 매력적인 심상(心想)의 공간으로 만든다. 그런 노래를 가진 도시는 눈에 보이는 화려한 건물이나 관광 인프라 이상의 소중한 자산을 갖게 된다. 전라남도 여수와 〈여수 밤바다〉가 바로 그런 경우다.

2012년 3월 버스커버스커가 발표한 〈여수 밤바다〉는 '여수'라는 공간에 이야기를 만들어주었다. 젊은이들과 연인들이 노래에 이끌려 여수를 찾았다. 이제 여수는 사람들이 감성적으로 떠올리는 이야기를 담은 노래를 갖게 되었다. 〈여수 밤바다〉는 음악이 특정 지역의 관광자원으로서 어떤 역할을 할 수 있는지를 보여주는 주요 사례가 되었다.

'버스커버스커'가 대중으로부터 뜨거운 사랑을 받던 상황이었기 때문에 가능했지만, 무엇보다도 〈여수 밤바다〉가 보아의 〈서울의 빛〉처럼 작위적이지 않았던 것도 이유가 될 것이다.

〈여수 밤바다〉에는 10차례 정도 '여수 밤바다'가 등장한다. 그것만으로도 여수를 충분히 떠올릴 수 있지만, 거기서 그치지 않는다. 곡의 내용 거의 전부가 여수의 밤 풍경을 애상(愛想)의 시선으로 그려내고 있다. 이 노래를 듣다보면 누구라도 여수의 밤바다를 걷고, 바라보고 싶게 한다. 특정 공간을 이처럼 명징하고 단아한 심상(心想) 공간으로 그려낸 곡도 흔치는 않다.

음악이 공간과 맺는 관계를 두 가지 유형으로 나누어 볼 수 있다. '음악인과 공간', '음악과 공간'의 관계다. '음악인과 공간'의 대표적 사례는 비틀즈(1959~1970, 존 레논, 폴 매카트니, 조지 해리슨, 링고 스타네 명 모두 리버풀의 노동자 가정 출신)와 리버풀이다. 1961년, 비틀즈는 당시 리버풀 최고의 라이브 클럽으로 자리 잡고 있던 캐번 클럽에서의 공연을 시작으로 20세기 최고의 인기 밴드로서의 경력을 쌓기 시작한다.

리버풀은 축구의 도시로도 유명하다. 영국 축구계에서 리버풀과 맨체스터유나이티드는 앙숙관계. 두 팀의 경기는 영국 프리미어리그에서 가장 격렬한 경기로 꼽힌다. 두 도시의 앙숙관계가 어느 정도인가하면, 맨체스터에서는 리버풀 출신인 비틀즈를 싫어한다는 얘기가 있을 정도다. 1960년대 세계 최고의 인기 밴드였고, 20세기를 통틀어 세계 최고의 인기 밴드였던 비틀즈를 싫어하는 영국의 도시가 있을 수 있다는 사실이 흥미롭다. 과장된 이야기이겠지만 그만큼 리버풀과 비틀즈의 관계가 깊다는 것을 말해준다.

가수와 특정 공간이 비틀즈-리버풀 같은 관계를 맺기는 극히 힘들다. 이런 관계를 갖는 것은 드문 행운이다.

● **음악은 평등하다**

민족마다 자신들의 음악을 갖고 있다. 현대음악의 기술적 시각에서 본다면 민족음악들마다 약간의 차이는 있을 수 있지만, 그 점이 음악이 탄생한 문화적 공간을 우열의 개념으로 구분하는 적용기준이 될 수는 없다. 각 민족음악은 서로 다른 스타일을 가지고 있을 뿐 문화적으로 평등하다.

그런 사실을 망각한 반문화적 인식이 대학교수들에 의해 버젓이 유포된 적이 있다. 아리랑이 세계에서 가장 아름다운 곡 1위라는 내용이 초등학교 4학년 도덕 교과서에 실린 적이 있다. 인터넷에서 떠돌던 유언비어가 사실인 것처럼 책에 실린 것이다. 2011년 한 언론사에서 사실을 확인했다. 기사[6]를 보면 연구·집필 총책임자였던 서울교대 교수는 기자와의 통화에서 "학생들의 애국심을 고취하려는 취지에서 수록한 내용"이라고 답변했다.

해당 교수는 아리랑을 몰라도 너무 몰랐다. 아리랑은 종류만 해도 60종이 넘고, 곡수로는 3,600곡이 넘는다. 국내뿐만 아니다. 한국인이 정착한 해외 곳곳에서도 그곳만의 아리랑이 탄생했다. 우리가 알고 있는 아리랑은 극히 일부에 불과한 것이다.

아리랑은 지역별로 음악적 차이를 갖고 있다. '정선아리랑', '진도 아리랑', '밀양아리랑'처럼 아리랑 앞에 지역 이름을 붙인 것도 그 때문이다. 어느 아리랑을 기준으로 삼을지도 결정할 수 없는데, 아리랑이 가장 아름다운 곡이라는 판단이 어떻게 나왔는지 의문이다. 경악할만한 발상이다.

아리랑이 어떻게 다른지는 국악을 현대적으로 해석하는데 성공적이었던 가수 김정호와 정태춘의 음악 세계를 통해서 가늠해 볼 수 있다. 두 사람의 창법을 살펴보면 분명한 차이가 느껴진다. 김정호는 애절한 창법

---

6 2011. 3. 24 국민일보 기사.

이 두드러진다. 농지가 많고 여성들이 고된 노동을 해야 했던 곳이어서, 여성적이고 한스러운 곡조가 강한 남도 아리랑의 영향을 느낄 수 있다. 정태춘의 창법은 담백하면서도 꺾임이 적다. 정치·경제적 중심지였던 수도 한양과 인근 경기지역의 흔적을 엿볼 수 있다.

다른 지역의 아리랑은 어떨까. 정선아리랑은 나직하게 읊조린다. 물자가 풍부하지 않고, 산이 많은 자연 조건에 순응하며 살아야 했던 삶의 정서가 배어 있어서인지, 선율이 격정적이지 않고 진폭이 크지 않다. 영남 지역의 아리랑은 남성적이다. 동해안과 맞닿은 영남 지역은 농지가 많지 않고, 고기잡이를 나가더라도 갯벌이 발달되어 있던 서남해 지역과는 달리 집단적인 힘이 필요했던 곳이다. 남성적이고 집단적인 목소리가 강한 특성을 갖게 된 배경이다.

억지로 비교를 해야 한다면 외국 민요들이 비교 대상이 될 것이다. 그러면 노래에 아름다움의 순위를 매기는 것이 얼마나 부적절한지를 더 잘 알 수 있다. 외국 민요들이 실제로는 우리에게 매우 친숙하기 때문이다. 어떤 노래들이 있는지 한 번 살펴보자. 사이먼과 가펑클이 부른 〈엘 콘도르 파사〉는 전 세계적으로 사랑받는 노래다. 〈엘 콘도르 파사〉의 가사는 인디오들의 것과 달라졌겠지만, 음악의 뿌리는 남미 인디오들의 음악에 닿아있다. 포크세대 가수 이연실씨가 번안해서 부른 〈스텐카 라진〉이라는 노래가 있는데, 1970년대 젊은 세대가 좋아했던 비장함이 돋보이는 아름다운 곡이다. 그 노래는 17세기 러시아 농민혁명가 스텐카 라진을 기린 러시아 민요를 번안한 것이다. 〈머나먼 길〉이란 러시아 민요도 들어보면 바로 알 수 있는 익숙한 곡이다.

우리가 학창시절에 배운 외국 노래들이 대부분 외국의 민요였다. 요들송은 알프스 산맥 지역의 스위스와 오스트리아의 전통음악이다. 〈로렐라이〉와 〈오 소나무야〉는 독일 민요다. 스코틀랜드 민요 〈애니 로리〉, 아일랜드 민요 〈대니보이〉도 친숙하다.

아일랜드 민요와 스코틀랜드 민요는 미국으로 건너가 미국 민요의 기원이 되기도 했다. 포스터가 작곡한 〈스와니강〉, 〈켄터키 옛집〉, 〈메기의 추억〉 같은 곡들을 들어보면, 아일랜드나 스코틀랜드 민요와 많이 닮아 있다는 것을 알 수 있다. 그 음악들의 후예가 바로 1970년대 한국의 포크에 영향을 끼친 미국의 포크 음악이다. 포크 음악을 즐긴다는 것은 아일랜드와 스코틀랜드 민요에 뿌리를 두고 있는 음악을 즐긴다는 것과 같다.

민요는 기본적으로 강한 지역성과 역사성을 갖고 있다. 또한 계층성이라는 특성도 갖고 있다. 민요가 서민들의 삶과 깊은 연관을 맺고 있기 때문이다. 어느 나라의 것이든 민요를 들어보면 대부분의 노래들에 서글픔이 배어있다는 느낌을 받는다. 서민들이 부른 민요들은 서글플 수밖에 없다. 서민들의 삶은 나라를 불문하고 고통스러웠다. 민요는 그 고통과 슬픔을 감내하고 승화시키기 위한 위로의 소리였다.

그런 노래들에 순위를 매긴다는 것은 각각 서로 다른 환경에서 아프게 탄생한 서민들의 노래에 우열이 있다는 얘기가 된다. 문화를 이해할 때 가장 경계해야 할 시각으로 접근한 것이다.

클로드 레비-스트로스가 『슬픈 열대』를 펴낸 것이 1955년이다. 레비-스트로스가 이전의 실용주의적 관점과 신비주의적 관점—두 관점 모두 서구문명을 우월적 위치에 두고 타 문명을 바라보고 있다는 사실을 잊지 말자—모두를 비판하며, 구조주의적 관점에서 작든 크든 모든 문명을 동등하게 봐야한다는 학문적 옥조(玉條)를 인류에게 전한 지도 반세기가 지났다.

아리랑이 세계에서 가장 아름답다는 주장은 인문학적 사유가 결여된 것이다. 이런 교육을 받은 아이들은 당연히 자기문명 우월주의에 빠질 것이고, 결국 문명차별주의자로 성장할 수밖에 없다. 자신들의 신념을 투영시킬 대상으로만 아이들을 생각한 무개념의 소산은 아이들이 반문명적 생각을 가진 인물로 성장하게 만들 것이다.

문화적 산물에 순위를 매기는 것은 있을 수 없는 일이고, 설혹 매긴다 하더라도 그것은 상품화한 것이 팔리고 안 팔리고를 따지는 정도의 일이다. 그 경우에도, 상품화된 문화는 대부분 상품화 과정에서 민족 고유의 독특함과 독자성을 상실하게 된다는 폐해를 기억해야 한다.

롤랑 바르트는 "음식은 조건과 상황과 기호에 따라 의미체계가 달라진다. 따라서 음식은 의미체계"라고 말했다. 음악도 음식과 마찬가지다. 각 민족의 음악에는 그 나라의 지리·환경적 조건과 정치·경제·사회적 상황을 비롯한 다양한 문화적 의미가 담겨 있다. 모든 민족의 음악이 1위라면 모르겠지만 수백, 수천 년의 문화적 담금질을 통해 탄생한 음악들을 줄 세우는 것 자체가 있을 수 없는 일이다. 예전에 한 방송국에서 기획한 〈나는 가수다〉라는 프로그램이 호된 질책을 당한 것도 각각의 독특한 음악 세계를 갖고 있는 가수들을 줄을 세우겠다는 상업적 발상 때문이었다.

● 공간성은 축복

몽골인들의 전통 음악 '흐미'가 있다. 오랜 시간 공을 들이면 배울 수는 있겠지만, 다른 음악들과는 아주 다른 기술을 익혀야 해서 결코 배우기가 쉽지 않은 음악이다. '흐미'는 산, 강, 바람, 동물의 소리를 표현한 것이라고 하는데, 다른 민족의 전통 음악과는 확연한 차이를 보여준다. 몽골인들은 '흐미'를 부르고, 가르치고 배우는 과정을 넓은 초원에서 갖는다. 몽골인들의 전통음악이 자연환경에서 탄생했음을 알 수 있다.

스위스와 오스트리아의 알프스 산악 지역에서 목동들이 탄생시킨 '요들'은 어떨까. 노래를 듣고 있으면 높은 산과 그 사이의 계곡을 흐르는 바람소리, 소와 양들의 울음소리, 소의 목에 매단 요령 소리가 들려오는 것 같다. 소리와 함께 알프스의 풍광이 상상 속에서 떠오른다.

아프리카의 전통음악은 어떨까. 리드미컬하게 울리는 전통 북 젬베 소리를 듣고 있으면, 누우와 영양 떼가 푸른 초원을 무리지어 껑충껑충 뛰며 달려가는 모습이 떠오른다. 어딘가에서 잠복해 있는 사자와 표범의 배고픔이 전해져 오기도 한다.

쿠바의 낡고 칠 벗겨진 가난한 골목에서 새어나오는 '부에나 비스타 소셜 클럽'의 노래는 어떨까. 노예로 끌려와 살아남아야 했던 사내가 바다를 바라보며 애수에 잠겨있는 모습이 떠오르지는 않는가.

이런 음악들은 우리에게 모든 공간이 살아있는 생과 문화라는 것을 일깨워준다. 세계화가 많은 재앙을 몰고 왔지만, 그나마 우리에게 준 축복이라면 다른 공간에 사는 이들이 토해놓은 삶의 소리들, 바로 음악을 만나게 해준 것이다.

음악은 삶이 눅진하게 곰팡내 피우고 있는 공간에서 새어나온 인간의 숨소리다. 그 숨소리는 어떤 잣대로도 잴 수 없다. 감히 다른 것과 비교할 수 없는, 세상 어디에도 없는 숨소리의 보석들이다.

2부 시간의 표정

더 나은 곳으로, 더 높은 곳으로 향하는 날갯짓을 '진화'라고 말한다. 인간의 시간도 더 높은 수준으로 진화했다고 말한다. 시간의 이어달리기로 집단지성이 탄생했다. 하지만 시간의 이어달리기에 참여하는 선수는 끊임없이 교체되었다. 지금도 인간은 이어달리기 선수가 되기 위해 걸음마와 옹알이부터 배우고 있다.

1장
인류 최초의 촌지 사건

● 촌지 사건과 요리법

불미스러운 사건이 또 터졌다. 교사가 또 다시 학생을 매질했다. 그런데 이후 벌어진 사건의 정황은 양식 있는 시민이라면 도저히 받아들이기 어려운 방향으로 전개되었다. 사건의 심각성을 이해하려면 상상력이 필요하다. 정황을 파악하기 위해 사건 전말을 기록한 보고서 사본을 정통한 정보원을 통해 긴급 입수했다. 그중 일부를 그대로 옮겨 보겠다.

> 그의 아버지는 신중하게 처리하라고 말했다. 선생님이 집을 방문했고, 그의 자리는 상석에 마련되었다. 소년이 옆에 앉아 시중을 들었고, (…) 선생님에게 새 옷을 입히고, 선물을 주었으며, 그의 손에는 반지를 끼워 주었다.[17]

아연실색할 광경이 펼쳐졌다. 누구보다 분노해야 할 학부모가 오히려 상식 밖의 대응을 하고 있다. 혹시, 접대 장소에 몰래카메라를 설치하고 옴짝달싹 못할 증거를 잡으려는 것일까? 어쩌면 항의 이후의 보복이 두

려워 돈과 선물로 교사의 환심을 사려 했을 수도 있다. 사건 보고서는 학생과 그의 아버지의 극진한 접대를 받은 교사의 반응 또한 상세히 기록하고 있다. 교사의 반응이 볼만했다.

> (…) 너는 필경술의 최고점에 도달할 것이다. 그리고 그것을 완전하게 성취할 것이다. (…) 너의 친구들 중에 우두머리가 될 것이며, 학생들의 지도자격이 될 것이다.[18]

아니, 애한테 매질을 했던 교사가 어떻게 이렇게 손바닥 뒤집듯 학생을 대하는 태도가 돌변할 수 있나. 교사의 촌지 수수를 막기 위한 제도적 장치들이 만들어져 있었는데도 이런 일이 벌어지다니! 정말 기가 막히고 코가 막힐 노릇이다. 학생을 때린 것도 모자라, 뻔뻔하게 학생의 집에서 접대에, 촌지에……. 아주 세트로 판을 벌였다.

걱정을 내려놓으셔도 될 것 같다. 4천년 전에 있었던 일이다. 사건의 내용은 메소포타미아 문명권의 시조(始祖)격인 수메르 문명이 남긴 점토판에 새겨져 있었다.

점토판에 새겨진 것이 4천년 전 사건을 만나는 데 한몫 단단히 했다. 알렉산드리아 도서관은 점토판에 새겨진 기록들보다 2천여 년 후인 기원전 220년경에 세워졌고, 클레오파트라 치세 당시에는 70만권에 이르는 두루마리를 소장했다고 전해지지만 파피루스에 기록되었기 때문에 소실되어버렸다. 문자를 기록하는 재료의 스타일이 운명을 결정했다.

4천년 전의 사건이라 걱정이 없다고는 했지만, 아주 없는 것은 아니다. 실제로는 4천년 동안 촌지문화가 이어져 왔기 때문이다. 한국에서는 사라지고 있다고 하지만 교육계의 모습일 뿐이다. 전 영역에서 사라졌다면 제도적 금지장치는 없어야 한다. 그런데 법적 금지장치는 지금도 존재한다. '김영란 법'이 증거다. 법적 제어장치가 사라진다면 뇌물(촌지)문화는 다시 4천년 전의 불길로 거침없이 되살아날 것이다.

국제투명성기구(TI, Transparency International)에서 176개국을 대상으로 실시한 최근 년도의 한국의 부패인식지수(CPI, Corruption Perceptions Index)는 51위 정도였다. 한국이 그 정도라면 아직도 세계 곳곳에서 기승을 부리고 있을 것이다. 뇌물은 질기게 이어져 온 인간의 문화적 얼굴이다. 다른 이야기를 살펴보자.

> 얘야, 이제 철 좀 들어라. 공공장소에서 서성거리거나 길에서 배회하지마라. 길을 걸을 때는 주위를 두리번거리지 마라. (…) 거리에서 배회하는 네가 과연 성공할 수 있겠느냐? (…) 나는 절대로 육체노동을 하도록 너를 보내지 않았다. (…) 너의 형을 본받아라. 너의 동생을 본받아라. (…) 너는 밤낮으로 쾌락에 빠져 있다.[19]

어느 아버지가 향락에 빠져있는 아들을 걱정하며 충고하는 내용이다. 방탕한 아들을 둔 아버지의 고민은 현재 우리 주변에서 흔히 볼 수 있는 낯익은 모습이다. 소개한 충고도 4천년 전의 기록에 있는 내용이다. 수천 년이라는 시간적 차이를 조금도 느낄 수 없다.

요리법에 대한 흥미 있는 기록도 있다.

> 큰 항아리를 잘 씻은 후 물과 우유를 붓고 끓인다. 마른 새고기를 닦아내고 (…) 소금을 뿌려 항아리에 넣는다. 지방을 넣고 (…) 향신료를 넣어 맛을 살린 후 잎을 뜯어낸 운향도 넣는다. 끓기 시작하면 양파를 넣는다. (…) 다진 부추와 마늘도 함께 넣고 깨끗한 물도 약간 첨가한다. (…) 깨끗하게 거른 세몰리나 밀가루를 우유

에 적신 후 충분히 축축해지면 〔매운 생선 소스를 붓고〕 잘 반죽한다. 반죽이 딱딱하지 않도록 줄곧 신경 쓰면서 (…) 다진 부추와 마늘, 우유, 조리하고 남은 지방 덩어리를 넣고 다시 반죽한다. 완성된 반죽은 두 덩이로 나눈다. 한쪽은 항아리에 집어넣고 다른 하나로는 작은 빵을 여러 개 굽는다.[20]

뭔가 그럴듯한 맛있는 요리가 나올 것 같은 예감이 든다. 새고기와 운향[7]이란 식물이 등장하는 것을 보면 서남아시아 지역에서 즐기는 요리로 보인다. 성경에도 비둘기 고기를 즐기는 문화가 기록되어 있는 것으로 보면 그 지방 요리일 가능성이 높다. 맞다! 이 요리법은 3700년 전 메소포타미아 지역에서 인기 있던 메뉴였다.

1만년 전쯤에 살던 이들을 겨우 불이나 피울 줄 아는 야만인으로 여기는 시각이 존재한다. 지금도 아마존 오지에 사는 사람들을 비문명적인 존재로 바라보는 시선이 있는데, 5천년 전이나 1만년 전의 인류야 오죽하겠는가. 하지만 기록을 보면 4천년 전 사람들의 사회상, 부모의 고민, 음식 스타일은 지금의 모습과 조금도 다르지 않았다.

● '루시' 대 '루시'

인간의 진화를 수직적 개념으로 이해하는 경향이 있다. 낮은 수준의 지적 능력과 문화에서 높은 수준으로 진행했다고 믿는다. 진화의 의미를 '나아간다'는 사전적 의미로만 해석한 것이다. 그런 이해가 아주 틀린 것

---

7 운향(蕓香) ─ 겨자과에 딸린 식물. 강한 향이 나고 구충(驅蟲)이나 통증을 경감시키는 데 효력이 있다고 한다. 흥분제로도 사용되었고, 책 속에 넣어 좀을 막는 데도 사용되었다고 한다. 성경에서는 '회향'으로도 불리었다.

은 아니다.

최초의 인류로 알려진, 318만년 전 지금의 에티오피아 아와시 강 근처에 살았던 '루시'(오스트랄로피테쿠스 아파렌시스 ustralopithecus afarensis)와 현재의 인류를 비교하면, 어마어마한 진화가 이루어졌다. 영화에 등장하는 미래 인류의 모습이 머리가 비정상적으로 크고, 염력으로 의사를 전달할 정도로 진화하리라는 상상도 인간의 진화가 지적인 면에서 눈에 띌 만큼 발전했다는 믿음과 연결되어 있다. 하지만 시점을 어디쯤에 두느냐에 따라 이해의 상황은 달라질 수 있다.

진화의 양상이 어느 방향으로 향할지는 누구도 알 수 없다. 어둠에 익숙해지느라 시력이 나빠진 동물들의 눈에 대해 '퇴화'라는 개념을 적용한다. 하지만 시력이 약해지고 있는 사이에 다른 감각은 탁월해지고 있었다. 나빠지고 좋아진 것을 합해 감각적 진화의 총량을 따진다면 변화가 없을지 모른다.

현시대를 사는 인류도 모두 같은 모습은 아니다. 네팔인들은 고산지대에 살기 적합하도록 진화했다. 적은 양의 산소로도 일상 활동이 가능하도록 산소의 활용도를 높이는 방향으로 유전자가 변화했다. 몽골인들의 뛰어난 시력도 환경적응의 결과물이다. 필리핀 산호초 지대의 어부들이나, 제주도 해녀들의 잠수 능력은 보통 사람들을 훨씬 뛰어넘는다.

일상을 24시간으로 나누는 시간이 아닌, 진화의 시계에서 흘러가는 시간에 대해서 열린 사고를 가져야 한다. 지구 생명체의 역사를 12시간으로 잡았을 때, 인간의 출현 시각은 11시 55분쯤 된다고 한다. 그렇다면 진화의 시계 안에서의 4천년은 후하게 쳐도 1분 이상은 되지 않을 것이다. 4천년 전과 현재의 인간 사이에 엄청난 변화가 있었으리라고 판단하기에는 너무 짧은 시간이다.

인문학을 얘기한다고 해놓고 뜬금없이 4천년 전 촌지 사건과 진화의 시간을 이야기한 것은, 인간의 시간에 대한 이해가 먼저 있어야 하기 때문이다.

● 먹다만 사과와 인문학

한 입 베어 먹은 사과를 가지고 일세를 풍미하던 스티브 잡스가 죽기 전에 꼭 필요하다고 설교한 것이 인문학이었고, 어느 재벌 3세가 TV에 나와 열변을 토한 것도 인문학이었다. 기업인들이 인문학을 거론하는 것을 보며 대중은 열광했다. 인문학만 잘하면 번듯한 사과회사도 차릴 수 있을 것 같고, 기업도 차릴 수 있을 것 같다.

그뿐인가! 전국의 산간 오지에 널린 외진 길들도 죄다 인문학 시대에 어울리는 이름을 얻었다. 올레길이니 둘레길이니 하는 이름을 얻자, 외딴 길은 갑자기 놀라운 영적 치유의 능력을 갖게 되었다. 수십, 수백 년 동안 한자리에 변함없이 있었는데, 어느 날 이름 하나를 얻자 놀라운 영적 기운을 품게 된 것이다. 길들도 깜짝 놀랐을 것이다.

지리산 산골에 살던 노부부는 집 뒤편 산길이 영적 치유(힐링) 능력을 갖게 되면서 수시로 찾아드는 사람들 때문에 급기야 병을 얻고 말았다. '마음 치유 명당'이라는 소문 때문에 고적함이 산산이 깨져버리고, 조용했던 산골동네가 몸살을 앓게 되었다.

장르도 가리지 않고 확장되고 있다. 요리인문학, 음악인문학, 미술인문학, 건축인문학, 생태인문학……. 대체 인문학이 무엇이기에 모든 분야에서 인문학 처방전을 날리는 것일까?

문학과 예술을 창조할 줄 아는 독보적 존재인 인간이, 자신이 창조한 화려하고 복잡한 문명 세계 속에서 길을 잃고 사막을 걷고 있다고 생각될 때, 인간다워져야 한다는 갈구에서 절대명약인 인문학 열풍이 생겼다고들 진단한다.

인간은 유일무이한 존재도 아니고, 삶의 양식도 유일무이하지 않다. 인간이 삶에서 만들어낸 유사한 스타일은 오래전부터 이어져 왔다. 촌지 사건은 지금도 지구 어딘가에 존재한다. 다른 종류의 사건들도 마찬가지다. 5천년 전에는 공공연한 일이었다면 지금은 법적 제재로 수그러지거나, 음성적으로 이루어진다는 차이가 있을 뿐이다. 여전히 존재한다는 근본적 공통점에서는 시공을 초월하여 손을 맞잡고 있다.

삶의 양상이 4~5천년 전이나 지금이나 다를 것이 없는데 인문학이라고 다를까? 인문학도 늘 그 자리에 있었다. 그런데 그렇게만 생각하면 몹시 허전하고 서운하다. 다른 것은 없을까? 분명히 있을 것 같다. 있어야만 한다!

어제를 표절했다

2장
불멸의 스타들

● 인문학 삼각지대

오래전부터 불고 있는 인문학 태풍의 진로를 살펴보니 단비를 뿌려 흥건하게 땅을 적셔 주리라는 반가운 기대와 함께 걱정도 생긴다. '소통', '힐링', '비움'이라는 세 개의 번득이는 눈(目)이 태풍의 중심에 강력하게 똬리를 틀고 있다. 거대한 인문학 대양의 한쪽을 점령하고 있다가, 지나가는 '진리의 배'를 삼킨다는 '인뮤다 삼각지대'[8]의 꼭짓점 눈은 아닌지 두렵다.

인문학 태풍의 중심에 소통, 힐링, 비움이 똬리를 틀고 있는 것은, 역으로 우리 시대가 불통, 아픔, 욕망의 비만으로 신음하는 시대라는 얘기다. 태풍이 불면 누군가는 피해의 넝마를 입게 되고, 누군가는 재건의 뉴질랜드산 최고급 모직코트를 입는 게 이치다. 재건의 최대 수혜자는 누구일까?

인문학 종사자들일 것 같지만, 둥지인 대학에서는 인문 분야 전공들이

---

8 버뮤다 삼각지대(Bermuda Triangle)를 변용했다.

통폐합되고 있다. 출판업계가 수혜자였을까? 『정의란 무엇인가』, 『사피엔스』, 『21세기 자본』같은 책들은 몇몇 출판사들에게 부를 선물했으나, 완독률이 10%미만이라는 풍문이 들린다. 일부 출판사들은 인문학 열풍에 감사해야겠지만, 출판 시장 전체로는 빙하기에 접어들었다.

최대 수혜자는 동서양을 아우르는 인기를 누리고 있는 세계적인 저명인사들이다. 공자, 맹자, 노자, 소크라테스, 플라톤, 아리스토텔레스……. 바로 그분들이다! 인세가 엄청났을 텐데 안타깝다. 그분들만이 아니다. 수많은 스타들이 〈인문학 영화〉에서 주연과 조연 역할을 훌륭히 해내고 있다. '인문학 태풍 콘서트'는 출연진만으로도 만석이다.

● **2500년 전의 스타들**

한 세대만 차이가 나도 '꼰대' 취급을 받는데, 2500년 전 스타들의 계속되는 활약은 어떤 이유에서일까? 인간에게는 언제나 현재가 가장 중요하다. 현자들의 말에 귀를 기울이는 것이 현재를 위해서라면 그들의 설파 속에 현대인들이 고뇌하고 갈등하는 난제들을 풀 수 있는 교훈과 지혜가 담겨 있어야 한다. 실제로 들어있다.

불과 한 세기만에 비행기와 자동차가 시간과 공간을 엄청나게 줄여 놓았다. 디지털 세계는 공간 개념을 아예 없애버렸다. SNS 공간에서 스포트라이트만 제대로 받으면 전 지구인들에게 알려지는데 며칠 걸리지도 않는다. 그런 시대에 춘추시대의 공자께 가르침을 받으려는 것은 주가변동이나 컴퓨터 해킹, 기후변동에 관한 것이 아니다.

공자 시대와 현시대의 물질문명의 양상에 큰 차이가 있기 때문에 공자 시대의 가르침이 유효하려면 몇 가지 전제를 인정해야 한다. 첫째, 시대적 격차에도 불구하고 정신적인 지향점에서는 같다. 둘째, 공자 시대의 세상살이와 지금의 세상살이가 같다. 두 전제에 대해 대체로 동의하는 것 같다.

그런데 엇갈리는 사실 하나가 앞을 막아선다. 현대인들은 인류의 역사가 더 나은 방향으로 발전해왔고, 그 발전의 정점에 자신들이 있다고 믿는다. 그 믿음이 옳다면, 공자 시대와 현시대가 정신적 지향점과 삶의 보편성에서 같다는 사실에 의심이 생긴다.

의심을 해소하기 위해서는 정신문명과 기술문명을 나누어 이해해야 한다. 인문학의 본질적 가치를 알아보기 위해서 일단 기술문명에 대해서는 접어두고 정신문명에서 발견되는 보편적 유사성과 연속성을 화두로 이야기를 진행해야 한다. 논어(論語)에 이런 구절이 있다.

> 선생님께서 말씀하시기를, "배운 것을 전하고 새것을 만들어내지는 않으며, 옛것을 믿고 좋아하는 점은 몰래 우리 老彭(노팽)에 비겨본다."[21]
>
> – 『논어』, 述而, 제7장. 1

공자도 이전 시대에 없던 것을 창조한 것이 아니다. 과거의 현자에게서 전수받은 가르침에 자신의 이야기를 섞고 정리하여 우리에게 전해 준 것이다. 어느 날 갑자기 밑도 끝도 없이 돈오돈수(頓悟頓修), 즉 단박에 깨쳐 지혜를 얻은 것이 아니라, 연속적으로 길게 이어져 온 것에서 지혜를 얻었다는 것이 인문학 이해의 핵심 시각이 되어야 한다.

● '동굴의 우화' 리메이크

과거와 현재의 삶이 다르지 않다면, 집단지성 덕분에 현시대 인문학자들 중 공자, 플라톤 같은 분들에 필적하거나 뛰어난 인물이 있어야 하는 데 그들의 명성에 버금가는 이들을 찾기 어렵다. 하지만 옛 분들의 가르침 모두가 무결점의 절대적 진리였던 것은 아니다. 그럼에도 권위를 부여받은 것은 그들의 말에 동서양 철학 담론의 본질적인 물음과 답이 담겨있기 때문이다. 그들 이전에도 '인간은 무엇인가', '삶의 본질은 무엇인가'에 대한 질문과 답은 존재했겠지만, 그들에 의해 집대성되었고, 후대에 전해졌다.

그 본질적인 내용이 무엇일까? 서양철학에서 가장 중요한 담론은 플라톤의 『국가』에 등장하는 '동굴의 우화'다. 눈에 보이는 실재는 껍데기, 그림자, 가상이고, 실재는 '이데아'인데 시공을 초월한 보편성을 가진 영원한 세계라는 것이다.

"그 우화가 그렇게 중요한가?"라는 의문이 들겠지만, 동굴의 우화는 서양 철학에 막강한 영향력을 발휘한 '소멸하지 않는 태풍'이 된다. 인간의 세계를 보이는 껍데기의 세계와 보이지 않는 실재의 세계로 나누어 생각한 플라톤의 사상은 모습을 바꾸며 계속해서 이어진다. 플라톤 이후의 철학들은 '동굴의 우화'에 등장한 질문과 답을 다른 버전으로 리메이크한 노래라고 봐도 크게 틀리지 않는다.

그리스철학의 영향을 받은 기독교철학에서도 눈에 보이는 실재와 눈에 보이지 않는 세계가 충돌했다. 중세 기독교계는 십자가나 예수상 같은 눈에 보이는 성물들을 우상으로 여겼지만, 대중들에게는 눈에 보이는 신이 필요했다. 결국 포교를 위해 묵인은 했지만 교리상으로는 인정하지 않았다. 눈에 보이는 것들을 우상이라 규정한 성서의 가르침에 따른 것이지만, 신성(神性)이 눈에 보이는 존재들에 있는 것이 아니라 보이지 않는 세계에 있다고 한 논리는 '동굴의 우화'에서 멀리 벗어난 것이 아니었다.

가까운 시기로 가보자. 20세기에 유행했던 서양 사상 사조는 실존주의와 언어철학이다. 실존철학 유행어 중 '존재는 본질에 앞선다.'는 말이 있다. 결국 그 말도 '눈에 보이는 허상의 세계와 눈에 보이지 않는 본질의 세계'의 또 다른 리메이크 송이다. 언어철학에서도 언어와 언어가 지칭하는 실재(이데아)에 대한 고민이 논의된다. "'사과'라는 단어로는 형형색색의 무수한 실재의 사과들을 대변할 수 없다."는 것도 리메이크 송이다. "의미를 찾지 말고, 사용을 찾아라."는 비트겐슈타인의 말은 결론을 못낸 데서 나온 고민 끝의 한숨일 수도 있다.

멋진 언어들로 치장되어 있지만 플라톤의 '이데아-가상(假像)의 현실'이 끊임없이 리메이크 되어 불리어진 것이라 할 수 있다. 시대마다 규정하는 스타일이 달랐을 뿐이다. 서양철학자들은 그걸 인정하지 않겠지만.

동양 쪽은 어떨까? 공자와 그의 후예들은 현실적인 문제들에 대해 논쟁하고 답을 내놓았다. 서양에 비해, 골치 아픈 '추상'이 아니라 생활담론에 가까운 가르침을 얻으려 했고, 인간세계를 둘로 나누어 논쟁거리를 만드는 일은 삼가신 편이다. 가히 세상 절차법의 대가들이었다.

공자, 맹자 등이 군자의 도를 말했지만, 그들이 말한 군자는 니체의 '초인'과는 또 달랐다. 인간적이면서도 인간으로서의 완성도를 완벽하게 이룬 주체였는데, 그 주체의 완성은 세상을 떠나 이루어지는 것이 아니었다. 인문학 시대에 『논어』가 주목받는 이유이기도 하다.

플라톤의 이데아론에 대응하는 역할은 노자가 맡았다. 허상과 실재의 세계에 대한 고민은 서양에만 있었던 것이 아니다. 『노자』의 상편 도경(道經) 1장 체도(體道) 첫 구절이 명확하게 보여준다. '도가도 비상도(道可道 非常道), 명가명 비상명(名可名 非常名)'(도라 이를 수 있는 것은 상도가 아니고, 명이라 이르는 것은 상명이 아니다.)이라는 구절 하나만으로도 '동굴의 우화'와 언어철학적 고민을 한 번에 대응한다. 동·서양이 차이를 보이면서도 서로 호응하는 것은 절대적 기준에서가 아니라 보편적인 기준에서다. 2500년 전 스타들의 어록이 아직까지 회자되는 것도 보편성 때문이다.

● 시소를 타는 지혜와 지식

인문학에서 중요하게 다루어야 할 주제 중 하나가 지혜와 지식의 관계다. 지혜와 지식은 서로 다른 영역을 갖고 있지만, 명확하게 분리할 수 있는 성질의 것도 아니다. 둘의 관계는 상보적이다. 흩어진 낱알 같은 지식들을 모아야만 지혜가 된다. 물론, 지식의 낱알들을 모아놓는다고 해서 모두 지혜가 되지는 않는다.

일반적으로 지혜는 본질적이고 변하지 않는 특성을 갖고 있고, 지식은 현상의 변화에 따라 변하는 특성을 갖고 있다. 지그문트 바우만은 『모두스 비벤디』의 첫머리에서 다음과 같이 말하고 있다.

'평화를 원하면 정의를 소중히 하라!' 고대의 경구는 이렇게 단언한다. 지혜는 지식과 달라서 세월의 영향을 받지 않는다. 정의가 없어서 평화의 길이 막히는 것은 지금이나 2천년 전이나 똑같다. 바뀐 것은, 고대와는 달리 이제는 '정의'가 지구적인 사안이 되어 전지구적 차원의 비교를 통해 가늠되고 평가된다는 점뿐이다.[22]

주목할 것은, 정의가 없어서 평화의 길이 막히는 것은 2천년 전과 현재가 같다는 분석이다. 시스템이 나아지지 않았다고 볼 수밖에 없는 결과다. 무엇 때문일까?

모든 시대에서 나이든 세대와 젊은 세대의 충돌이 발견된다. 나이든 세대는 젊은 세대에게 지혜롭지 못하다고 비난하고, 젊은 세대는 나이든 세대들이 이미 무효화된 지식을 주입하려 한다고 비난한다. 지혜가 완숙한 것이라면 지식이 나아가는 방향을 진단할 수 있고, 지식 또한 높은 수준의 완결성을 갖추었다면 구세대의 충고가 무엇을 의미하는지를 알 것이다. 그러나 충돌은 계속된다. 구세대의 지혜도, 신세대의 지식도 완성도가 높지 않기 때문에 정의와 평화의 길이 막히고 충돌하는 모습이 변함없이 연출된다. 『논어』제13장 '子路(자로)'에 다음과 같은 글이 있다.

> 선생님께서 말씀하시기를, "시(詩經) 삼백 편을 외우면서도 정사를 맡기면 제대로 처리하지 못하고, 사방에 사절로 내보내져도 재량해서 응대하지 못한다면, 외우는 시가 많은 것이 무슨 쓸모가 있겠는가?"(子曰. 誦詩三百, 授之以政, 不達. 使於四方, 不能專對. 雖多, 亦奚以爲.)

시경 삼백 편은 지식이다. 삼백 편을 외운다는 것은 지식이 뛰어나다는 것을 의미한다. 그러나 삼백 편의 암송이 지혜를 가졌다는 것을 의미하지는 않는다. 공자가 자로에게 해준 말의 의미가 그것이다. 복잡한 세상사를 주관하고, 예상치 못한 상황에 대응하는 능력은 지혜를 가졌을 때 가능하다.

현대문명은 다양한 스타일의 외피(外皮)를 우리에게 선사했다. 그러나 다양한 외피가 더 많은 시편들이 나열된 것이 아니고, 더 많은 지혜가 쌓인 것이라고 오인하게 되면 세상은 나아지지 않는다.

지식의 증식을 통하여 확장되는 스타일의 탄생은 문화적 다양성을 가져오기는 하겠지만, 옹달샘에서 끊임없이 스타일이 샘솟는 이유를 설명해주지는 못한다.

3장
시계를 업고 가는 존재

● 시간의 의미

물질문명의 격차에도 불구하고 공자와 소크라테스의 가르침이 유효한 것은 개인의 시간과 공동체의 시간이 갖는 차이 때문이다. 시간이 어떤 의미를 지니고 있기에 그런 마법이 가능할까?

자동차, 초고속 열차, 비행기가 일상화되었고 인간의 노동력을 대신할 인공지능 기술이 하루가 다르게 발전하고 있다. 달라진 기술문명이 인간 사회의 모습을 바꾼 것에 그치지 않고, 인간의 정체성까지 바꾼 것으로 이해하는 경향이 있다. 겉으로 드러난 양상만을 살피면 일리가 있다. 현대인들의 삶을 채우고 있는 물질적 구성들은 그 생각이 타당하다고 여길 만큼 매력적이다.

기술문명의 발전은 시간에 놀라운 변화를 가져왔다. 1939년 아이오와 주립대 교수 존 빈센트 아타나소프와 그의 제자인 클리포드 베리가 세계 최초의 전자식 컴퓨터 아타나소프-베리 컴퓨터(ABC)를 선보이면서 컴퓨터의 역사가 시작되었다. 이후 1946년 미국에서 만들어진 세계 최초의 진공관 컴퓨터 '애니악'은 1초에 5,000번의 연산을 처리했다. 인간과 비교하면 놀랄 만한 연산 속도였지만 '애니악'의 연산 능력은 1980년대 존재했던 286급 컴퓨터의 능력 정도였다. 알파고까지 탄생시킨 현재의 컴퓨터들이 갖고 있는 연산능력과 비교하면 젖먹이 수준이다. 연산 속도의 발전에서 기술문명이 바라보는 시간의 개념이 '속도'에 있음을 확인할 수 있다.

기술문명이 바꿔 놓은 속도는 집단지성이 축적되는 속도도 바꿔 놓았다. 시간은 집단지성의 축적과 언제나 불가분의 관계였지만, 지금은 의미가 더 커졌다. 이전시대의 시간 개념이 년, 월 정도였다면, 현시대의 시간 개념은 분, 초 정도로 볼 수 있다.

문제는 시간이 집단지성의 축적에 준 영향이 개인지성에도 같은 양상으로 적용되었느냐다. 집단과 개인의 세계에서 이해되는 시간의 개념이 서로 다른 인문학적 사유를 만들어낼 수 있고, 문화적 스타일을 다르게 만들 수 있기 때문이다.

● 인간이 이해하는 시간의 얼굴

개체로서의 인간은 '인류의 시간' 속에서 자신의 시간을 단절적인 개념으로 이해하는 경향이 있다. 개인의 삶을 뛰어넘는 장구한 인류의 시간을 개인의 시간과 연결된 구조로 이해하기는 매우 어렵다. 본 적이 없는 사물을 표현하는 것과 다르지 않다. 책과 영상기록물을 통해 인류의 시간과 연결하려 노력하지만 완벽한 성공은 불가능하다. 많은 사람들이 그런 노력조차 하지 않고 있고, 그럴수록 개인의 시간과 인류의 시간은 단절된다.

인간은 다른 시대와 다른 공간에서 흘러가는 시간을 그림을 감상하듯 이해한다. 경험자와 책, 영상이 전해주는 자료에만 의존하기 때문에 시간적, 공간적으로 멀리 떨어져 있는 그림에서 흘러나온 혈관이 자신의 몸에 직접 연결되어 있다고는 믿지 않는다.

서로 다른 시대의 시간은 차이를 만든다. 같은 시대를 살면 '동일 시간계'에 존재하는 것으로 이해하고, 다른 시대를 살면 '다른 시간계'에 존재하는 것으로 이해한다. 그런 이해 때문에 '세대 차이'와 '시대정신'이라는 말이 탄생했다.

'동일 시간계'에 사는 사람들도 서로 다른 차이를 갖는다. 그것은 시간이 다양한 '의미 세계'를 갖고 있기 때문이다. 우리가 공유하는 것은 물리적 기준으로서의 시간일 뿐이다.

동일한 기준에 따라 흐른다고 믿고 있는 물리적 시간에도 서로 다른 기준이 존재할 수 있지만, 시간의 인문학적 의미를 살피기 위해서 일단은 같은 기준 속에서 살아간다고 가정하고 이야기를 진행해보려 한다.

가장 친숙한 시간의 모습은 강물처럼 흘러가는 '흐름'이다. 그런데 시간에는 '흐름'만 존재하는 것이 아니다. 인간의 상상 속에 존재하는 시간은 멈추기도 하고, 거꾸로 되돌아가기도 하고, 미래로 훌쩍 건너뛰기도 한다.

시간은 다양한 얼굴을 갖고 있다. 시간이 단일한 원칙이었다면 인류 문화 속에 존재하는 시간의 스타일 또한 단일했을 것이다. 그러나 각각의 문명권은 서로 다른 시간을 갖고 있었다. 한국만 해도 서구문명이 들어오기 전에는 하루를 현재와 같은 24시간으로 구분하지 않았다. 수치로 이해되는 개념만이 아니다. 시간을 바라보는 서로 다른 개념이 인류 문명에 다양하게 존재했다. 시간의 그런 다양한 얼굴을 알지 못하면 시간이 스타일을 만들어낼 때 얼마나 많은 경우의 수가 탄생할 수 있는지를 이해하기 어렵다.

시간에는 어떤 얼굴들이 있을까? 시간의 얼굴은 속도, 권력, 집단,

개인, 논리, 감성 등의 구분점마다 다르게 나타난다. 그 모습들을 성격적으로 구분하면 시간의 얼굴은 크게 '물리적 시간'과 '문화적 시간'으로 나누어 볼 수 있다. 물리적 시간과 문화적 시간은 각 개념 안에서 다시 다양하게 분화된다. 사용자를 기준으로 '집단의 시간'과 '개체의 시간'으로 나누어 볼 수 있고, 인간의 감성, 지성과의 관계에 따라 '감성의 시간', '상상의 시간'으로도 나누어 볼 수 있고, 현실과의 관계를 따져 '일상의 시간', '논리의 시간'으로 나누어 볼 수도 있다.

● 물리적 시간

물리적 시간은 속도로 측정되는 것이 특징이다. 핵폭탄은 가공할 파괴력을 갖고 있다. 토네이도 역시 핵폭탄 못지않은 파괴력을 갖고 있다. 핵폭탄과 토네이도의 무서운 파괴력은 속도에서 온다. 핵폭발 뒤에 발생하는 핵폭풍은 시속 1,000km, 토네이도의 풍속은 시속 300~400km 정도다. 만약 핵폭풍과 토네이도의 풍속이 시속 5km 정도라면 피해를 입지 않을 것이다.

물리적 시간은 변하지 않는 기준을 갖고 있다고 생각하지만 실제로는 그렇지 않다. 시간 자체는 변하지 않았지만 기술문명이 낳은 속도에 의해 일상에서 체감하는 물리적 시간은 매우 촘촘하게 나누어지고, 이전과는 다른 속도감을 갖게 되었다. 기술문명이 만들어낸 현재까지 가장 빠른 속도는 2000년에 발사한 '깊은 우주(Deep-space)탐사선'이 갖고 있는 시속 362,102km이지만, 특별한 경우이니 일상으로 들어온 속도를 따져야 한다.

18세기까지 가장 빠른 교통수단은 역마차였다. 대략 시속 16km 정도였다. 가장 빠른 일상도 그 속도에 맞게 이루어졌을 것이다. 16km 떨어진 이웃에 사는 친구를 집으로 초대해서 저녁을 함께 먹고 싶었다면 최소한 두 시간 전에는 마차를 친구 집으로 보내야 했다.

1세기 뒤인 19세기 후반 증기기관차가 등장하여 일상의 속도는 대여섯 배 가까이 늘어났다. 현재 일상의 속도는 더 늘어났다. 자동차는 19세기 후반에 비해 일상의 속도를 서너 배로 늘려 놓았다. 비행기도 빼놓을 수 없다. 대표적인 제트항공기인 보잉747은 경제 순항속도가 시속 900km 정도다. 18세기에 비해서는 수십 배, 19세기 후반에 비해서도 열 배 이상 일상의 속도를 늘려 놓았다.

달라진 속도는 일상의 시간을 다르게 체감하게 만들었고, 인류 문명을 크게 바꿔 놓았다. 폴 비릴리오는 『속도와 정치』에서 속도가 인류 문명을 어떻게 달라지게 했는지를 집중 조명했다. 폴 비릴리오는 속도의 증가가 가장 크게 영향을 미친 영역을 전쟁으로 보았다. 기원전 시대의 전쟁과 18세기의 전쟁은 속도에서 큰 차이가 없었다. 기원전이나 18세기 초반이나 말이 끄는 마차의 속도는 같았기 때문이다. 19세기 들어서면서 증가하기 시작한 속도가 전쟁의 양상을 완전히 바꿔 놓았다. 잔인함은 여전했겠지만, 파괴력에 있어서 엄청난 차이를 만들어냈다. 속도가 차이를 만들어낸 것은 전쟁만이 아니었다.

우리는 현재 분 단위나 초 단위의 시간에 익숙해져 있다. 산업계에서는 밀리 초(1,000분의 1초), 마이크로 초(100만분의 1초), 나노 초(10억분의 1초)처럼 몸으로는 체감하기 어려운 더 작은 단위의 시간도 사용되고 있다. 물리적 시간은 지구촌 어디에서나 동일하게 적용될 것 같지만, 모든 문명권의 사람들이 동일한 물리적 시간 속에서 살지 않는다. 각 문명권의 기술 구현 양상에 따라 서로 다른 속도를 가진 물리적 시간 속에서 살아간다.

● 문화적 시간

물리적 시간에 비해 문화적 시간은 변검술사가 보여주는 것보다 더 다양하고 복잡한 스타일의 얼굴을 보여준다. 인도에서 약속을 할 경우 정시에 만나는 경우가 드물다고 한다. '인도 타임'이라고 부를 만하다. 젊은 세대는 '인도 타임'을 시간개념이 없는 후진적 문화라고 비판하겠지만, 한국에도 '코리안 타임'이라는 말이 있었다. 요즘은 5분을 기다리는 것도 힘들다. 스마트폰으로 재촉을 하고, 늦는 사람은 자신의 이동상황을 생중계해야 한다.

아마존 부족 중에 브라질 마이시(Maici)강 주변에 사는 피라항(Pirarrãs)족이 있다. 이 부족의 언어에는 내일, 과거, 미래처럼 시점을 명확하게 구분하는 단어가 없다. 초단위의 촘촘한 시간을 사는 현대인들은 그들의 시간에 적응하기 어려울 것이다. 어떤 표현을 사용하여 특정 시점에 약속을 하고 모임을 해야 할지 난감할 것이다.

그렇다면 피라항족은 약속을 하지 못하고 살아갈까? 그들도 약속을 한다. 그들은 자연에서 정보를 얻어 약속시간을 정한다고 한다. 아마도 "해가 대나무 세 마디쯤 길어지면 강으로 고기 잡으러 가자.", "이슬이 다 말랐을 때 만나자.", "나뭇잎들이 붉어지는 때가 되면 더 큰 강으로 가자." 같은 식으로 약속을 정할 것 같다. 피라항족이 실제로 그렇게 약속을 하는지는 정확히 알 수 없지만, 자연에서 얻을 수 있는 기준 외에 다른 것으로 기준을 정하기는 어려울 것이다.

피라항족이 보여줄 약속 형태가 원시적이라고 생각하겠지만, 근대 이전 한국의 농촌에서도 모습은 크게 다르지 않았다. 닭 울음소리와 동이 터오는 자연의 시간으로 측정하고 살았다. 그것이 시간의 또 다른 모습인 문화적 시간이다. 약속을 정하는 기준점을 찾는다는 점에서는 물리적 시간의 성격도 갖고 있지만, 그 기준점의 양상이 서로 다른 자연적, 문화적 환경에서 찾아진다는 점에서 문화적 시간의 가장 기본 배경이 되는 모습이라 할 수 있다.

메소아메리카지역과 마야문명권에서는 260일 달력과 365일 달력이 존재했다. 한 문화권에서 두 개의 달력이 사용되었다는 것은 시간에 대한 복수의 문화적 잣대가 존재했음을 의미한다. 문화적 시간은 다양한 모습을 갖고 있다. 문화적 시간에서 중요한 것은 어떤 것이 기준이 되느냐이다. 물리적 시간에 적용되는 기준은 숫자지만, 문화적 시간에는 숫자를 포함한 아주 다양한 기준들이 존재하기 때문이다.

● 북미 인디언의 시간

문화적 시간의 또 다른 모습을 북미 인디언들의 달력에서 엿볼 수 있다. 많은 이들이 북미 인디언들의 달력에 대해 낭만적이고, 자연주의적 삶이 들어있다는 반응을 보였다. 우리는 달(月)을 숫자로 부르는데, '나뭇가지가 눈송이에 뚝뚝 부러지는 달', '삼나무에 꽃바람 부는 달', '연못에 물이 고이는 달'처럼 자연사물과 자연의 시간을 활용한 이름을 듣고 나면 그런 반응이 이해가 간다.

하지만 인디언들의 달력 명칭은 낭만이나 자연주의가 아닌 실제의 삶과 관련이 있다. 예를 들어, 위시람족은 6월은 '물고기가 쉽게 상하는 달', 7월은 '연어가 떼 지어 강으로 올라오는 달', 10월은 '배 타고 여행하는 달'로 불렀다. 위시람족이 강가에서 거주한 부족이라는 것을 알 수 있다.

동부 체로키족, 체로키족, 테와푸에블로족도 특징이 있다. 5월은 '구멍에다 씨앗 심는 달', 6월은 '옥수수 모양이 뚜렷해지는 달', 7월은 '옥수수 튀기는 달', 9월은 '옥수수 거둬들이는 달'로 불렀다. 이들 부족들이 옥수수를 주식으로 삼은 정착민이었다는 것을 읽을 수 있다.

오마하족은 1월은 '눈이 천막으로 휘몰아치는 달', 2월은 '기러기가 돌아오는 달', 3월은 '개구리의 달', 6월은 '황소가 짝짓기하는 달', 7월은 '들소 울부짖는 달', 9월은 '사슴이 땅을 파는 달'로 불렀다. 오마하족이 수렵부족이었다는 사실을 알 수 있다.

크리족은 다른 시간의 세계를 보여준다. 1월은 '노인들 수염 헝클어지는 달', 2월은 '사람 늙는 달', 8월은 '새끼오리가 날기 시작하는 달', 10월은 '새들이 남쪽으로 날아가는 달'로 불렀다. 시간의 흐름에 큰 의미를 두고, 새와 인간의 모습에서 시간의 상징을 끌어냈다.

숫자로 된 달력을 가진 부족도 있었다. 클라마트부족은 1월을 '엄지손가락의 달', 2월을 '검지손가락의 달', 3월을 '가운데손가락의 달', 4월은 '네 번째 손가락의 달'로 불렀다.

한국에서도 인디언 부족들의 달력처럼 낭만적인(?) 이름을 찾을 수 있다. 1년 12달을 한밝달, 들봄달, 온봄달, 무지개달, 들여름달, 온여름달, 더위달, 들가을달, 온가을달, 열달, 들겨울달, 섣달로 지칭하고 있다. 하지만 실제 사용되는 이름이 아니고 '문화연대'라는 곳에서 만든 이름이다. 국어문화원에서는 그보다 더 아름다운 순우리말로 달 이름을 지었다. 해맞이달, 꽃샘달, 움트는달, 꽃바람달, 아름드리달, 갈맷빛달, 오란비달, 알땀달, 서늘바람달, 한글사랑달, 갈잎달, 갈무리달로 12달을 지었다. 아름답기는 하지만 문화적 맥락은 없다. 아름답다고 문화가 될 수 있는 것은 아니다. 사용되어야 문화다.

24절기로 가면 한국의 시간에도 자연주의적인 면을 발견할 수 있다. 24절기는 농사와 관련이 깊어서, 자연의 시간을 보여주는 이름들이 많다. '곡우'는 곡식을 기름지게 할 봄비가 내리는 때, '망종'은 까끄라기 곡식을 뿌려야 하는 때, '소서'는 작은 더위가 찾아오는 때, '한로'는 찬

이슬이 맺히기 시작하는 때, '대설'은 큰 눈이 내리는 때, '경칩'은 개구리가 깨어나는 때라는 의미가 있다.

자연주의적 시간으로 보면 우리 조상들에게도 북미 인디언들의 달력과 같은 이름이 있었다. 인디언 부족들처럼 다양한 이름을 갖지 않은 것은 문화집단의 크기가 인디언들보다 컸기 때문이다. 인디언들은 작은 단위의 문화집단이 다수 존재했기에 서로 다른 달의 이름이 존재할 수 있었다.

● 문화적 시간의 기준

문화적 시간에 적용되는 기준이 어떤 것인지를 보여주는 재미있는 이야기가 『측정의 역사』[23]라는 책에 등장한다. 한 소년이 산꼭대기에 설치한 오포(午砲)가 12시 정각마다 오차 없이 정오에 울리는지 궁금해서 사실을 추적한다. 포수는 부대장의 정확한 시계가 비결이라고 답하고, 부대장은 시계방의 시계가 비결이라고 답한다. 그리고 시계방 주인은 오포소리를 듣고 맞춘다고 답한다. 기준이 돌고 돈 것이다.

완벽한 기준이 있다고 생각했는데 각자가 다른 기준에 의존해서 시간을 확인하고 있었던 것이다. 이야기에 등장하는 정오의 개념은 외견상으로는 숫자, 즉 물리적 기준이지만, 내용을 살펴보면 시간에 정확성을 부여하는 '권위'라는 개념이 배경에 깔려 있다. 포수는 부대장의 권위, 부대장은 시계방의 권위, 시계방 주인은 대포의 권위에 따랐다. 시간의 기준에 권위와 권력이 작용한다는 것을 보여준 이야기다.

필자는 대포를 쏘는 것은 아니었지만 사이렌으로 울리는 오포(午砲)를 실제로 경험했다. 산업시설이 전혀 없는 충청북도의 어느 시골에 살던 초등학교 시절이었는데 12시가 되면 마을 한 가운데 위치한 파출소에서 사이렌을 울려 12시를 알렸다. 오포(午砲)가 울리면 오전 수업이 끝났고 점심을 먹었다. 들에서 일하시던 분들도 사이렌 소리를 듣고 집으로 돌아가 점심을 드셨을 것이다. 시계가 흔치 않았던 1970년대 시골에서는 시간을 가늠하는 중요한 알림 장치였고 상당한 권위를 갖고 있었다.

사례를 살핀 것은 어느 마을의 대포였지만, 공간이 국가나 문명권으로 확대되면 오포(午砲)를 울리는 상황과는 전혀 다른 양상이 펼쳐진다. 〈알쓸신잡〉이라는 TV 프로그램에서 장영실[9]의 업적에 대한 내용을 다룬 적이 있다. 출연자들은 장영실이 대단한 업적을 이루었는데도 불구하고 역사 속에 남겨진 기록이 미미하고 당시의 역사적 평가도 그가 이룬 업적에 미치지 못했다는 얘기를 나누었다. 출연자들마다 장영실의 역사적 홀대에 대한 이유를 진단해서 내놓았는데, 아쉽게도 문화적 시간의 의미와 영향력을 이해하고 내놓은 분석은 빠져 있었다.

장영실의 발명이 대단하기는 했지만, 자격루를 비롯한 여러 발명품을 만들어내는 과정에서 왜 권신들이 반대를 했는지를 먼저 이해해야 한다. 그들의 반대는 장영실의 발명에 대한 것만이 아니었다. 한글 창제에도 강력히 반발했다. 장영실이 관노 출신이었다는 것은 표면적인 이유에 불과했다. 권신들의 반발에 그 배경을 이해할 수 있는 실마리가 들어있다.

업적을 폄하하려는 것은 결코 아니지만, 장영실의 발명품들은 독창적인 것이 아니었다. 물시계 시스템은 이미 기원전에 만들어진 것이었다. 이 업적이 뛰어난 것은 독창성이 아니라 조선에 적합한 것을 만들었다는 것에 있었다.

---

9 조선 세종대의 과학자(1390~?). 부친은 귀화한 원나라 사람이었고, 관기였던 모친의 신분에 따라 관노가 되었다. 우리나라 최초로 물시계인 자격루를 만들었다. 혁혁한 공로에도 불구하고 그의 몰년(沒年)이 정확치 않은 것은 여러 의문을 남긴다. 조선만의 역법 제작과 관련되었을 수도 있다는 추측이 사실이 아니더라도 '시간'이 그토록 중대한 '권력적' 문제였다는 것은 알 수 있다.

의문이 생긴다. 우리 조상들은 세계 최초로 금속활자를 만드는 등 매우 뛰어난 기술 창조력을 가졌다고 평가된다. 금속활자뿐만 아니라 여러 유산에서 기술적 창조력을 확인할 수 있다. 그런데 왜 중국에서 이미 오래전에 만들어진 것을 재창조한 장영실의 업적을 높이 평가하는 것일까? 세계 최초라는 개념으로 접근하면 장영실의 업적은 과도하다. 그의 많은 발명품들이 우리나라 최초는 될 수 있어도, 세계 최초는 아니었기 때문이다.

● 권력과 시간

장영실의 업적을 제대로 평가하려면 시간과 권력의 관계를 이해해야 한다. 그러기 위해서는 '능력이 없어서가 아니라, 만들고 싶어도 만들 수 없었던 정치적 이유가 있었던 것은 아닐까?'라는 물음을 던져야 한다.

이런 의문에 실마리가 될 만한 사건이 있다. 최무선(1325~1395)이 최초로 화약을 제조했다. 화약을 만든 시기는 원나라의 국력이 약해진 상황이었다. 원에서 수입해서 사용하면 된다는 이유도 있었겠지만, 수입하는 것과 직접 제작하는 것은 차원이 다른 문제다. 수입은 수출하는 나라에서 수량을 파악할 수도 있고 물량과 사용 목적을 제한할 수도 있다. 독자적으로 제조하면 제조 물량을 알 수도 없고, 사용 목적에도 변수가 생긴다. 양국의 관계가 적대적이 되면 얼마든지 적대적 목적에 사용될 수 있다.

원의 세력이 강성한 시기였다면 최무선이 화약과 화기 제조를 총괄한 '화통도감'을 설치하고, 화약을 군사적 무력으로 활용하는 것이 쉽지 않았을 것이다. 제후국으로 생각한 고려가 화약을 자유롭게 제조하며 무력을 강화하는 것은 원나라 입장에서는 자신의 권위에 도전할 수 있다는 의심과 걱정을 일으키는 문제였다.

1979년 한국이 사정거리 180㎞인 지대지 미사일 '백곰' 시험 발사를 성공했을 때, 미국이 그해에 곧바로 '한·미 미사일양해각서'를 체결하고 미사일 사거리를 통제했던 사건에도 대입해볼 수 있다. 한국이 휴전 상태였음에도 불구하고 미국은 미사일 개발을 가로막았다. 22년 뒤인 2001년이 되어서야 각서를 폐기하고 미사일 사거리를 늘릴 수 있었지만, 여전히 보이지 않는 제한 속에 있다. 한국이 대륙간 탄도미사일을 개발하겠다고 하면 미국이 어떤 반응을 보일 것인가?

미국과 맞붙었던 일본도 마찬가지다. 이미 2차 세계대전 시기에 미국과 대등한 항모 전력을 가졌지만 현재는 항모를 갖고 있지 않다. 핵도 마찬가지다. 핵문제를 일으킨 북한의 핵무기 원료물질 플루토늄 보유량은 40kg 정도인 것으로 알려져 있다. 일본은 40톤의 플루토늄을 보유하고 있다. 인공위성 발사기술과 ICBM 발사기술은 겹친다. 미사일과 핵을 제조할 수 있는 일본의 기술력은 북한을 월등히 앞선다. 일본은 불과 1년이면 핵탄두를 장착한 수십 기의 ICBM(대륙간탄도미사일)을 만들어 낼 잠재적인 능력을 갖추고 있다는 것이 중론이다. 능력이 없어서가 아니라 미국의 통제 하에 있기 때문에 못 만드는 것이다.

중국의 고대 황제들은 신년이 되면 제후들에게 요즘으로 치면 '달력'을 선물했다. 그것이 정치권력의 핵심이었기 때문이다. 만약에 제후 중 하나가 다른 역법을 사용하면 그것은 곧 역모로 간주되는 중대한 도전이었다. 절대 권력에게 있어서 시간의 통제는 그처럼 중요한 일이었다. 중국의 황제들이 자신의 치세에 연호를 사용한 것도 시간과 권력의 관계를 상징적으로 보여준다. 조선이 청이 힘을 잃은 고종 대에 이르러서야 조선만의 연호를 사용한 사실을 인식할 필요가 있다.

세종은 조선의 역법을 가지려 했고, 실제로 필요하기도 했다. 중국의 역법은 중국과 조선이 위도와 경도가 달랐기 때문에 조선에 맞지 않았다. 당연히 농사를 짓는데 애로가 생겼다. 하지만 쉽게 조선만의 역법을 가질 수 없었다. 조선은 왕의 등극, 세자 책봉 등의 주요 국사를 명에게 인준 받아야 했다. 그런 조선이 자신만의 시간과 역법을 갖겠다는 것은 명나라에 대항하겠다는 논리로 읽힐 수 있었다.

한글 창제도 정치적 맥락을 읽어야 한다. 왕정체제에서는 늘 왕권 추락이 걱정거리였다. 왕은 명목상으로만 존재하고 신하들이 농단을 일삼는 사례는 전 세계 모든 왕조에서 흔하게 일어났다. 수족과 같은 충복이 있지 않고서는 신하들의 권력을 통제하기 어려웠다. 그런 상황에서 신하들의 권력을 견제할 집단은 백성인데, 그들은 글을 몰랐다.

고대로 갈수록 문자는 권력과 직접 맞닿아 있다. 한글 창제는 신하들의 권력을 감시할 수 있는 중요한 결정이었다. 문자를 독점하여 권력을 독점하고 있던 유학자 집단에게는 결코 반가운 일이 아니었다. 자신들의 권력 기반이 취약해지는 길이었다. 최만리를 비롯한 유자들이 죽자고 한글 창제를 반대한 것은 권력 유지를 위한 것이기도 했지만, 역법처럼 '사대'와도 관련이 있었다. 문자 또한 중요한 권력 장치였기 때문이다. 진시황이 중국을 통일한 후에 가장 먼저 실시한 것이 도량형(역법)의 통일과 문자의 통일이었다. 도량형과 문자가 중요한 통치기반이었기 때문이다.

중국의 문자인 한자는 사대의 중요한 한 축이었다. 조선만의 문자를 갖겠다는 것은 명에게 대항하겠다는 논리로 해석될 수 있었다. 한글이 창제된 후에도 공식문서에 한글이 사용될 수 없었던 것은 바로 그런 이유 때문이기도 했다.

어제를 표절했다

● 일상의 시간과 논리의 시간

시간과 권력의 관계는 정치적 담론이 지배하는 세계의 모습이지만, 시간의 모습에는 '일상의 시간'과 '논리의 시간'이라는 모습도 존재한다.

'제논의 시간'은 우리 일상에서는 실현이 불가능한 시간이다. 아킬레우스가 5미터만 달려도 거북이를 앞지를 수 있다. 그래서 '제논의 시간'이 말이 안 되는 시간이라고 얘기한다. 그런데 만약 속도를 비교하여 측정하는 공간이 아니고, 출발 순서만을 따지는 공간이 존재한다면 어떻게 될까? 제논의 역설은 속도가 적용되는 공간에서는 깨지지만, 전혀 다른 개념의 시간이 적용되는 공간이 존재한다면 그곳에서는 깨지지 않는 진리가 될 수도 있다.

많은 영화들이 인간의 실현될 수 없는 욕망을 그린다. '시간'은 대표적인 욕망의 대상 중 하나다. 인간은 누구도 과거-현재-미래로 흐르는 자연적 시간의 권력자가 될 수 없다. 영화 속 주인공들은 그 한계를 깨뜨린다. 주인공들은 미래나 과거로 갔다가 현재로 돌아온다. 로버트 프로스트는 「자작나무 Birches」에서 이렇게 노래했다.

> 운명이 나를 일부러 오해하여
> 내 소망의 절반만 들어주면서
> 이 세상에 돌아오지 못하게 아주 데려가지는 않겠지.
> 세상은 사랑하기에 알맞은 곳,
> 이곳보다 더 나은 곳이 어디 있는지 나는 알지 못하네.

로버트 프로스트가 걱정한 것처럼 현재로 돌아오지 못하는 모험은 전혀 매력적이지 않다. 현재로 돌아와야만 시간여행이 권력을 갖게 된다. 영화 <미드나잇 인 파리 Midnight In Paris>에서 주인공 '길'은 밤 12

시가 되고 종이 울리면 다른 시대에서 온 마차를 타고, 파리를 누볐던 1920년대의 작가와 예술가들을 만난다. 동경하던 시대인 그 시간 속에서 '길'이 만난 한 여인은 그 시간보다 더 오래 전인 벨 에포크시대[10] 초창기를 동경한다. '길'은 그녀에게 이렇게 말한다.

"여기에 머물면 여기가 현재가 돼요. 그럼 또 다른 시대를 동경하겠죠. 상상 속의 황금시대. 현재란 그런 거예요. 늘 불만스럽죠. 삶이 원래 그러니까."

〈미드나잇 인 파리〉에서 '길'은 언제든 현실로 돌아올 수 있다. 과거의 시간과 현실의 시간을 비교하고, 어느 시간을 택할 것인가를 고민한다. 그는 현실의 시간을 택한다. 낭만적이지만 위험은 없는 설정이다. 우리에겐 '길'이 얻은 행운이 주어지지 않는다. 현재 속에서 최선의 결과를 만들어내야 한다. 그러려면 '시간'을 잘못된 논리로 이해하는 것을 피해야 한다.

'아침형 인간'이 한때 유행했지만 지금은 사라졌다. 온 국민이 '아침형 인간'이 되겠다고 떠들썩했는데 왜 사라졌을까? 시간을 잘못 이해했기 때문이다. '아침형 인간'이 되려면 우선 물리적 시간의 틀을 바꿔야 한다. 물리적 시간인 기상시간을 다른 때로 옮기는 것만으로 의미 있는 결과가 이루어지지는 않는다. 문화적 시간, 감성의 시간, 상상의 시간이 이전보다 왕성하게 작동해줘야 한다. 그 지점에서 '아침형 인간'을 추종하던 사람들이 실패했다. '아침형 인간'을 가장 잘 설명한 것이 루이스 캐럴의 『거울나라의 앨리스』에 등장하는 일화가 될 것 같다. 붉은 여왕은 앨리스에게 이렇게 말한다.

---

10 좋은 시대. 19세기 말부터 20세기 초까지의 풍요와 평화의 시기.

굼벵이 같은 나라구나. 여기선 보다시피 같은 곳에 머물러 있으려면 쉬지 않고 달려야 해. 어딘가 다른 곳에 가고 싶으면 적어도 이것보다 두 배는 더 빨리 달려야 하고! [24]

　시간을 앞서가거나 뒤처지는 개념으로만 이해를 하고, 다양한 스타일은 이해하지 못한 것이다. 무지개가 아름다운 것은 색의 조화 때문이다. 특정 색이 대부분이라면 무지개라는 이름이 붙지 않았을 것이다. 인간의 시간도 마찬가지다. 물리의 시간, 문화의 시간, 일상의 시간, 논리의 시간이 조화롭게 구성되어야 한다. 특정 시간이 너무 많으면 그 시간은 '무지개의 시간'이 될 수 없다.

　시간을 조화 있게 구성하려면 시간에 어떤 의미의 스타일이 존재하는가를 먼저 알아야 한다. 우리의 몸은 다양한 시간의 덩어리다. 태어나서 죽는 자연의 시간으로만 구성된 것이 아니다. 누군가가 사회적 압박에 의해 건강에 이상이 생긴다면, 그는 자연의 시간과 문화의 시간의 충돌로 상처를 입은 것이다.

　인간의 열망을 담은, 시간에 대한 수많은 영화들은 고전적이고 관습적인 시간에 대한 혁명을 꿈꾼다. 꿈꾸는 시간은 어떤 형태로든 현실을 흔든다. 현대문명은 시간의 흔들림 속에 있고, 인간의 위기도 흔들림에서 촉발된다.

　오늘날 인문학을 필요로 하는 많은 문제들은 바로 시간과 시간의 충돌, 더 자세하게는 집단-집단, 집단-개인, 개인-개인이 서로 다른 시간을 기준으로 상대를 자신의 이해 속에 편입시키려는 충돌에서 탄생한다. 상대의 시간 스타일을 인정해 주어야만, 나의 시간 스타일도 존중 받을 수 있다.

4장
큰 시계와 작은 시계

● 집단의 시간과 개체의 시간

문화집단의 일원으로 살아가려면 집단이 쌓은 문화를 체득해야 한다. 문화는 시간에 의해 만들어진다. 집단이 문화를 만들고, 문화가 집단을 유지해주는 순환이 이뤄지지만, 문화를 만들고 받아들이는 최종 주체는 개체로서의 인간이다.

문화가 형성되고 전수되는 과정에서 집단과 개체 사이에는 순탄한 관계만 형성되지 않는다. '집단-개체'의 관계는 '개체-개체'의 관계와는 다르다. 집단과 개체 사이에 끊임없이 다양한 특성을 가진 유무형의 문화적 요소가 개입하기에 둘 사이의 관계는 언제나 문제가 발생하고 어그러진다. 이해의 톱니가 매번 딱 들어맞는 것도 아니어서 괴리가 발생한다. 그 상황을 이해하는 것이 '시간의 스타일'을 이해하는 핵심이다.

인간의 시간은 종(種)의 시간으로 따지면 '루시'[11] 이후 300만년 이상

---

11 1974년 에티오피아에서 발견된 오스트랄로피테쿠스 아파렌시스 종의 여성 화석.

축적되었고, 현생 인류로 좁혀도 5만년 이상 축적되었다. 그 시간이 인류의 '집단의 시간'이고, 축적 과정의 '다름'이 타 생명체들과는 다른 스타일을 갖게 했다.

집단의 시간은 하나의 세포가 아니다. 인간의 몸이 무수한 세포로 이루어져 있듯이, 집단의 시간 안에는 무수한 독립적 인간들의 '개체의 시간'이란 세포가 들어있다. 집단의 시간은 무수한 개체의 시간들이 연결되어 만들어진다. 현재 세포의 수는 76억 개에 이른다.

인간의 몸은 다양한 작동기제(機制)로 유지된다. 숨을 쉬고, 음식을 먹고, 옷을 입고, 잠을 자고, 후손을 잇는다. 집단의 시간은 신체 일부가 망가져도 생명이 유지되는 인간의 몸과 유사하다. 개체의 시간이 숫자 상으로만 집적된 것이 아니라, 다양한 작동기제(機制)가 집단의 시간을 유지시킨다. 집단의 시간 안에는 민족, 부족 같은 좀 더 작은 단위의 시간이 들어 있고, 각각의 시간은 서로 다른 방식으로 작동한다.

개체의 시간은 한 사람의 수명이 다하면 종말을 맞지만, 다양한 크기의 집단의 시간은 특별한 사건이 없는 한 쉽게 죽지 않는다. 그런데 인류 역사상 특별한 사건들은 수시로 일어났다. '잉카족의 시간'처럼 거대 종족의 시간에서부터 아마존 밀림 속 작은 부족들의 시간까지 숱한 시간들이 다른 문화 집단의 시간과의 충돌 속에서 사라졌다. 사라진 집단의 시간들은 인류 전체의 '집단의 시간'의 종말로 이어지지는 않았지만 여러 가지 영향을 끼쳤다.

'집단의 시간–개체의 시간'의 관계는 '집단지성–개인지성'의 관계와는 또 다르다. 지성은 다양한 매개체를 통하여 보존 전수되지만, 시간의 보존과 전수는 훨씬 제한적이다. 종족이 멸종하면 집단의 시간이 사라지고, 개인이 사망하면 개체의 시간이 사라진다.

인류가 지속되어 온 이유는 개체들의 이어짐에 있다. 인간은 450년 전

스코틀랜드에서 태어난 불사신을 다룬 영화 〈하이랜더〉[12]의 주인공 맥클레인처럼 신분을 바꿔가며 영원히 살 수는 없다. 시간적 한계를 넘어 인류를 이어가는 방법은 개체의 시간을 끊임없이 복제하는 것이 유일한 방법이다. 그래야만 문화를 유지하면서 인류의 시간이 지속될 수 있다.

● 개체의 시간

개체의 시간은 생물학적 수명에 따라 결정된다. 인간은 스스로를 특별한 존재라고 생각하지만, 다른 생명체와 비교할 때 전혀 특별하지 않은 수명을 갖고 있다. 여러 민족의 신화 속에 수백 년을 장수한 인물들이 등장하지만 영생하고 싶은 인간의 갈구가 반영된 신화 속 이야기이다.

5천년을 사는 식물계의 대표주자 바오밥나무나 600년을 사는 동물계의 대표주자 그린란드상어와 비교하면 인간의 수명은 초라하다. 바오밥나무와 그린란드상어가 특별한 경우라고 위로하고 싶겠지만, 인간보다 더 긴 수명을 가진 식물과 동물은 자연계에 흔하게 존재한다. 생태적 시간으로 보면 인간은 평범한 시간을 가진 존재에 불과하다.

그럼에도 인간의 시간은 놀랍다. 식물과 동물의 집단의 시간은 정지한 것처럼 느껴지는 것과 달리 인간의 시간은 놀라운 변화와 문화적 축적을 이뤄냈다. 모차르트와 베토벤, 레오나르도 다빈치와 고흐, 니체와 톨스토이 같은 놀라운 업적을 만들어낸 인물들이 아니어도 각각의 개체가 가진 시간은 내밀한 빛으로 가득 차 있다.

개체의 시간에는 집단의 시간에 적용되는 법칙이 그대로 적용되지 않

어제를 표절했다

---

12 〈하이랜더〉 1986년 개봉, 감독: 러셀 멀케이, 출연: 크리스토퍼 램버트, 숀 코네리, 록산느 하트 등.

는다. 시간이 흐를수록 점점 더 정확성과 객관성을 확보해가는 인류의 방대한 지적 자산들은, 작고 보잘 것 없는 개체의 시간을 압도하려다가 두려움을 모르는 하룻강아지에게 번번이 패배한다. 개체의 시간은 집단의 시간 속에서 유지되지만 결코 집단의 시간에게 굴복하지 않는다. 그것이 개체의 시간이 갖고 있는 멋진 비밀이자 매력이면서, 동시에 인간 개개인의 삶을 계속해서 한계 속에 머물게 하고 진통제 같은 인문학을 찾게 만드는 측은한 약점이다.

● 개체의 한계

인간이 지닌 한계는 '공간적 한계'와 '시간적 한계'로 나눌 수 있다. 정보통신기기의 도움으로 멀리 떨어진 공간에 있는 이들과 화상대화를 나눌 수는 있지만 인간의 육체는 공간의 한계를 뛰어넘을 수 없다.

공간적 한계는 직접적인 체험을 제약하는 요인이다. 물리적인 체험에만 영향을 주는 것이 아니다. 인간은 공간이 만드는 무형의 것들에 영향을 받는다. 문화집단이 장악하고 있는 공간의 문화적 형질이 개인에게 유전되고 각인된다. 공간적 한계는 다른 공간 문화의 체험을 어렵게 한다. TV를 통해 이국의 정경을 체험하는 것은 오감을 만족시키는 직접적인 체험이 아니라 시각에 의존한 상상의 체험이다.

시간도 한계를 갖고 있다. 인간은 기나긴 인류의 시간 중 극히 짧은 어느 한 지점만을 살 수 있을 뿐이다. 그런 인간이 수만 년 동안 쌓여온 집단의 시간을 모두 복제하는 것은 불가능하다. 집단의 시간은 집단지성을 엄청나게 쌓았지만, 인간은 알파고처럼 누적된 지식을 자유롭게 활용할 수 있는 존재가 아니다. 천재적인 인간도 일부만을 활용할 수 있을 뿐이고, 그 일부에서조차 숱한 오류가 발견된다.

인간은 탄생과 동시에 지식을 받아들일 수 없다. 지식은 언어와 문자로 전수되는데, 가장 쉬운 단어 하나를 발음하는 데도 1년 가까운 시간이 걸리고 공동체가 쌓은 지식을 학습할 수 있는 수단인 언어와 문자를 자유롭게 구사할 수 있는 수준으로까지 익히는 데만도 10년 이상이 걸린다.

언어와 문자로 축적된 지식을 자기 것으로 만들어 자유자재로 활용하는 데는 더 많은 시간이 소요된다. 그 과정에서 인간의 시간은 꽃이 피고 열매를 맺고 낙엽이 지는 '자연의 시간'에서 조금도 벗어나지 못한다. 빠르게 습득할 수는 있겠지만 마우스를 클릭해 몇 단계를 스킵(skip)하는 일은 불가능하다.

● 집단의 시간

집단의 시간과 집단지성은 깊은 관계가 있다. 집단의 시간이 이어졌기에 집단지성의 축적이 가능했다. 그러나 집단의 시간이 곧 집단지성은 아니다. 집단의 시간은 문화적 축적으로만 나타나는 것이 아니다. 의지가 작용하는 지성적 측면에서뿐만 아니라 비의지적인 신체적 진화를 통해서도 나타난다.

최초의 인류 '루시'의 후예들이 아프리카에서 다른 환경을 가진 지역으로 퍼져 나가며 백인, 황인, 흑인으로 분화하고, 황인종 안에서도 몽골족, 타이족 같은 더 작은 문화적 인종으로 분화하고, 몽골족이 더 작은 단위로 분화하는 모든 과정에 집단의 시간이 작용했다. 신체적 차이를 만들어낸 모든 과정에 빠짐없이 집단의 시간이 개입했다.

문화적 차이를 만들어낸 집단의 시간은 신체적 분화보다도 더 다양한 갈래로 분화되었다. 분화의 양상과 기준을 쉽게 살필 수 있는 예로 들

수 있는 것이 국가다. 현재 전 세계 국가 수는 237개로 알려져 있지만, 국제법상 인정된 국가 수는 242개이다. 국가의 수는 지금까지 한 번도 고정적인 때가 없었다. 지금도 독립을 꿈꾸는 지역이 한두 곳이 아니다. 앞으로도 얼마든지 감소하거나 확대될 수 있다.

문화집단이 거대화한 이후 인류 역사는 지리적 영역을 갖는 국가들의 출현과 사라짐의 연속이었다. 한 국가가 탄생했다가 다른 정체성을 가진 국가가 뒤를 잇는 과정도 집단의 시간이다. 하나의 민족이 하나의 국가를 이루는 경우가 드물기는 하지만 그런 경우에 의해 탄생한 국가의 집단의 시간과 여러 민족이 합쳐져 국가를 탄생시킨 집단의 시간은 성격이 또 달라진다.

스페인의 카탈루냐, 영국의 스코틀랜드, 중국의 티벳, 신장위구르 자치구 같은 지역들이 독립을 꿈꾸는 것은 그 지역들이 현재 자신들이 속해 있는 국가의 다른 지역과는 사뭇 다른 집단의 시간을 갖고 있기 때문이다. 현재 전 세계 대부분의 국가들에서 서로 다른 집단의 시간이 존재한다. 하나의 국가 안에 존재하는 다양한 집단의 시간은 번영을 가져오기도 했지만, 갈등과 전쟁을 불러일으키기도 했다.

한 국가 안에 존재하는 서로 다른 집단의 시간이 충돌한 역사는 많은 작가들에게 고통스러운 영감을 주기도 했다. 『죽음의 푸가』로 유명한 파울 첼란[13]은 독일어를 모국어로 사용하는 루마니아 체르노비츠 태생의 유대인이었다. 파울 첼란은 수용소에서 기적적으로 살아남은 이후에도 자신의 가족을 학살하고 자신도 학살하려한 독일의 '집단의 시간'에서

---

13 유대인이었던 파울 첼란(1920~1970)은 가스실 처형 직전, 독일 병사들이 방심한 틈을 타 가스실로 가야할 줄에서 다른 줄로 끼어들어 살아남았지만, 자신의 가족을 학살하고 자신도 학살하려한 독일의 언어를 모국어로 시를 썼다. 그는 끝내 자살했다. 그는 1958년 브레멘 문학상을, 1960년 게오르크 뷔히너 상을 수상했다.

벗어나지 못했다.

파울 첼란과 유사하면서도 동시에 전혀 다른 집단의 시간을 겪은 인물이 있다. 2009년 노벨문학상을 수상한 헤르타 뮐러(Herta Müller, 1953~)는 2009년 발표한 소설『숨그네』에서 우크라이나 수용소에서 강제노역을 했던 독일계 루마니아인들의 삶을 그려냈다. 헤르타 뮐러도 파울 첼란처럼 루마니아에서 출생했고, 독일어를 모국어로 사용했다. 헤르타 뮐러는 루마니아 서부 바나트지역의 독일계 소수민족 마을인 니츠키도르프에서 태어났다. 유대인이었던 파울 첼란과 달리 그녀는 독일계 혈통을 갖고 있었다. 독일이 2차 대전에서 패전한 후 그녀의 어머니는 독일계 루마니아인을 추방했을 때 소련으로 끌려가 5년간의 강제 노역을 경험했고, 그 역사를『숨그네』에 담았다.

파울 첼란과 헤르타 뮐러는 루마니아 속 소수민족이라는 집단의 시간에서는 비슷했지만, 혈통이 가진 집단의 시간에서는 전혀 다른 배경을 갖고 있었기 때문에 비극의 양상이 달랐다. 각각의 인간들이 갖는 개체의 시간은 파울 첼란과 헤르타 뮐러처럼 극적인 경우는 아니더라도, 온도차가 심한 집단의 시간들이 교차하고 있는 충돌 지점을 반드시 지날 수밖에 없다.

집단의 시간의 성격에 따라, 개체의 시간이 갖게 되는 문화적, 신체적 성격이 종속적으로 달라질 수밖에 없다. 만약 한 독일인이 동독 서독으로 분단된 시기와 통일 독일 시기를 모두 보냈거나, 어느 한국인이 일제 식민통치기와 광복 이후의 시기를 보냈다면 그들은 두 가지 성격의 집단의 시간을 개체의 시간으로 경험한 것이다. 그 시기를 경험하지 못한 독일인과 한국인과는 전혀 다른 집단의 시간을 문화적 유전자로 물려받는다.

● 육체적 시간, 비육체적 시간

구성단위에 따라 집단과 개체로 시간을 나누었는데, 인간의 몸과 관계를 따져서, 인간의 시간을 '육체적 시간'과 '비육체적 시간'으로 나누어 볼 수도 있다.

집단이 갖고 있는 육체적 시간은 서로 다른 환경에서 살고 있는 문화집단 구성원들의 육체를 통해 나타난다. 큰 범주의 인종적 특징과 작은 범주의 몽골인들의 시력, 네팔인들의 심폐능력처럼 신체적 특징으로 나타나는 집단의 육체적 시간은 개인의 의지와 상관없이 인간의 육체에 축적된다. 문명집단 전체가 소멸하지 않는 한 집단의 육체적 시간은 유전을 통해 유지된다.

유전적으로 형성된 육체를 통해 나타나는 집단의 시간은, 인간이 갖고 있는 어두운 천성인 배타성으로 인해 인류 역사의 어두운 그늘에 갇히기도 했다. 클로드 레비-스트로스는 유네스코에서 행한 강연회에서 이렇게 말했다.

> 인종이나 문화 구분 없이 인간이라는 종의 모든 유형을 포함하는 인간성이라는 개념은 인류 역사상 매우 뒤늦게 출현하였으며, 제한적인 범위 내에서만 전파되었다. 이 개념이 최고의 발전을 이룩했다고 보이는 곳에서조차 그것이 모호한 다의적 해석이나 퇴행으로부터 안전하게 보호받고 있다고는 전혀 확신할 수 없으며, 최근의 역사도 그것을 입증해 주고 있다. 그러나 광범위한 인간 종족들에는 수만 년이라는 오랜 세월 동안 인간성이라는 개념이 전혀 존재하지 않은 것처럼 보인다. 이 개념은 부족이나 언어집단이라는 경계에서 끝나 버리며, 심지어 경우에 따라서는 마을의 경계에서 끝나 버리기도 한다.[25]

집단의 육체적 시간은 개별성을 가진 문화집단을 구성한 주체다. 그런 집단의 육체적 시간이 집단의 비육체적 시간에 의해 어떤 위험에 처했는지를 레비-스트로스는 설명해준다.

육체적 시간은 배타성을 갖고 있지 않다. 육체적 차이를 배타적으로 만드는 것은 비육체적 시간이다. 비육체적 시간은 가변적이고, 유동적인 성격을 갖는다. 세계화가 가속화되며 비육체적 시간은 가변성과 유동성이 더욱 극대화되었다. 덕분에 다양한 스타일의 변주를 갖게 되기도 했지만, 개별성을 잃는 획일화로 나아가고 있기도 하다.

'비육체적 시간'에 의해 배타성이 탄생하지만, 노력에 따라서 얼마든지 배타성을 줄일 수 있다. 비육체적 시간에는 의지가 개입되기 때문이다. 타인과 타 문화집단에 대한 관용의 의지를 집단지성처럼 높은 수준으로 이끌 수 있다면 인류의 비극은 줄어들 것이다.

한 인간이 갖는 육체적 시간은 집단의 육체적 시간과 비육체적 시간의 영향권에서 완전히 벗어날 수 없다. 영향권 안에서 자신의 스타일을 만들어간다. 하지만 한 인간의 비육체적 시간은 매력적인 비밀을 갖고 있다. 어느 시간보다도 가변적이고, 유동적이고, 의지적이다. 의지에 따라서는 다른 집단의 비육체적 시간을 얼마든지 받아들일 수 있다. 한 인간의 비육체적 시간에 문화적 스타일의 비밀이 숨어 있다.

● **감성, 상상의 시간**

비육체적 시간은 '감성의 시간'과 '상상의 시간'으로 나타난다. 감성의 시간과 상상의 시간은 서로 겹치는 부분이 있지만, 감성의 시간은 문학, 음악, 미술 등의 장르와 깊은 관련이 있고, 상상의 시간은 인류 문명의 학문적, 기술적 발전을 이끈 이지적이고, 지성적인 작업과 관련이 깊은 시간으로 이해하면 좋을 것이다.

감성의 시간은 고정된 모습을 발견하기 어렵다. 살바도르 달리의 〈기억의 지속〉에 표현된 시간들처럼 아무렇게나 걸쳐지고 유체(流體)처럼 흐느적거릴 것이다. 잡으려 하면 빠져나가고, 규정하려 하면 이미 모양을 바꿨을 것이다.

대중들에게 가장 위대한 화가를 꼽으라면 빈센트 반 고흐가 최상위에 있을 것 같다. 그런데 고흐는 당대에는 가치를 인정받지 못했다. 고흐의 위대성은 고흐 본인이나 그가 살았던 시대와는 무관하게 만들어졌다고도 볼 수 있다. 시간과 예술성은 반드시 출현 시기와 일치하지 않을 수도 있다는 것을 보여주는 사례다.

미술계에는 고흐 같은 인물도 많지만, 피카소처럼 당대에 이미 거장이라는 칭호를 얻은 이들도 많다. 피카소는 당시로서는 파격적인 양식을 선보였지만, 성공적으로 명성을 얻었다. 르네 마그리트도 독특한 미술세계로 죽은 후에 더 큰 명성을 얻었지만, 살아 있는 동안에도 명성을 누렸다. 요즘 한국인들로부터 사랑을 받고 있는 에드워드 호퍼도 생전에 이미 거장의 반열에 올랐다.

문학계에도 D. H. 로렌스처럼 생전에 빛을 보지 못하고, 후대에 와서 새롭게 평가되는 사례가 손에 꼽기 어려울 정도로 많다. 올더스 헉슬리의 『멋진 신세계』 같은 작품도 당대와 지금의 평가는 아주 다르다. 본인과 당대가 몰랐던 위대성에는 시간이 작용한다. 비평가들은 그들의 작품이 시대를 앞서 갔다고 이야기한다. D. H. 로렌스의 경우 지나치게 외설적이었다는 평가가 족쇄가 되었다. 한국에서는 마광수와 장정일에게 그 족쇄가 채워졌다. 시대를 앞서갔다면, 작가가 추구한 의미가 그 시대에는 낯선 것이고, 붐업(boom up)될 분위기가 무르익지 않은 것이다.

인간의 문화는 각 민족의 문화권마다, 민족문화권 내의 더 작은 공동체마다 서로 다른 스타일을 갖고 있다. 그것을 공간이 갖고 있는 스타일이라고 부른다면, 시대적 기호의 차이는 시대가 갖는 스타일이라고 부를 수 있다.

스타일은 논리적인 결과물만은 아니다. 감성도 크게 작용한다. 자신들의 모습을 반영한 것임에도 불구하고, 어떤 스타일은 가치를 인정받고 어떤 스타일은 거부된다. 스타일의 그런 모습이 예술작품과 문학작품에도 투영된다. 당대의 스타일에서 벗어난 것들이 어떤 것들은 인정을 받고, 어떤 것들은 홀대를 받는 이유가 거기에 있다.

예술작품들이 얻게 되는 위대성은 논리적인 사고의 결과물이 아니다. 반 고흐의 작품이 위대한 것은 후대의 대중이 그의 작품을 사랑하기 때문이다. 물론 어떤 작품들은 평론가들의 의도적 조명 작업을 거친 후에야 위대성을 갖는다. 그의 삶이 갖고 있던 비극성도 작용했겠지만, 어떤 과정을 거쳤든 고흐의 작품을 위대하게 만든 것은 대중의 감성이었다.

예술작품(미술, 문학)의 위대성은 이전 시대에서 물려받는 것이 아니라 당대에서 찾아진다. 우연히 찾아질 수도 있지만, 의도적 부각도 배제하기 어렵다.

● 개체의 시간과 스타일

집단지성이 쌓은 업적 덕분에 세계가 다양성을 잃고 점점 단일한 모습으로 변해가고 있다는 우려가 있지만, 아직도 우리는 다른 문화권 사람들에게서 차이를 느낀다.

모든 인간은 태어난 환경에서 학습한 것을 자신의 정체성으로 삼는다. 인간은 서로 다른 환경에서, 다른 언어를 배우고, 그 언어로 구성된 문화 환경 속에서 성장한다. 이슬람 사회에서 태어난 아이는 이슬람 문화인으로, 유럽에서 태어난 아이는 유럽 문화인으로 성장한다. 서로 다른 성장 배경이 각각의 인간에게 서로 다른 정체성을 형성하는 요소이자 한계로 작용한다.

공간적 차이만 '다름'을 만들어내는 것이 아니다. 같은 지역에서 태어난 사람이라도 시대에 따라 차이가 있다. 한국에서 1950년에 태어난 아이는 전쟁을 직접 겪은 부모에게서 세상을 배웠고, 1990년에 태어난 아이는 전쟁을 모르는 부모에게서 세상을 배웠다. '세대차이'는 서로 다른 시간적 환경에서 탄생한 문화적 유전자인 것이다.

문화적 요소들은 시대적 상황에 따라 다른 모습으로 버무려져 차이를 만들어낸다. 살아가는 시대가 다르기 때문에 새로운 세대는 이전 세대들의 경험을 온전히 체험할 수 없다. 지식으로 배울 수는 있지만 경험한 것과는 다르다. 그러나 '세대차이'는 인류의 기나긴 '집단의 시간'에서 보면 미미한 차이다. 인간은 서로가 다르다고 생각하면서도 유사한 경험의 길을 걸어간다. 다르다고 싸우지만, 삶의 반복에서 벗어나지 못한다. 그것이 인간 사회의 한계를 만든다.

● 시간의 충돌

인간이 겪는 수많은 문제는 집단의 시간과 개체의 시간의 불일치에서 발생한다. 두 시간은 수명이 다르다. 개체의 시간은 100년을 넘기 힘들고, 생물학적 시간의 마수에서 달아나지 못하고 일정 시간이 지나면 노화와 퇴화를 겪는다. 그에 비해 집단의 시간은 수천, 수만, 수십만 살이다. 집단의 시간은 나이를 천천히 먹어간다. 쉽게 늙지도, 쉽게 죽지도 않는다.

한 인간의 시간이 소멸하기까지 개체의 시간과 집단의 시간은 함께 존재한다. 때문에 개인은 집단 안에서 발생하는 사건의 규모와 성격에 영향을 받는다. 하나의 집단에서 발생한 사회적 사건은 같은 시간대를 사는 구성원의 시간에 영향을 미친다. 일정 공간에 있는 사람들이 하나의 사건으로 인해 기억을 공유하게 되면 그 시간 자체가 집단의 시간이 되고, 그 사건에 참여한 개체마다의 시간이 되기도 한다. 2016년 10월부터 2017년 4월까지 이어진 '촛불 혁명'이 그런 사례다. 그러나 집단의 시간이 만들어졌다 해도 개체의 시간이 같은 성격으로 드러나지는 않는다. 누군가에게는 희극으로 누군가에게는 비극으로 나타난다.

집단의 시간과 개체의 시간의 충돌은 수시로, 다양한 양상으로 일어난다. 육체적 시간과 비육체적 시간의 충돌일 수도 있고, 비육체적 시간과 비육체적 시간의 충돌일 수도 있다.

카츠길 산맥의 마을에 살던 '립 밴 윙클'[14]은 영국 왕 조지 3세가 통치하는 시기에 산으로 들어갔다가 자신도 모르는 사이에 20년의 시간이 흐른 뒤에 마을로 돌아왔다. 그 앞에 나타난 시간은 독립국 미국의 시간이었다. 립 밴 윙클은 달라진 집단의 시간을 인식하지 못하고 난처한 상황을 맞는다.

립 밴 윙클처럼 20년이라는 격리를 맞지도 않겠지만, 우리 모두는 동시대를 살면서도 다양한 상황의 시간 충돌을 겪게 된다. 한 개인 안에서도 육체적 시간과 비육체적 시간이 충돌할 수 있고, 집단 안에서도 충돌할 수 있다.

어제를 표절했다

14   워싱턴 어빙(1783~1859)이 1819년 발표한 『스케치북(The Sketch Book)』 속 단편작품 「립 밴 윙클」의 주인공.

● 공동체와 개인의 시간의 불일치

우리 모두가 집단의 시간에서 만들어진 깨달음을 자기 것으로 만든다면 인간 세계의 비극은 사라질지 모른다. 그러나 전쟁, 학살, 범죄는 사라지지 않고 있다. 비극적이고, 악하고, 불합리한 모순들을 없애기 위한 노력의 결과물은 아직도 풋과일 상태다. 모든 세대가 없애려고 고민했을 것인데도, 전쟁과 같은 큰 문제뿐만 아니라 개인적인 애정문제까지 온갖 문제의 수증기들로 만들어진 검은 먹구름이 하늘을 잔뜩 덮고 있다가 예측할 수 없는 순간에 개인과 집단의 운명의 머리 위에 '난제(難題)의 폭우와 번개'를 쏟아 붓는다.

이전의 문제를 반복하는 것은, 공동체가 쌓은 자산인 집단지성과 현대 문명의 튼실한 열매를 자신의 정체성으로 오인하기 때문이다. 대단한 착각이다. 함석헌 선생이 학생운동을 하던 운동권 출신에게 "그대들이 졸업하여 사회에 진출했을 때 사회가 그만큼 나아졌는가?"라는 요지의 물음을 던졌다고 한다. 우울하게도 세상은 변하지 않았다. 인간이 특별한 존재라는 오만함을 버려야 한다.

우리는 사자성어에서 지혜를 얻는다. 상당수의 사자성어가 춘추전국시대에 만들어졌다. 그 시대의 사자성어에서 지혜를 얻는 것은 세상을 살아가는 오늘날의 지혜가 당시의 지혜를 크게 넘어서지 못한다는 것을 의미한다. 지금의 지혜가 당시의 지혜를 넘어섰다면 사자성어가 담긴 책들은 문헌사적 가치는 있겠지만, 인문학적 가치는 없을 것이다.

인간과 시간의 문제를 인문학적으로 이해하기 위해서는 인간이 '개체의 시간'이라는 우물에 갇혀 사는 청개구리이고, 우물의 시선에서 벗어난 광대한 공간에 집단지성이 반짝이며 어두운 하늘을 밝히고 있다는 사실을 먼저 인정해야 한다.

집단지성이 쌓은 지적 자산을 온몸에 지워지지 않는 문신으로 새기기

위해 고통을 참고 겸허하게 노력하지 않는다면, '개체의 시간'이란 우물
에 갇혀 자화자찬의 곡조를 뽑아내는 불쌍한 청개구리로 살 수밖에 없
다는 사실을 인정해야 한다.

5장
바오밥과 인간의 시간

● 인간의 수명은 위대하지 않다

수명이 400살쯤 되는 너도밤나무는 80~150살은 되어야 열매를 맺는다. 페터 블레벤이 『나무수업』에서 소개하고 있는 내용이다. 키가 2미터밖에 안 되는 나무들도 80살을 넘는다니 어미나무가 20미터에 달하는 것을 감안하면 기다림의 시간이 엄청나다. 혹독한 어린 시절을 보내고 나서야 숲의 당당한 일원이 될 수 있다.

주변에서 흔히 볼 수 있는 오동나무는 일 년이 다르게 몸피를 불린다. 4~5년만 자라도 80살 너도밤나무와 키가 같을 것이다. 그렇다고 높이를 잣대로 평가하면 두 나무가 가진 시간을 제대로 이해하지 못하게 된다. 인간의 시간으로도 너도밤나무의 시간을 이해할 수 없다. 너도밤나무뿐일까. 나무들의 수명은 지리적 환경의 차이에 따라서도 달라지고, 나무의 종류에 따라서도 달라진다. 하나의 시간을 기준으로 전체를 이야기하는 것은 이해가 아니라 오해를 만드는 것이다.

가장 오래 사는 나무 중 하나가 아프리카 마다가스카르 섬에 많이 살고 있는 바오밥나무이다. 5천년 정도의 수명을 갖고 있다. 남아프리카공화국 림포소에 있는 바오밥나무는 6천살 정도로 알려져 있는데, 정확한 측정이라면 지구에서 가장 나이가 많은 나무다.

은행나무, 향나무, 느티나무는 천 년 이상을 산다. 세쿼이아, 일본 삼나무, 편백나무는 3000년 정도로 장수 그룹에 속한다. 소나무도 장수하는 종류인데, 미국 캘리포니아 지역에 사는 브리슬콘 소나무는 4천9백살이 넘은 것으로 알려져 있다. 유럽에 3천살이 넘는 것으로 추정되는 올리브나무가 존재하는 것으로 보아 올리브나무도 장수 그룹에 넣어야 한다.

한국에도 오래 산 나무들이 있다. 용문사 은행나무가 1100년, 충북 보은군 속리산 입구에 있는 정이품송은 500년을 넘었다. 천연 기념물로 지정된 강원도 정선의 두위봉의 주목은 1400살이 넘었다.

동물계에도 인간의 시간으로 가늠하기 어려운 주인공들이 많다. 아이슬란드인들이 바람에 말리고 발효시키는 전통음식 '하우카르들'의 재료가 되는 그린란드상어는 600년을 산다. 신진대사가 느린 것으로 유명한 코끼리거북도 150년에서 200년을 산다. 코끼리도 느린 삶을 사는 편인데 보통 60에서 70년 정도를 산다. 앵무새들도 60년 이상을 사는 종류들이 여럿 있다. 랍스터도 추운 바다에서 사는 종류는 수명이 긴 것으로 알려져 있다. 보통 100년은 사는데, 가장 오래 산 기록이 140살이다. 캐나다나 러시아에서 수입되어 식탁에 오른 랍스터라면 최소 30~40살이 넘은 것이다.

동물계의 최장수는 영하 273℃, 영상 151℃의 극한상황에서도 살아남고, 1mm 크기의 몸으로 150년 이상을 사는 '물곰(Tardigrada, 완보동물)'이다. 5억 3000만년 전에 나타나 다섯 번의 대멸종기를 견딘 놀라운 생명력을 가진 동물이다.

식물계에도 '물곰'과 같은 능력자가 있다. 남극에 사는 '부엘리아 후리기다'(지의류)는 워낙 사는 환경이 열악하기 때문에 1년에 0.004밀리미터 정도밖에 못 자라는 것으로 알려져 있다. 24밀리미터 정도 되는 한 개체는 나이가 무려 6500살이 넘는 것으로 측정되었다고 한다.[26]

나무들의 시간은 수백, 수천만 년 동안 크게 달라지지 않았다. 인간이 일으킨 환경 변화에 의해 생명체들의 시간에도 변화가 생겼겠지만, 인간이 그걸 제대로 확인할 수 있는 단계는 기술적으로든, 도덕적으로든 아직 도달하지 못한 것으로 보인다. 그런데 인간의 평균수명은 최근 1세기 동안 큰 변화를 보였다. 서로 다른 수명은 각 개체의 삶을 다르게 만든다. 그렇다면 달라진 인간의 시간은 어떤 의미를 가질까?

1930년대 한국인들의 평균수명은 35세 전후였다. 하지만 모든 사람의 수명이 35세는 아니었다. 그랬다면 지속가능한 사회는 존재하지 않았을 것이다. 어떤 이들은 60, 70세를 넘기며 살았지만, 어떤 이들은 서른을 넘기지도 못했다. 영아 사망률도 매우 높았다. 여러 수치들을 합산해 산출된 평균수명이 35세 전후였을 뿐이다.

지금은 평균수명이 80세를 넘는다. 두 배가 넘는 시간을 살게 되었고, 불과 1세기 만에 사회적 나이가 달라졌다. 예를 들어 회갑(환갑)처럼 사회적으로 주목할 만한 나이에 큰 변화가 있었다. 예전에는 회갑이 한 개인에게 있어서 중요한 일생의 행사였고, 장수와 복의 상징이었다. 그러나 지금은 60번째 맞는 생일 이상의 의미를 갖지 않는다. 60살이 가졌던 사회적 나이로서의 상징성을 잃어버린 것이다.

● 계급에 따라 달랐던 수명

기원전 시대에도 70, 80세를 사는 사람들이 존재했다. 그 시대의 '노년기'는 노동으로부터의 자유와 충분한 음식을 누릴 수 있었던 부유한 상층계급의 전유물이었다. 가난한 계층과 노예들에게는 주어지지 않은 특혜였다. 그런 현상이 근대 이전까지 지속되었다. 가난한 계층은 일생동안 과도한 노동과 영양결핍의 그늘에서 자유롭지 못했다. 과로와 굶주림으로 피폐해진 그들의 몸은 감기 같은 사소한 질병조차 쉽게 이겨내지 못했다. 높은 영아 사망률도 부유층보다 서민 이하의 계층에게 더 가혹했다.

'노년기'가 일부 기득권층에게 주어지기는 했지만, 지금과 마찬가지로 고민의 시간이었다. 2천여 년 전 로마의 문인이자 정치가였던 키케로(Marcus Tullius Cicero, 기원전 106~기원전 43)가 『노년에 대하여』(기원전 44년)에서 바라본 노년과 지금의 노인들이 바라보는 노년은 사회적 성격이 조금 다르다.

『노년에 대하여』에서 스키피오와 가이우스 라일리우스에게 노년에 대해 말하고 있는 로마의 정치가 카토[15](Marcus Porcius Cato, 기원전 234~기원전 149)는 85년을 살았다. 2천 2백여 년 전 인물임에도 불구하고 지금의 남성 평균 수명을 넘어서는 장수자였다. 우리가 주목할 것은 그가 장수했다는 것이 아니라 당시의 장수한 이들이 갖고 있던 생각이다. 카토는 이렇게 말하고 있다.

> 노년은 부담스러운 것이라기보다는 즐거운 것이네! 현명한 자가 노인이 되면 훌륭한 성품을 지닌 젊은이들 속에서 즐거움을 찾고 젊은이들의 존경과 사랑을 받아서 그들의 노년이 더욱 가볍게 되는 것과 마찬가지로, 젊은이들은 덕을 추구하도록 이끄는 노인들의 훈

어제를 표절했다

---

15 로마의 정치가이자, 군인, 문인, 재무관, 법무관 등 화려한 이력을 쌓았으며 증손자인 카토(소카토)와 구분하기 위하여 '대(大)카토'로 불린다. 라틴어로 기술된 로마 최고의 역사서로 평가받는 『기원론』을 남겼다.

화 속에서 즐거움을 찾지.[27]

카토가 말한 노년은 현명하게 후세를 이끄는 우아한 이미지였다. 사회적 존경을 받는 원숙한 이미지는 권력층에 속한 부유한 노년이었기에 가능했다. 동서양을 막론하고 고대시대의 노년은 거의 부유한 계층에만 존재했고, 우아한 이미지도 비슷했다.

인류에게 전에 없던 시간이 생겨났다. 의학의 발전과 영양결핍 해소로 서민층의 평균수명도 늘어났다. 사회구성원 대부분이 긴 노년을 맞게 되면서 노년의 의미가 달라지고, 노년 세대의 문화와 향유 양상도 달라지고 있다. 은퇴 이후의 긴 노년이 사회적 시간으로 자리하게 되면서 노년기에 대한 새로운 해석이 필요하게 된 것이다.

근대 이전의 노년 세대는 숫자가 많지 않았고, 상류층이 다수를 차지하여 같은 이해를 갖고 있었다—로마 원로원의 경우 상당수가 고령자였다—. 그 때문에 노년 계층 간 충돌이 존재하지 않았다. 이제 모든 계층이 노년을 맞게 되면서 사회적 이해관계와 기득권을 두고 계층 간 충돌이 일어날 수밖에 없다. 앞으로 노년 세대 안에서의 계층 간 갈등은 점차 격화될 것이다. 노년층의 숫자가 많아지면서 세대 간 충돌도 심각해졌다. 세대 간 갈등 역시 앞으로 첨예화될 것이다.

● 늘어난 시간의 의미

늘어난 시간에 의해 탄생한 새로운 문화와 스타일을 제대로 이해하려면 늘어난 시간의 의미를 이해해야 한다. 무엇보다 죽음의 양상이 달라졌다. 근대 이전의 서민들의 죽음은 빠르고 갑작스럽게 다가오는 경우가 많았다. 이제는 서서히 소멸해가는 양식이 대세가 되었다. 생산성을 잃은 것으로 여겨지는 긴 소멸 과정은 공동체에 깊은 고민을 안겨주고 있다. 시몬 드 보부아르는 저서 『노년』에서 이렇게 말하고 있다.

> 노인들에 대하여 사회가 취하는 태도는 하나같이 모두 이중적이다. 일반적으로 우리 사회는 노년기에 접어든 사람들을 어떤 분명한 연령계층으로 보지 않는다. 사춘기의 위기는 청소년과 성인 사이에 하나의 경계선을 그을 수 있게 해준다. 18세에서 21세의 젊은이들은 성인세계에 받아들여진다. 이러한 인간으로서의 지위 향상에는 거의 언제나 '통과 의식'이 있게 마련이다. 그러나 노년기가 시작되는 순간은 명확히 정의되어 있지 않고, 시대와 장소에 따라 변화가 있다. 또한 이 새로운 지위의 확립을 기리는 '통과 의식'은 어디서도 찾아볼 수 없다.[28]

인간의 시간은 어느 기점에서 갑자기 다음 단계로 진행하는 것이 아니다. 수명이 늘어난다고 해서 인간의 인성에 갑작스런 변화가 오는 것도 아니다. 모든 것이 길어지는 것일 뿐이고, 필연적으로 욕망의 장기화가 발생한다. 인간의 감성은 나이와 보폭을 맞춰 달라지지 않는다. 그 사실을 받아들이지 않는데서 노년에 대한 오해와 갈등이 증폭된다.

'사회적 역할' 또한 노년의 고민거리로 떠올랐다. 노년이 흔치 않았던 시대에 노년에게 기대했던 역할은 지혜 전수자였다. 지식은 늘 변하지만 지혜는 쉽게 바뀌는 것이 아니다. 그리고 운 좋게도 근대 이전에는 지식의 변화도 느리게 진행되었다. 현대사회는 지식의 효용성이 높은 비중을 차지하고 있고, 지혜가 삶에 영향을 미치는 경제적 비중은 비교할 수 없이 축소되었다. 지식이 빠르게 대체되면서 지식의 수명도 단축되었다. 지식세계가 빠르게 명멸하며 질주하고 있지만, 노년의 지식 습득 능력은 떨어진다. 노년 세대가 습득한 지식은 더는 쓸 수 없는 경우가 허다하다. 자신의 지식을 고집하는 노년 세대는 후세들에게 짐으로, 갈등의 대상으로 여겨진다.

노년 세대는 새로운 사회적 역할을 만들어내야 한다. 지식은 답이 아니다. 지식으로 사는 세상은 언제나 충돌 소리로 가득하다. 지식의 양이 엄청나게 늘어났지만, 인간 세계를 떠나지 않는 근원적인 문제들에는 답을 주지 못하고 있다. 인문학에서 답을 찾으려는 이유다.

노년이 향할 길은 지혜가 될 수밖에 없지만, 지혜도 결국은 문화의 밭에서 자란 것이기 때문에 완전할 수 없다. 불행인지 다행인지 알 수 없지만, 생의 시간이 길어졌다. 길어진 만큼 문화적 충돌의 시간도 길어질 것이다. 길어진 시간을 '지혜의 정원'을 가꾸는 데 쏟아야 한다. 그렇지 않으면 그 시간은 고통스러울 것이다. 지혜의 정원에는 다양한 문화적 출처의 나무와 꽃과 풀을 심어야 한다. 기이한 식생 문화를 가진 이국의 식물들도 받아들여야 한다. 그래야 지혜의 정원이 풍성해지고, 젊은 관객들과 친숙해질 것이다.

기억해야 한다. 마음이 혼란스러울 때 고향을, 어머니를 찾는 것은 그곳에 지식이 있어서가 아니다.

3부 본성의 표절

인간은 젖형제인 동물·식물과는 다른 본성을 갖고 있다는 믿음을 오랫동안 지켜왔다. 믿음이 오류로 밝혀지고, 토대가 무너졌지만, 인간은 쉽게 개종하는 신자가 아니다.

스타일의 파도가 밀려왔다 빠져나간 해변에는 본성에 대한 해석이 달빛을 먹으며 반짝이고 있다. 하지만 인문학 전도사들은 반짝이는 해변을 등지고 자신들만의 리그를 벌이고 있다. 리그는 통합되어야 한다. 본성에 대한 빛나는 해석은 경기 규칙에 포함시켜 진행되어야 한다.

1장
예술 좀 하는 바우어새

● 찰스 다윈을 혼란에 빠뜨린 새

찰스 다윈(1809~1882)은 조류학자 존 굴드가 호주에서 보내온 한 새의 행동유형을 연구한 자료 때문에 전전긍긍했다. 동료 학자들에게 동물과 식물의 능력이 인간의 예상을 뛰어넘는 수준이라는 견해를 사회적 파장을 일으키지 않을 정도로 완곡하게 내비친 적이 있었다. 하지만 막상 사실을 뒷받침하는 연구 자료를 확인하고 나니 어떻게 받아들여야 할지 혼란스러웠다. 존 굴드가 전해온 소식은 다윈의 예상을 훨씬 뛰어 넘은 것이었다.

동물들이 상당한 수준의 인식능력을 갖고 있다고 믿고 있었지만, 자료의 주인공인 바우어새(bower bird)의 행동은 단순히 인식 능력을 보여주는 정도가 아니었다. 『종의 기원』이 출간되면 인간이 원숭이의 후손이라는 오해만으로도 거센 반발이 예상되는데, 새가 예술을 한다고 하면 세상 사람들이 뭐라고 할 것인가! 문자와 언어능력을 이용하여 문학작품을 창조하지는 못하겠지만, 예술을 만들어내는 능력이 더 이상 인간만의 능력이 아니라고 한다면……. 오, 맙소사!

다윈은 사람들의 반응을 상상하기도 싫었다. 지금까지 쌓아온 명성이 망가지는 것은 차치하더라도 치유 불가능한 망상가라는 오명을 얻을 수도 있었다. 그렇다고 명확한 사실을 인정하지 않는 것도 학자로서의 본분은 아니었다. 다윈은 고심 끝에 동물들도 미적 취향이 있다는 사실을 인정하기로 결심을 굳혔다.

150여 년 전 찰스 다윈의 머릿속 생각을 그의 입장에서 상상해 보았다. 다윈의 생각을 동시대인들이 인정했다면 생물학계는 엄청난 소용돌이에 휘말렸을 테고, 소용돌이가 일으킨 거대한 해일은 다른 학문 영역까지 휩쓸며 인류의 사고를 새로운 지평의 해안가로 몰아갔을 것이다. 하지만 동물도 미적 취향을 갖고 있다는 생각을 『인간의 유래』[16]에서 밝혔음에도 해일은 일거에 세상을 덮치지 않았다. 어쩌면 너무 일찍 날아든 유성이어서 다윈을 정말 망상가로만 생각했는지도 모른다.

한 번의 '지적 해일(海溢)'로 모든 게 바뀌지는 않는다. 해일을 일으키는 '사유의 지진파'가 작아서가 아니다. 변화 유발 요소는 처음부터 사회 내부에 존재했다. 사회가 변화를 받아들일 만큼 성숙해야 '사유의 우주'에서 날아든 별똥별이 의미를 갖기 시작한다.

'인문학 평원'에도 지평을 넓혀주고 사유의 깊이를 더해 줄 원석들이 곳곳에 묻혀 있다. 원석을 다듬어 걸어주고 끼워주면 인문학이 새로운 지평으로 나아갈 수 있지만, 무대 조명은 오로지 '인간'만을 비추고, 인간을 구성하는 생물학적 요소는 어둠 속에 남겨두었다.

인간은 이성적·감성적·문화적·생물학적 진흙이 함께 버무려져 빚어진 토우(土偶)다. 여러 정체성이 섞였기 때문에 '인문학 평원'을 달릴 출발

---

16   원제 『The Descent of Man and Selection in Relation to Sex』, 『종의 기원』 (1859)이 출간된 지 12년 후인 1871년 출간되었다.

점을 찾기 어렵다. 인문학 서적 중에서 종교 경전 같은 독보적인 주인공이 탄생하지 않는 것도 그 때문이다. 집단지성의 정점에 올랐다는 뛰어난 책들도 곳곳에서 인간에 대한 무지와 오해의 지식이 발견된다.

● 1.2%의 차이

인간의 특성이 갖고 있는 의미를 파악하기 위해서는 다른 대상과의 비교가 가장 좋은 방법이다. 비교 대상은 식물이 될 수도 있고 동물이 될 수도 있다. 계통을 따져, 인간과 가장 가까운 유인원을 대상으로 삼을 수도 있다.

게놈(Genome) 해독 결과를 보면 인간과 유인원의 유전자는 98.8%가 일치한다. 그중 인간에게만 나타나는 변종 마이크로RNA는 4개에 불과하다. 1.2%는 미미한 수치지만, 1.2%가 만들어내는 차이는 엄청나다.

사자와 호랑이는 외양, 습성, 서식지, 사냥 방식에 차이가 있지만, 염색체 수가 38개로 같기 때문에 교배를 통해 새끼를 얻을 수 있다. 수사자-암호랑이 사이에서 '라이거'가 탄생하고, 암사자-수호랑이 사이에서 '타이곤'이 탄생한다. 그런데 사자와 호랑이의 유전자 차이는 1.2%를 넘어선다.

말과 당나귀도 종이 다르지만 암말-수탕나귀 사이에서 노새가 태어나고, 수말-암탕나귀 사이에서 버새가 태어난다. 이종교배로 태어난 수컷이 번식력이 없어서 새로운 종을 만들어 내지는 못했다.

사자-호랑이보다 유전자 일치도가 높은 인간-유인원이 교배를 한다면 어떤 존재가 탄생할까라는 극히 위험한(?) 상상을 할 수도 있다. 직접 시도해 볼 수는 없겠지만, 참고가 될 만한 존재가 있다. 1960년 아프리카 콩고공화국에서 침팬지 한 마리가 생포되었다. 직립보행을 했고,

다른 침팬지들과 두개골 모양이 달랐다. 상반신의 털도 보통의 침팬지들에 비해 확연히 적었다. 생포된 침팬지에게 '휴먼지 올리버'란 이름이 붙여졌다. 인간-침팬지의 교배변종이라는 주장도 있었고, 직립보행을 했지만 돌연변이일 뿐이라는 주장도 있었다. 휴먼지 올리버는 의문을 남긴 채 2012년 사망했다.

주목할 것은 '휴먼지 올리버'가 아니다. 인간이 동물로 여기는 침팬지와 유전자의 98.8%를 공유하고 있다는 사실이고, 동시에 1.2%의 작은 차이가 만들어내는 서로 다른 스타일이다. 그 둘을 모두 이해해야만 인문학의 중심이자 첫 단추인 '인간'에 대해 제대로 답을 낼 수 있다.

● 인간만의 능력

인간과 동물의 능력을 비교하는 가장 중요한 잣대가 언어, 문자, 예술 창조 능력이다. 인간만이 고도의 언어능력을 갖고 있고, 문자를 이용하여 문화를 축적하며, 예술작품을 창조하는 능력을 갖고 있다고 주장한다. 맞는 주장일까?

동물들은 유적을 남기지 않았지만, 인간이 남긴 예술 창조의 증거는 많다. 프랑스 남부 아르데슈강 유역 석회암 고원에서 1994년 발견된 쇼베동굴 벽화, 1940년 프랑스 도르도뉴 지방 베르제 강변에서 발견된 라스코동굴 벽화, 1868년 스페인 산티야나 델 마르 인근 알타미라동굴에서 발견된 벽화 등은 이미 수만 년 전부터 인간이 예술적 창조의 세계를 구축해왔다는 증거다. 프랑스와 스페인에 걸친 석회암지대의 동굴들에서만 증거가 발견된 것이 아니다. 예술 창조의 증거는 시기의 문제일 뿐, 세계 곳곳의 석회암 지대에 산재해 있다. 한국에도 여러 동물들의 모습과 함께 고래잡이 모습이 그려진 울산 반구대 일대의 선사시대 암각화가 증거로 남아 있다.

인간이 언어, 문자, 예술로 상징되는 탁월한 능력을 갖게 된 이유에 대해서 막스 셸러[17]는 인간과 동물의 구분 잣대로 '세계개방성'이라는 개념을 내놓았다. 동물이 환경의 지배를 받는 것과 달리 인간은 환경에서 벗어나 자연을 객체로 보고 작위(作爲)를 가하는 존재라는 것이다. 막스 셸러의 '세계개방성' 개념을 쉽게 풀이해보면 동물들이 자연환경에 순응하며 한정된 세계 안에서 살아가는 것과 달리, 인간은 자신을 둘러싼 자연환경을 극복하고 한정된 세계를 뛰어넘어 더 큰 세계로 나아가는 인식을 갖고 있다는 정도로 이해할 수 있다. 그리고 그 과정에서 언어, 문자, 예술이라는 인간만의 특성을 탄생시켰다고 해석할 수 있다. 이제 소개할 주연급 배우들을 떠올리면 다소 불안하기는 하지만, 그동안 축적해 온 문화적 결과물들을 보면 맞는 얘기다.

● 조류계의 예술가 바우어새

동물이 피동적이고 기계적으로 환경의 지배를 받을 뿐이라는 통념에 심각한 균열을 일으킨 사건이 150여 년 전에 이미 발생했다. 1859년 『종의 기원』을 발표해 인류 지성사에 한 획을 그은 찰스 다윈도 처음에는 예술이 인간만의 특성이라고 믿었을 것이다. 그러나 다윈은 인간의 우월성에 의문을 제기하는 자료를 접하게 된다. 조류학자 존 굴드가 호주에서 보내 온 설치예술가 바우어 새에 대한 자료는 자신의 학설을 수정할 만한 자료였으니 얼마나 큰 충격이었겠는가.

---

17 막스 셸러(Max Scheler, 1874~1928), 유대계 독일인 철학자. 인간의 이성적 주관을 중시하는 고전적 인간관을 거부하고, 가치와 질서의 세계에 대해 열려있는 정서적 본질을 중시하는 인간관을 주장했다.

다윈은 바우어새 때문에 생긴 이론적 난제와 다른 미진했던 것들을 보완해서 설명하려고 1871년 『인간의 유래』[18]를 발표했다. 인간과 지구상의 생명체들을 새롭게 인식할 수 있는 혁신적인 사유의 계기를 만들어준 역작이다.

다윈은 바우어새를 보면서 동물들도 아름다움에 대한 취향이 있다고 고백한다. 다윈의 고백에도 불구하고 당시의 세상은 동물의 미적 취향을 인정하지 못했을 것이다. 예술적 능력이 인간 고유의 능력이 아니라는 얘기가 되기 때문이다.

대체 바우어새가 어떤 새이기에 이런 파문을 일으켰을까? 바우어새는 호주 북부지역과 세계에서 두 번째로 큰 섬인 뉴기니에 살고 있다. 이름부터 수상하다. 'Bower'는 (정원의) 나무 그늘, 정자라는 뜻을 갖고 있다. 우리말로는 '정원사새'나 '정자새'로 번역된다. 참새목에 속하는 바우어새는 새틴바우어새, 맥그레거바우어새, 줄무늬바우어새, 보겔콥바우어새, 황금바우어새 등 8개 속 20여 종이 있다. 참새목에 속한다면 외양이 대충 짐작될 것이다. 물론 모든 바우어새가 그렇지는 않다. 황금바우어새는 깃털이 대단히 화려하고 아름답다. 불꽃바우어새도 참새보다 훨씬 수려한 자태를 자랑하고 있다.

아무리 화려해도 짝짓기 철이 되면 암컷 앞에서 춤을 추고 세레나데를 부르고, 아파트 열쇠를 챙겨야 하는 게 수컷의 숙명이다. 자연계에서 혈통을 남기는 수컷의 비율이 5% 남짓이라고 하니 경쟁이 얼마나 치열할지는 설명이 필요 없다.

대부분의 바우어새는 구애 준비가 험난하다. 물려받은 금수저급 깃털

---

18 정식 제목은 『인간의 유래와 성선택』(The Descent of Man and Selection in Relation to Sex)이다.

도, 꼬리도, 머리장식도 없다. 공작처럼 몸으로 암컷을 유인하는 것은 언감생심이다. 인간들도 S라인, 몸짱, 성형이 대세인 시대를 살고 있는데, 육체적 매력이 없는 불운한 태생이니 안타깝기 그지없다.

바우어새의 고민 끝 선택은 '내게 없는 것을 내 것으로 만드는 전략'이었다. 전략은 결정했지만, 밑천이 없는 알량한 처지에 할 수 있는 일이 뭐가 있겠는가. 그런데 반전이 일어난다!

● 제3의 길을 선택한 바우어새

바우어새는 깊은 고민에 들어갔다. '버드 연예계'는 공작·앵무새·극락조·팔색조·청호반새 같은 아이돌스타들이 이끄는 '몸 스타일계'와 붉은 오븐버드(Red Oven-Bird), 바야 위버(Baya Weaver) 같은 건축전문가 그룹이 이끄는 '집 스타일계'가 쌍두마차 체제를 이루고 있었다.

사교계에 낄 수 없었던 바우어새 수컷은 제3의 길을 선택했다. 잔가지를 엮어 1m 정도 높이의 정자를 짓고 그 주변을 꾸미는 것으로 승부했다. 각종 열매, 풍뎅이 날개, 꽃, 형형색색의 돌, 조개껍데기로 정원을 장식했다. 정원이 완성되면 노래를 불러 암컷을 모셔놓고 춤까지 추었다. 눈물겨운 구애였다. 금수저급으로 태어난 황금바우어새, 불꽃바우어새는 섹시춤으로 암컷을 유혹했지만 그 새들도 정원을 꾸몄다.

그쯤이면 말도 안 한다. 꽃이 시들면 새로운 꽃으로 교체해야 했다. 시든 꽃으로 어떻게 여심을 흔들 것인가? 정원 장식의 핵심 포인트인 화려한 꽃들은 빨리 시들기 때문에 수시로 싱싱한 꽃으로 교체해야 했다. 게다가 인간 세상처럼, 멀리 날아가서 싱싱한 꽃을 가져오는 것이 아니라 가까운 옆집 정원에서 편하게 수확(?)하는 얌체들이 있었다.

고된 수고를 하던 바우어새는 '유레카'를 외칠만한 사실을 깨달았다.

어제를 표절했다

어떤 재료들은 화려하면서, 많은 시간이 흘러도 결코 시들지 않는다는 것이었다. 그 재료들을 예술가들의 염원인, 영구적인 오브제로 쓸 수 있다는 사실도 알게 되었다. 그것은 바로 인간이 버린 과자봉지, 사탕봉지, 병뚜껑 같은 것들이었다. 바우어새는 썩지 않고 오래 가는 인간의 쓰레기에 완전히 매료되고 말았다. 정크 아트(Junk Art)라니, 기가 막히지 않은가!

새틴바우어새는 특별히 파란 색을 선호한다. 카메라에 잡힌 어느 새틴바우어새의 정원은 인간이 마시고 버린 파란색 빨대로 가득 장식되어 있었다. 중국인들이 붉은 색을, 브라질인들이 노란색을 사랑하는 것과 무슨 차이가 있는가.

스타일이 다를 뿐 새들의 춤도 예술에서 벗어나지 않는다. 춤만이 아니다. 바우어새는 성대모사의 달인이기도 하다. 자신이 들은 거의 모든 소리를 그대로 모사한다. 암컷을 유혹하기 위하여 바우어새 수컷들이 펼치는 예술은 시각과 청각을 최고의 수준으로 극대화한 종합예술이다.

다양한 예술 장르를 총동원해 정원 무대극을 꾸민 수컷의 예술작업은 자신들 세계의 평론가이자 대중인 암컷의 평가를 받아야 한다. 암컷의 비평은 냉혹하다. 암컷은 수컷이 만든 정원을 둘러보고, 마음에 들지 않으면 두말 않고 떠난다. 노력에 대한 연민이나, 주례사 비평 따위는 없다. 암컷이 냉혹하게 돌아서면 수컷은 다른 관객을 모시든지, 정원을 리모델링해야 한다.

우리는 동물의 암컷들이 우수한 유전자를 남기기 위해 강한 수컷을 선택한다고 믿고 있다. 하지만 바우어새 암컷은 강한 수컷이 아니라, 마음에 드는 정원무대극을 펼친 수컷을 선택한다. 수컷이 아무리 뛰어난 예술적 능력을 발휘해도 선택의 결과는 전적으로 암컷의 예술적 취향에 달려 있다. 하나의 예술작품을 두고 호불호가 갈리고, 의미 규정이 달라지는 인간의 예술과 무엇이 다른가?

바우어새는 설치예술을 자신의 길로 삼았고, 수컷은 탁월한 창작자로, 암컷은 심미안을 가진 비평가로 수준 높은 미적 안목을 증명했다. 바우어새의 예술에는 자기만족의 가식도 없다. 상대를 감화시키지 못하면 곧바로 폐기된다. 암컷이 정원을 평가하는 장면이 별것 아닌 것으로 보이겠지만, 그 어떤 진화적 사건보다도 놀랍고 충격적인 현장이다.

미적 감각을 예술로 형상화하는 것이 인간의 전유물이라고 믿었고, 수십, 수백억을 호가하는 그림 앞에서 주눅이 들었다. 아무나 하는 것이 아니라고 생각했기 때문에 화가의 미적 감각을 범인(凡人)들은 범접할 수 없는 신이 준 능력이라고 찬탄했다. 그 예술을 바우어새가 펼쳐 보인다. 그것도 5000만년 전부터!

● 어류계의 예술가 복어

바우어새는 유일한 사례가 아니다. 바다 속에도 '어류계의 바우어새'가 살고 있다. 『물고기는 알고 있다』[29]는 일본의 한 사진작가가 해저 모래바닥에서 무늬가 그려진 직경 1.8미터짜리의 동심원을 발견했는데, 조사해보니 복어의 한 종류가 그린 그림이었다는 내용을 소개하고 있다.

자연다큐멘터리를 통해 복어가 그림을 그리는 과정을 직접 볼 기회가 있었다. 기하학적 그림이라 깜짝 놀랐다. 입으로 모래와 작은 돌을 모으고, 입과 지느러미를 이용해 그려낸 그림은 불화(佛畵) 만다라(Mandala)를 연상시켰다.

놀랍게도, 바우어새의 정원처럼 복어의 그림도 각 개체마다 모양이 모두 달랐다. 복어 암컷은 수컷이 그린 그림이 마음에 들면 동그라미 안에 알을 낳는데, 바우어새 암컷의 결정처럼, 암컷의 미적 취향에 그림의 성공 여부가 달려 있다.

예술적 취향을 가진 어류는 일본 복어만이 아니다. 관상용으로도 많이 기르는 시클리드(Cichlid)도 모래를 이용해 다양한 형태의 집을 짓고 암컷을 유혹한다. 모양도 원형 경기장에서부터 화산 모양의 모래성에 이르기까지 다양하다. 복어가 회화 전공이라면, 시클리드는 설치예술가인 셈이다. 소개된 동물들 말고도 무수히 많은 동물들이 이 시간에도 예술을 펼치고 있다. 우리 눈에 띄지 않았을 뿐이다.

● 미적 취향의 보편성

미적 취향은 종마다 서로 다른 유형적 차이를 보이기는 하지만 많은 동물에게서 발견되는 자연계의 보편적 감각이다. 바우어가 보여준 미적 감각이 더 뛰어났을 뿐이다.

우리는 강한 힘을 과시하는 강자들이 하렘(Harem, 한 마리의 수컷과 여러 마리의 암컷으로 구성되는 번식 집단의 한 형태)을 지배하는 것으로 알고 있다. 실제로 힘으로 승부하는 동물들이 상당수 존재하지만 힘 대결 유형이 전부는 아니다. 동물계의 많은 암컷들이 수컷들의 화려함에 이끌려 짝을 선택하는 경우가 흔하다.

아프리카 중서부의 카메룬과 가봉 지역에 살고 있는 맨드릴개코원숭이(Mandrill) 수컷들은 하렘을 차지하기 위해 서로 마주보고 으르렁대지만 격투기를 벌이지는 않는다. 승패를 결정짓는 요인은 얼굴이 갖고 있는 화려함이다. 가장 잘생긴 미남 수컷이 하렘을 차지한다.

인간과 동물의 예술세계에는 분명한 차이도 존재한다. 보는 이의 관심을 끌고, 마음을 얻기 위한 도구로 쓰인다는 보편적 특성에서는 같지만, 인간의 예술에는 동물들에게는 없는 '사회성'이라는 특성이 추가된다.

인간의 예술품 중에는 일반적인 미적 감각으로는 설명할 수 없는 추하고 기괴한 것들이 다수 존재한다. 파블로 피카소의 〈게르니카〉, 변기를 예술작품으로 만든 마르셀 뒤샹의 〈샘〉, 에드바르 뭉크의 〈절규〉, 카라바조의 〈홀로페르네스의 목을 치는 유디트〉, 렘브란트의 〈도살된 황소〉 같은 작품들은 결코 시각적으로 아름답지 않다. 작품들이 명작으로 평가받는 것은 역사적·사회적 의미를 담았기 때문이다.

인간의 예술품은 역사성과 사회성을 갖기 때문에 인문학적으로 즐길 수 있다. 하지만 그 때문에 인간은 새로움을 창조해야 하는 고통에 시달린다. 바우어새는 자기 영역 안에서만 승리하면 된다. 다른 바우어새가 꾸몄던 정원 양식을 그대로 베껴도 저작권을 위반했다고 비난받지 않는다. 암컷의 눈에 다른 수컷들의 정원보다 아름답게 느껴지기만 하면 되고, 그것이 자신의 정체성이다.

인간은 이미 창작된 것을 복제하거나 모사하는 것을 피해야 한다. 법률적 이유에서만이 아니다. 누적된 문화적 유산들과 닮지 않은 자신만의 정체성을 드러내야 하는데, 복제와 모사로는 고유의 정체성을 만들지 못하기 때문이다.

한 공간에 살면서 5000만년 동안 유사한 스타일의 예술세계를 펼친 바우어새와 달리, 인간의 예술은 시간과 공간을 뛰어넘어, 독창적 정체성을 추구해온 덕분에 다양한 스타일로 변모해왔다. 때문에 '스타일'은 생존을 위한 도구적 의미와 예술적 의미를 뛰어넘어, 문화적 정체성으로서의 무게를 갖는다.

스타일의 문화적 의미는 공동체와 개인 모두에게 자신의 존재를 규명하는 정체성의 핵심이 된다. 어쩌면 개인에게 더 큰 의미가 있을지도 모른다. 존재의 정체성을 고민하는 '공동체'도 '마리오네트'의 줄을 조작하는 것은 결국 개별 존재인 인간이기 때문이다.

2장
사투리 쓰는 고래

● 노암 촘스키의 반성

언어는 어떨까? 『이기적 유전자』의 저자 리처드 도킨스도 인간의 우월성을 다음과 같이 지지했다.

"다른 종도 커뮤니케이션을 할 수 있으나 무한히 문장을 만들 수 있는 문법을 지닌 진정한 언어를 사용하는 종은 인간뿐이다. 인간 외에 문학과 음악과 미술, 수학과 과학을 지닌 종 또한 없다. 책을 만들고, 자동차와 컴퓨터와 콤바인처럼 복잡한 기계를 만드는 다른 종도 없다. 생존이나 번식에 직접적으로 영향을 주지 않는 활동에 막대한 시간을 투자하는 종도 인간뿐이다."

전적으로 공감한다. 인간의 언어는 놀랍도록 정교하고 창조적이다. 덕분에 인류는 다른 생명체는 만들지 못한 독보적인 문명을 창조했다. 그러나 고도의 문명을 창조했다는 우월적인 특수성을 걷어내고, 의사소통 도구라는 보편적 의미에 집중하면 동물들도 인간만큼은 아니어도 꽤나 복잡한 체계의 언어를 구사한다.

제인 구달 등 여러 학자들이 침팬지들의 언어적 의사소통에 대한 사례를 소개했고, 조류학자들이 소개한 앵무새들의 언어능력은 인간을 흉내 낸다고 치부하기에는 너무나 유의미한 수준을 보였다. 그럼에도 불구하고 언어는 인간과 동물을 구별하는 결정적 요소로 오랫동안 굳건한 위치를 지켜왔다.

변형생성문법을 창시한 언어학자이자 진보적 지식인인 노암 촘스키 (Noam Chomsky, 1928~)도 인간만이 언어를 구사할 수 있으며, 언어능력은 선천적으로 타고난 것이라고 오랫동안 주장했다. 버지니아 모렐은『동물을 깨닫는다』에서 '1960년대에 노암 촘스키 같은 언어학자들이 인간만이 물체를 명명할 수 있다는 주장'[30]이 '알렉스'라는 앵무새에 의해 깨지는 실험사례를 소개하고 있다.

동물의 언어능력을 믿지 않았던 촘스키는 2000년대 들어, 동물의 언어능력에 대한 연구가 급진전하고 자신의 견해에 반하는 증거들이 속속 발표되자 그간의 주장을 철회하고 동물들의 언어능력에 대한 연구에 박차를 가해야 한다고 발언했다. 그는 생각을 바꾸는데 그치지 않고 동물의 언어능력을 지지하는 행동에 앞장서기도 했다.[31]

● 발화체계 수준의 차이

언어능력을 보이는 것은 동물들뿐만이 아니다. 식물학자들의 연구 결과를 살펴보면 식물도 의사소통 도구를 갖고 있고 그들만의 방식으로 언어를 구사한다. 식물의 언어 구사 체계가 동물과 인간의 발화(發話)체계와 다를 뿐이다. 인간과 동물의 발화체계가 음성(청각)적이라면, 식물의 발화체계는 화학적이다.

차이는 존재한다. 인간과 다른 동물들은 발화체계의 기초 단계에서부터 능력의 차이를 보인다. 인간과 유사한 감정과 사회성을 갖고 있는 유인원들조차 발화체계는 앵무새에도 미치지 못하는 수준이다. 식물과 인간의 차이는 더 말할 것도 없다. 하지만 발화체계의 생태적 차이와 의미적 수준 차이를 부각시켜 언어를 이해하면, 인간의 언어와 인간의 본성이 어떤 관계를 맺고 있는가를 밝히는데 도움이 되지 않는다.

차이에 집중하면 인간들 사이에서도 구별이 생긴다. 언어문화가 고도로 발달한 문명권과 그렇지 않은 문명권이 존재하기 때문이다. 언어 구성 체계는 문화집단마다 서로 다른 차이를 보인다. 한국어와 영어만 비교해도 자모음체계, 어순 체계 등 차이점이 한둘이 아니다.

그 차이를 문화적 진화 수준으로 이해하면, 문명화가 인종적 차이에서 온다고 주장한 서구문명의 패권적 인식과 반문명적 이론을 인정하는 것이다. 실제로 인류사에 그런 어두운 사례가 숱하게 존재했다. 유럽인들이 식민지를 개척한 모든 지역에서 원주민을 동등한 인간으로 보지 않고 잔인하게 살육한 사건이 그 증거다.

보통의 사제들처럼 라틴아메리카 원주민 착취에 앞장섰다가 태도를 바꿔 원주민의 인권을 위해 싸웠던 라스 카사스[19]와 당대 다수 유럽인들의 사고를 대변했던 세풀베다[20] 사이에 벌어진 세기의 논쟁(1550~1551)을 기억해야 한다. 세풀베다는 라틴아메리카 원주민들을 신이 창조했는지는 모르겠으나 유인원에 가까운 저급한 인간 종이라고 주장했다.

그들은 어떤 지식도 가지고 있지 않을 뿐 아니라 문자를 깨치거

---

19 바르톨로메 데 라스 카사스(1484~1566). 군종 사제로 노예를 소유하며 식민지를 착취하고 원주민을 학대한 전형적인 인물이었으나, 후에 태도를 바꾸어 노예제를 반대하는 입장에 섰다.
20 후안 지네드 드 세풀베다(1489~1573). "원주민들은 저급한 인류이며, 그들이 우리에게 정복당한 것은 인신 공양과 우상숭배를 일삼았기 때문이다. 원주민은 선천적으로 미개하며, 이들에게는 오직 군사적 정복만이 효과적인 선교 방법"이라며 식민지 개척과 원주민 착취를 옹호했다.

나 사용한 일도 없고, 몇몇 그림에 남겨져 있는 사물들에 대한 모호하고 어두운 기억 외에는 어떠한 역사적 기념물도 간직하고 있지 않으며, 성문화된 법도 존재하지 않고 다만 미개한 법과 관습만을 가지고 있다. 그리고 그들은 소유권이 무엇인지도 모른다.[32]

세풀베다의 주장은 당대 유럽인들의 일반적인 생각을 그대로 대변한 것이었지만, 라스 카사스의 주장에 동조한 지식인이 없었던 것은 아니다. 몽테뉴(1533~1592)는 논쟁 시점에서 30년 후에 출간한 『수상록』의 31장 「식인종에 대하여」에서 이렇게 적고 있다.

사람들이 내게 전해 준 것에 의하면, 자기 습관이 아닌 것은 모두 '야만적'이라고 하는 이유 외에, 나는 이 나라에 아무것도 야만적이며 상스런 점이 없다고 본다. 우리에게는 자기가 사는 고장 사람들의 풍습이나 의견에서 얻은 사례나 관념밖에 진리나 이성의 규범은 없는 것으로 보인다. 거기에만 항상 완전한 종교, 완전한 정치, 모든 사물들의 완전하고 완벽한 습관이 있다.[33]

라스 카사스 덕분에, 자기문화의 완벽성에 대한 유럽인들의 자만심을 다른 민족을 학대하는 데 활용해서는 안 된다는 생각이 일부 지식인들에게서나마 싹텄는지도 모른다.

● 언어 차이의 배경

언어의 차이는 자연환경과 문화환경의 다름에서 생긴다. 인간이 흩어져 살고 있는 밀림, 극지, 사막, 아열대, 온대 지역 등에는 다른 지역에

어제를 표절했다

없는 생명체와 생태환경이 존재했다. 그 때문에 다른 생존방식과 사물을 지칭하는 다른 언어들이 탄생했고, 인간이 생태환경과 생물체와 관계를 맺는 방식의 차이에 따라 서로 다른 언어체계가 만들어졌다.

자연환경과 문화환경의 영향력은 매우 크다. 그 때문에 같은 언어를 사용하는 집단 안에서도 분화가 일어나고 차이가 발생한다. 중국은 같은 한자를 사용하는데도 북경 사람들과 남경 사람들 사이의 대화가 원활하지 않다. 북경과 남경의 환경적, 문화적 차이가 언어적 차이로 나타난 것이다. 그렇게 탄생한 것이 지역어(사투리)다.

제주도 사람들이 순 제주도말만을 사용할 경우 육지인들과의 소통은 어려워진다. '혼저옵서예'라는 제주도 말이 처음 육지에 소개되었을 때 '어서오세요'가 아니라 '혼자오세요'라고 이해됐다. 육지와 격리된 제주도만의 사례가 아니다. 허수경 시인은 시집 『청동의 시간 감자의 시간』에서 일부 작품을 한 편은 진주말로, 한 편은 표준말로 표현하여 수록했다.

각각 진주말과 표준말로 표현된 두 작품은 하나이면서 둘이다. 진주 출신들에게는 두 작품이 모두 이해되지만, 다른 지역 사람들은 진주말로만 된 작품의 의미를 온전히 이해하기 어렵다. 진주 출신이라 하더라도 출생 시기가 현저히 차이나면 작품에 대한 이해가 달라질 수 있다. 서로 다른 언어집단은 그 배경에 서로 다른 문화가 자리하고 있다. 언어가 다른 것은 당연하다.

● 외계에서 온 고래문명

1986년 제작된 〈스타트랙4-귀환의 항로〉에는 독특한 이야기가 등장한다. 특이했던 점은 외계 문명인들의 존재가 보통의 SF영화에서처럼 인간과 유사한 특징을 갖고 있는 존재가 아니라 고래에서 진화한 종족이었고 그 점이 영화를 끌고 가는 중요한 맥락이었다.

외계인들이 지구에 신호를 보내는데 지구인들은 메시지를 해독하지 못하고, 외계인들은 인류에게 적대적 태도를 취하게 된다. 절체절명의 위기가 다가오는 가운데, 과학자들이 그 신호가 이미 멸종해버린 한 종류의 고래가 내는 신호와 같다는 사실을 알아낸다. 엔터프라이즈호 승무원들이 20세기로 돌아가 고래를 싣고 23세기로 돌아오고, 극적으로 외계인들과 고래 사이에 대화가 이루어진다.

외계인들과 고래의 극적인 소통에도 불구하고 인간들의 위기감은 오히려 커졌다. 그동안 인류는 고래들을 무수히 학살했다. 만약 고래들이 같은 혈통을 가진 외계인들에게 인간들이 저지른 만행에 대해 폭로한다면 인류는 심각한 위기에 처할 상황이었기 때문이다. 다행스럽게도 고래들과 대화를 나눈 외계인들은 아무런 공격을 취하지 않고 지구를 떠난다. 과학자들은 고래들이 외계인들을 설득했을 것이라고 추측했다.

영화 속 상황이 실제로 가능할까? 대화를 가능하게 하는 정보의 활용은, 문화를 많이 축적한 쪽이 덜 축적한 쪽보다 용이하다. 따라서 외계인의 능력에 더 크게 의존해야 한다는 전제가 필요하지만, 지구를 찾아온 외계인의 능력이라면 가능성이 있다고 볼 수도 있다.

고래는 다른 고래 종과는 대화가 이루어지지 않는다. 같은 종 안에서도 서로 다른 집단 사이에 의사소통에 장애가 있다는 것이 연구로 밝혀졌다. 고래들도 인간들처럼 서로 다른 무수한 언어와, 같은 언어 안에서의 사투리 그룹으로 나뉘어져 있다. 외계의 고래문명과 지구에 사는 고래는 서로 다른 환경에서 오랫동안 살아왔다. 각자의 언어를 구성하는 시스템과 구성요소들이 같을 수 없다. 완전히 단절된 외계 고래와 지구의 고래 사이에는 단절만큼의 소통 불가능성이 존재한다. 그들이 대화하

어제를 표절했다

려면 서로의 언어를 이어주는 고리가 필요하다. 외계 고래 문명과 지구의 고래 사이에는 '베히스툰 비문'이나 '로제타석' 같은 연결고리가 존재하지 않는다. 외계인이 고래에서 진화한 종족이라 해도 그 사실만으로 자연스럽게 대화가 이루어지리라는 예측은 실현되기 어렵다. 영화 속에서나 가능한 일이다.

● 로제타스톤과 베히스툰

인류 역사상 언어와 문자의 고리가 단절된 예는 숱하게 존재한다. 많은 문명이 다음 시대와의 연결고리를 상실하고 허무하게 망각의 세계 속으로 스러졌다. 다행히 연결고리를 찾아내 감춰졌던 역사가 드러난 경우도 있다.

고대 이집트의 역사는 오랫동안 안개 속에 있었다. 1822년 프랑스 언어학자 장 프랑수아 샹폴리옹(Jean-François Champollion, 1790~1832)이 고대 이집트 문자인 '신성문자'를 해독하기 전까지 이집트의 역사와 문화는 기이한 형상들의 나열로만 보였다. 그 이전까지 이집트에 대한 이해는 전적으로 고대 그리스 문자로 남겨진 내용들 덕분이었다.

샹폴리옹의 신성문자 해독은 서로 다른 문명 사이를 연결하는 고리가 있었기 때문에 가능했다. 신성문자는 1798년 이집트 원정을 떠났던 프랑스군이 1799년 로제타 항의 서쪽 나일강변에서 발견하여 나폴레옹의 지시로 프랑스로 가져오려다가 영국군에게 빼앗긴 로제타석(Rosetta Stone)에 담겨 있었다.

로제타석에는 기원전 305~기원전 30년 사이에 이집트를 지배한 마케도니아인 혈통의 프톨레마이오스 왕조에서 공표한 법령이 기록되어 있었는데, 같은 내용이 기원전 9~7세기에 사용된 이집트 상형문자(신성문자), 이집트 일반대중이 사용했던 문자, 그리스어 등 세 개의 문자로 적혀 있었다. 통치 왕조의 민족과 피지배민족이 서로 달랐던 것이 문자를 해독할 수 있는 계기가 되었다. 서로 다른 문자를 사용하는 다민족 국가였기 때문에 공문서를 만들 때 세 가지 문자로 기록해야 했는데, 그 번거로움이 인류에게는 오히려 축복으로 작용한 것이다.

메소포타미아 문명에서 사용한 쐐기문자도 신성문자가 해독된 것과 같은 길을 걸었다. 쐐기문자의 해독은 다리우스 1세의 업적을 기록한 베히스툰(Behistun) 비문[21]이 결정적 역할을 했다. 다민족 국가였던 페르시아는 비문을 페르시아·엘람·바빌로니아 등 세 가지 문자로 기록했다.

고대 페르시아어가 1802년 해독되어 있었던 덕분에 영국 동인도회사의 군인 겸 주재원 헨리 롤린슨이 비문 내용의 '다리우스'를 단서로 1835년 쐐기문자를 해독할 수 있었다. 만약 고구려의 영향권 안에 있었던 말갈, 여진족이 독자적인 문자를 갖고 있었고, 광개토대왕릉비가 통치 권역 안에 들어있던 말갈, 여진족 등의 문자로 함께 작성되었다면 조작설 같은 것은 애초에 발생할 수 없었을 것이다.

● 독자성과 보편성

동물의 언어는 어떤 모습을 갖고 있을까? 인간의 언어처럼 시스템이 고도로 발전하지는 못했지만 생각을 전달한다는 보편성에 있어서는 조금도 다르지 않다. 인간이 동물과 완전히 다른 존재라는 생각과 언어와 문자가 그것을 대변한다는 생각을 버려야 한다. 언어를 어디까지로 볼 것인

어제를 표정했다

---

21 이란 서부 케르만샤주에 있는 유적. 높이 153m의 암벽에 3개의 쐐기 글자 언어 (페르시아·엘람·바빌로니아어)로 내용이 적혀 있다.

가에 대해서도 넓은 이해를 가져야 한다.

우리가 일반적으로 이해하는 언어는 문자로 표기 가능한 것을 말하지만 표기가 가능하지 않은 형태로도 소통이 가능하다. 소통에 초점을 맞추면 언어의 영역은 매우 넓어진다. 그 범주에는 표정, 손짓, 발짓, 몸짓이 있다. 리처드 도킨스는 그 범주 안에 새, 개구리, 귀뚜라미의 울음소리, 개의 꼬리치는 동작, 털 세우기 등도 포함시켰다. 사례를 열거하자면 끝이 없다.

제인 구달(1934~)은 인간과 침팬지의 언어능력의 차이를 인정하면서도 침팬지들이 내는 소리가 각 개체별로 독자성을 갖고 있으며 여러 형태의 소리들은 다른 침팬지들이 상황을 인식하게 만드는 중요한 도구가 된다고 했다.

> 인간의 귀에는 헐떡이며 우우거리는 소리가 다른 어떤 소리보다 침팬지 개체를 구별하기에 좋다. 특히 이 소리가 흩어진 무리들 간에 소식을 주고받을 때 사용하는 소리이기 때문에 구별이 쉽다. 그러나 침팬지들은 어미가 새끼의 울음소리를 알고 있는 것과 같이 다른 소리로도 서로를 구별할 수 있다. 아마도 침팬지는 자기가 알고 있는 개체들 대부분의 소리를 구별할 수 있을 것이다.[34]

동물의 능력을 의심하는 이들에게는 침팬지들이 내는 것이 '소리'에 불과하겠지만 의사소통이 이루어진다는 점으로 확대하면 그것은 분명 언어다.

● 몽테뉴 시대의 생각

제인 구달의 연구가 대단한 것처럼 느껴지겠지만, 몽테뉴(1533~1592)가 1580년 출간한 『수상록』을 읽어본 분들이라면 전혀 새로운 것이 아니라는 것을 알 것이다. 제2권 11장 「레이몽 스봉의 변호」에서 '인간은 동물보다 나을 것이 없다' 부분에 흥미로운 내용이 등장한다.

> 우리는 우리와 짐승들 사이의 대등성을 주목해야 한다. 우리는 그들의 의미를 반쯤은 이해할 수 있다. 짐승들도 대강 그 정도로 우리를 이해하고 있다. 그들은 우리에게 아첨하고, 우리를 위협하고, 우리를 찾고 있다. 우리도 역시 그들에게 그렇게 한다. 그뿐더러 짐승들끼리는 완전한 의사소통이 있으며, 같은 종들끼리만이 아니라 다른 종들끼리도 서로 이해하고 있음을 우리는 확실히 본다.

> 말할 줄 모르는 가축들과 야수들끼리도
> 공포·고통·희열이 그들을 동요시킴에 따라서
> 저마다 다른 외침 소리를 들려준다.　　(루크레티우스)

> 개가 어떻게 짖으면 말은 그 개가 화를 냈다는 것을 알며, 다른 어떤 소리를 내면 놀라지도 않는다. 목소리가 없는 짐승들에게까지도 그들끼리 서로 도움을 주고 있는 것을 보면, 우리는 거기에 의사를 소통하는 어떤 다른 방법이 있음을 쉽사리 추론한다. 그들의 동작이 대화하며 교섭하고 있는 것이다.[35]

놀랍게도 430여 년 전에 몽테뉴는 인간과 동물의 대등성을 이야기하고 있다. 몽테뉴가 논거로 소개한 것은 루크레티우스가 동물들의 의사소통에 대해 남긴 글이다. 루크레티우스(기원전 96~기원전 55, Lucretius Carus)가 누구인가. 『만물의 본성에 관하여 De rerum natura』란 저서를 남긴 과학자이자 시인이었고, 몽테뉴보다 1600년 전 인물이다. 이미 2천년 전에 동물들의 의사소통과 심지어는 다른 동물들의 감정 상태를 파악할 수 있는 능력에 대한 지식이 펼쳐졌다.

그렇다면 아침에 일어나 듣게 되는 새들의 지저귐은 단순한 소리가 아니다. 일정한 패턴이 있는 것은 뭔가를 전달하려는 것이다. 새들은 의미 없이 지저귀지 않는다. 지저귐은 위험을 부른다. 동료와 암컷에게도 들리겠지만 매에게도 들리기 때문에 목숨을 거는 행동이다. 의미 없이 입을 벌려 소리를 내는 것은 생물계에서 인간이 유일할지 모른다.

새들의 지저귐이 일정한 패턴을 보이는 것은 노래이기도 하고 언어이기도 한 때문이다. 노래로 볼 수 없는 다양한 소리들은 언어이고, 곡조를 갖고 있는 소리는 노래일 것이다. 인간이 연인의 집 창 아래서 노래를 부르는 것처럼 암컷을 향한 세레나데일 것이다. 그런데 이 같은 생각도 오래전에 피력됐다. 몽테뉴는 『수상록』에서 동물의 언어에 대해 다시 한 번 얘기하고 있다.

우리가 보는 대로, 동물들이 서로 우짖고 즐기며 서로 사랑을 청하고 구원을 청하는 것이 언어가 아니면 무엇이란 말인가? 어째서 그들은 자기들끼리 서로 말하지 않을 것인가? 그들은 우리에게, 우리는 그들에게 잘 말한다. 그리고 우리는 얼마나 여러 가지로 개들에게 말하는가? 그리고 개들은 우리에게 대답한다. 우리는 다른 언어를 가지고, 다른 호칭을 가지고 개와 하는 것처럼 새와 돼지·소·말과 이야기한다. 그리고 종류에 따라서 사투리를 달리 쓴다.

그들의 흑색 부대를 보면
개미떼는 서로 이마를 마주 대며
아마도 그들이 갈 길과 포획의 예상에 대해
의논하는 것이리라   (단테)

락탄티우스는 짐승들에게 말뿐 아니라 웃는 능력도 있다고 보는 것 같다. 그리고 나라가 다르므로 언어가 다른 것은, 같은 종류의 동물에게서도 찾아볼 수 있다. 아리스토텔레스는 이에 관해서, 장소와 위치에 따라 메추리의 노랫소리가 다르다고 주장한다.

때로 잡다한 조류는
계절의 변화에 따라 우는 소리가 대단히 달라지며,
그중에는 환경의 변화와 함께 목소리도 변하여
목쉰 소리로 노래하는 것도 있다.   (루크레티우스)[36]

이번에는 알리기에리 단테(1265~1321), 락탄티우스(240? ~320?), 아리스토텔레스(기원전 384년~기원전 322년)가―아리스토텔레스는 『동물사』, 『동물의 부분들에 관하여』, 『동물의 움직임에 관하여』, 『동물의 걸음에 관하여』, 『동물의 생성에 관하여』 같은 저작을 남긴 동물학자였다―등장한다. 그들이 남긴 글을 보면 동물의 언어 능력에 대한 제인 구달의 연구는 가치가 없어 보이기까지 한다. 우리가 이전의 성과들을 주목하지 않았던 것일 뿐이다.

어쩌면 표절했다

● 다양성과 차이

많은 언어가 사라졌지만 아직 남아 있는 7,000여 개의 언어는 인류 문명의 다양성을 상징한다. 언어는 인류가 자연과의 조화 속에서 다듬어 온 문화를 접하고 이해하는 통로다. 7,000여 개의 언어 모두, 각각의 문화집단이 자연을 서로 다르게 해석한 특별한 소산이다.

인간은 자연환경에서 언어를 만들어내고, 언어가 만든 문화환경 속에서 살며, 언어로 문화를 만드는 데 참여한다. 동물들도 낮은 수준이지만 인간과 유사한 방식과 과정을 통해 집단문화를 형성해 간다. 그 보편적 공통점에 주목해야 한다.

인문학적 가치는 특별한 것보다는 보편적인 것에 있다. 특별한 것은 차이를 만들어 내지만 삶의 전부가 될 수는 없다. 다양성과 차이를 이해하는 것이 인문학의 중요한 출발점이다. 다양성은 그 안을 들여다보면 '차이'의 모습으로 존재한다. 인류학자 클로드 레비-스트로스는 이렇게 말하고 있다.

> 우리는 보통 차이를 보는 것을 소홀히 하거나 거부합니다만, 인간을 연구할 때는 이런 차이들이 중요합니다. 장-자크 루소가 말했듯이, 고유한 속성을 보기 위해서는 우선 차이를 관찰해야 합니다.[37]

레비-스트로스가 주목한 '차이'를 어떻게 해석하느냐에 따라 많은 것이 달라진다. 인류는 차이를 고유한 속성을 이해하기 위한 도구로만 바라보지 않았다. 유대인, 집시, 아르메니아인, 쿠르드인, 인디언, 거기에 더해 여성에 대한 폭력까지 인류문명의 음지(陰地)에 예외 없이 차이가 등장했다. 차이를 약자들을 억압하고 오해하는 고문 도구로 활용했다.

인문학은 '차이=다양성'이라는 인식 속에서 펼쳐져야 한다. 보편적 공유를 배제하고 차이만을 조명하는 방식으로 인문학을 좁히면 '마음 비우기', '힐링(healing)' 같은 유행에 휩쓸려 다니게 된다. 그런 유행은 본질적인 치유법도 아니고, 인문학의 역할 중 하나에 불과할 뿐이다.

문화적 차이가 환경이 다르기 때문에 생긴 것이라는 점을 이해하면 차이를 차별적 시선으로 볼 이유가 사라진다. 그리고 그 이해의 영역에는 지구상의 모든 생명체가 포함되어야 한다.

3장
아이돌 팬 안장새

● 아이돌을 따르는 안장새

학습도구로서의 언어는 특히 인간에게 중요하다. 동물은 행동 중심으로 학습하고, 언어는 보조 장치의 성격이 강하다. 인간은 언어와 문자를 통해 '문화의 성(城)'을 쌓았고, 성(城)의 학습공용어도 언어와 문자다. 그것이 인간의 언어가 갖는 특수성이다.

동물들이 급박한 상황에 처했을 때, 상황 인지에 따라 행동하기보다는 고무망치로 무릎을 쳤을 때 다리가 튀어 오르는 것처럼 무조건반사적인 반응을 한다고 믿는 분들이 아직도 있을까마는, 동물들의 학습능력 수준을 정확하게 인식하고 있는 분들 또한 많지는 않다.

리처드 도킨스는 젠킨스(P. F. Jenkins)의 안장새 울음소리에 대한 연구 내용을 소개했다.[38] 안장새들은 울음소리에 따라 여러 사투리 그룹으로 구분할 수 있고, 울음소리의 패턴이 아비에게서 자식에게로 유전되는 것이 아니라 다른 새들의 소리 중 하나를 모방해 자신의 소리로 삼는다고 한다. 모방 과정에서 젊은 새들은 하나 이상의 소리를 자기 것으로 삼는다. 젠킨스가 안장새들의 행동을 '문화적 돌연변이(culture mutation)'

라고 규정한 것은 과장이 아니다.

　안장새는 여러 가지 놀라운 사실을 말해준다. 첫째, 새들의 정교한 노래 소리가 날 때부터 갖춘 능력이 아니고 학습을 통해 습득된다는 점을 보여준다. 둘째, 학습이 부모에서 자식으로 이어지리라는 예상을 깨뜨렸다. 셋째, 주변에서 노래하는 새들 중 가장 멋지게 노래하는 '아이돌 스타'들의 노래를 따라 배운다는 것이다. 거기에 멈추지 않고 자기 것으로 재창조한다. 배울 수 있는 복수의 가능성이 존재할 때, 자신의 취향에 따라 선택하고, 조합하는 문화 창조 능력이 있음을 증명하는 것이어서 더욱 놀랍다.

● 침팬지, 눈표범, 물총고기의 학습

　제인 구달이 연구한 침팬지들은 학습을 통해 도구 사용방법을 배운다는 것뿐만 아니라 각 개체마다 학습능력이 다르다는 사실을 보여주었다. 도구를 쓰는 침팬지들의 모습이 충격적이었는지 모르지만 이제는 도구 사용이 많은 동물들에게서 발견되는 현상이라는 것이 밝혀졌다. 제인 구달이 『인간의 그늘』에서 소개한 침팬지들의 학습능력은 교활하다고 표현해야 할 정도로 높은 수준을 드러낸다. 침팬지들이 접근하지 못하도록 창고에 바나나를 두었는데, 그중 한 마리가 머리를 써서 바나나를 꺼냈다. 그걸 본 힘센 우두머리가 바나나를 빼앗았다. 나중에는 영리한 침팬지가 바나나를 훔칠 때 뒤에서 기다리고 있다가 빼앗았다. 그러자 영리하지만 서열이 낮은 침팬지는 방법을 바꾸어 무리가 있을 때는 아예 시도를 하지 않고 서열이 높은 무리들이 멀리 있을 때만 바나나를 훔쳤다. 하지만 이런 교활함은 침팬지만의 전유물이 아니다.

　중앙아시아에 사는 눈표범(Snow Leopard)은 야생염소 시베리아 아이벡스(Siberian ibex)를 잡을 때 높은 곳에서 돌을 먼저 굴린다. 아이벡스는 돌이 굴러 떨어지는 것에 놀라 처음에는 극도의 경계심을 보이지만 그런 일이 서너 차례 반복되면 자연현상인 줄 알고 경계를 푼다. 바로 그때 눈표범이 아이벡스를 덮친다. 단순히 숨어서 덮치는 것이 아니라 아이벡스가 방심하도록 작전을 구사한 뒤에 덮친다. 눈표범 또한 동물이 속임수를 쓴다는 것을 보여준다. 교활하다고 표현했지만, 동물들이 환경을 파악해가며 학습한다는 사실을 말해준다.

자연다큐멘터리를 통해 소개된 물총고기들의 학습능력도 주목할 만하다. 인도양과 태평양 곳곳의 강과 바다가 만나는 기수지역에 서식하는 크기가 20~30cm쯤 되는 물총고기는 입에 물을 머금어 물 밖 곤충들을 쏘아 잡아먹는다. 물속에서는 빛이 굴절되기 때문에 눈에 보이는 대로 쏘면 100% 빗나간다. 물총고기는 선천적으로 탁월한 물총능력을 갖고 있는 것이 아니다. 성체들이 사냥하는 것을 보면서 능력을 익힌다. 성체라고 해서 동일한 능력을 갖고 있는 것도 아니다. 각 개체마다 빛의 굴절을 계산하는 능력에 따라 사냥성과가 달라진다. 어린 물총고기와 사냥 실력이 형편없는 물총고기들은 탁월한 '능력자'를 따라다니며 학습한다. 학습 부진아들은 살아남지 못할 것이다.

학습은 동물들에게 생명줄이다. 소개한 동물들뿐만이 아니다. 모든 동물들에게 학습은 생과 사를 가르는 분기점이다.

● 우유회사를 당혹케 한 박새

자연다큐멘터리가 소개한 영국의 박새 사례는 학습의 전파에 대해 보여준다. 영국의 한 지역은 아침마다 현관에 배달된 우유병의 마개를 찢고 우유 표면에 생긴 지방층을 먹어대는 박새 때문에 골머리를 앓았다.

옥스퍼드대학 생물학자들의 연구에 따르면 처음에는 한 마리가 시도한 현상이 넓은 지역으로 퍼진 것은 물론이고 다음 세대로까지 이어졌다. 이를 막기 위해 우유생산업체들은 결국 병을 바꾸는 것으로 대응했다.

처음으로 마개를 찢은 '창시자 박새'는 여러 차례 시도하며 적극적으로 우유병 여는 방법을 연구했을 것이다. 다른 개체보다 더 적극적으로 낯선 것에 대한 호기심을 보인 것이다. 주목할 것은 스스로 방법을 터득했다는 사실이다. 최초의 박새가 보여준 것은 호기심, 모험, 창의력이다. 그 작은 박새가 인간이 고도의 문명을 이룩하도록 한 학습의 정수(精髓)라고 부르는 것들을 모두 보여주었다.

이 사례에서 인간과 동물의 학습 차이를 알아낼 수 있다. 학습의 보편성에서는 유사했지만 학습과정과 결과에서는 큰 차이를 만들어냈다. 바로 전파의 속도와 확산 영역에서의 차이다. 인간의 학습은 기술문명의 도움을 받아 광범위한 영역으로 빠른 속도로 퍼져나간다. 그러나 동물들의 학습은 한계가 분명하다. 박새가 우유병 속의 지방층을 먹는 학습행위는 면대면(面對面)이 가능한 영역에서만 전달되었고 새로운 방법이 도입되자 이전의 학습능력은 무용지물이 되었다. 만약 한국처럼 산지가 많은 지역이었다면 넓게 퍼지지도 못했을 것이다. 또 다른 성격적 차이도 있다. 동물들의 학습은 대부분 생존과 직결되어 있지만, 인간의 학습은 생존과 무관한 것들에도 상당 부분 활용된다.

● 줄 서는 집게

학습 능력은 공간지각, 상황지각, 시간지각 등의 지적 인식 능력에 달려 있다. 동물들의 인식능력을 확인하게 되면 동물들의 학습능력을 가늠해 볼 수 있다. 포유류의 인식 능력에 대해서는 많이들 공감하지만, 인간과 비교할 정도는 아니라고 말한다. 포유류보다 하등한 동물의 인식능력에 대해서는 형편없는 수준에 머물러 있으리라고 믿는다. 그렇다면 동물들의 인식능력이 어느 정도인지를 확인하기 위해서는 아주 하등한(?) 것으로 보는 동물에게서 사례를 찾는 것이 좋을 것 같다.

동물들은 자신의 크기를 인식하는 능력을 보여준다. 그런데 고등동물이 아닌 예상 밖의 동물에게서 놀라운 사례가 발견된다. 갑각류의 한 종류로, 한국의 해변에서도 흔히 발견되는 집게는 다른 갑각류들처럼 몸전체가 딱딱한 껍질로 덮여 있지 않아 고둥 껍데기를 이용해 몸을 보호한다. 집게는 성장에 따라 몸 크기에 맞는 것으로 고둥을 바꿔 줘야 하는데, 집게가 집을 바꾸는 동안 연약한 부위가 포식자에게 노출되기 때문에 집 바꾸기는 신속하게 이루어져야 한다.

집 바꾸기 과정을 자연다큐멘터리에서 확인한 적이 있는데, 집게들이 놀라운 장면을 연출했다. 한 집게가 새로운 고둥 껍데기를 발견하여 집을 바꾸려 하자, 다른 집게들이 주변에 모여 들었다. 집게들은 집을 바꾸려는 집게보다 모두 크기가 작았다. 집을 바꾸려는 집게보다 더 크면, 벗어놓은 고둥 껍데기에 들어갈 수 없다는 사실을 인지하고 있는 것처럼 보였다.

우왕좌왕하던 집게들은 잠시 후 일렬로, 그것도 정확히 크기 순서대로 줄을 섰다. 맨 앞의 집게가 집을 바꾸자마자 나머지 집게들이 순서대로 신속하게 집을 바꾸었다. 집게들이 자신의 크기를 정확히 인식하고, 어떤 행동이 모두의 안전에 가장 적합한가를 인식하지 못했다면 연출하기 어려운 놀라운 장면이었다. 크기와 안전을 위한 상황 파악이라는 탁월한 인지능력을 작디작은 두뇌를 가진 집게들이 선명하게 보여준 것이다.

● 공진화와 앵벌이 하는 개

인간이 독특하고 기념비적인 진화과정을 이룩하는 동안 다른 생명체들의 진화가 멈추어 있었던 것은 아니다. 다른 생명체들은 10km지점에서 한계에 봉착해 멈춰서고, 인간만이 42.195km를 죽어라 달려온 것은 결코 아니다.

인간의 몸에는 기생충뿐만 아니라 수십조에 달하는 다른 생명체가 함께 살고 있다. 수십조의 다른 생명체들은 우리 몸과 무관하게 살고 있는 것이 아니다. 인간의 몸 자체가 다른 생명체와의 반응 속에서 이루어졌고, 지금도 반응하며 생명을 이어가고 있다. 기생충조차도 숙주인 인간의 성질을 건드리지 않고 조용히 살아간다. 하나의 몸 안에 함께 공존하고 있다는 것은 인간이 변하는 만큼 그들도 변했기 때문에 가능한 일이다. 그것을 공진화(共進化, coevolution)라고 부른다.

공진화는 인간과 다른 생명체와의 관계를 이해하는 데 매우 중요한 개념이다. 공진화는 하나의 몸 안에서만 이루어진 것이 아니다. 개념이 적용되는 영역을 전 자연계로 확장해서 받아들여야 한다. 인간의 몸 안에서 무수한 생명체들이 공진화 과정을 통하여 균형과 조화를 이루고 있듯이, 지구라는 거대한 몸 안에서도 무수한 생명체들이 공진화를 통해 균형과 조화를 이루고 있기 때문이다.

환경의 변화에 맞추어 진화하지 않으면 살아남을 수 없다는 숙제는 모든 생명체에게 동시에 주어졌다. 다른 동물들의 학습을 기이하게 바라보지 말고 인간의 학습과 같이 받아들여야 하는 이유가 공진화에 있다.

학습의 공진화가 어떻게 이루어졌는지 확인할 수 있는 사례가 있다. 유튜브에서 앵벌이 하는 개들이 화제가 된 적이 있다. 러시아 지하철에 사는 개들이 화제의 주인공이었는데, 그 개들이 보여준 행동 형태를 모스크바 환경진화연구소 A. 포이아르코프 박사가 연구했다. 유튜브 속

앵벌이 개들은 도심에서 사람들을 상대로 샌드위치를 얻고 있었는데, 크게 두 유형으로 음식을 얻어내고 있었다. 하나는 샌드위치를 들고 있는 사람을 향해 크게 짖어 그 사람이 놀라서 샌드위치를 떨어뜨리게 하여 얻는 방법이고, 또 다른 방법은 벤치에서 샌드위치를 먹고 있는 여성들에게 다가가 측은한 표정으로 동정심을 유발하여 샌드위치를 얻는 방법이었다. 개들이 인간의 심리를 정확히 파악하고 있다는 사실을 말해준다. 개들이 인간과 같이 살아가면서 인간의 심리와 행동에 영향을 받고, 그에 맞는 행동유형을 갖게 된 것이다. 포이아르코프 박사는 개들이 지하철을 이용하는 인간의 행동양식을 파악해 지하철 작동시스템까지 익히고 있다고 전했다. 인간이 만든 기술문명의 작동 체계까지 어느 정도 파악하고 있다는 것을 말해준다.

개들은 인간과 같은 공간에서 살아가기 때문에 쉽게 발견된다. 개들만이 아닌 다른 동물들도 인간이 어떤 존재인가를 이해하고 있다. 유튜브에 또 다른 증거가 있다. 러시아에서 한 야생 여우가 병에 머리가 끼었는데, 여우는 곧바로 인간에게 다가와 도움을 청했다. 야생 여우는 인간이 어떤 신체적 능력을 갖고 있는지, 자신이 어떤 위험에 처해있는지 알고 있는 것이다. 그렇지 않다면 위험천만하게 인간에게 접근하지는 않았을 것이다. 바다에서도 그와 유사한 일이 있었다. 낚싯줄에 걸린 돌고래가 잠수부에게 도움을 요청하는 장면이다. 돌고래 또한 인간의 능력을 이해하고 있기 때문에 도움을 청한 것이다.

이렇게 한 생명체의 행동 유형에 맞추어 다른 생명체가 그에 조응하는 행동 패턴을 갖게 되고, 서로의 능력을 이해하는 것이 공진화의 모습이다. 그동안 인간들이 다른 생명체들의 능력을 폄하했기 때문에 신기해 보일 뿐이다.

인간이 지적 존재로 진화하는 동안 다른 생명체들도 수준은 다르지만, 유사한 방향으로 진화했다. 지구라는 동일 조건이 일정한 방향의 진화적 스타일을 택하게 만든 것이다. 인간은 자신의 몸 안에 있는 생명체들뿐만 아니라 자연계의 모든 생명체들과 같이 변화해왔다. 그 변화 과정에서 핵심 역할을 한 것이 학습이다. 인간이 학습을 통해 고도의 문명을 이룩하는 동안, 동물들도 나름의 문화를 이어가는 데 학습을 사용했다. 인간과 동물의 방식이 달랐을 뿐이다.

● 문화 공진화

공진화(共進化, coevolution)는 '문화스타일'을 창조하는데 있어서 아주 중요한 위치를 차지한다. 생물학적 공진화와 학습의 공진화를 설명했지만, '문화 공진화'란 개념도 생각해 볼 수 있다.

'문화 공진화'는 다음과 같은 사례를 통해 이해할 수 있다. 인류의 신화를 살펴보면 비슷한 시기에 인류의 탄생과 관련하여 '대홍수 신화'가 등장한다. 물리적으로 대홍수가 발생했는지의 여부와 상관없이 유사한 신화가 존재한다는 것에서 두 가지 사실을 유추할 수 있다. 하나는 신화가 탄생할 당시에 각 민족들이 활발하게 문화적 영향을 주고받았을 경우고, 한편으로는 유사한 문화적 흐름에 따라 신화가 만들어진 경우다. 후자에 힘이 실린다면 '문화 공진화'는 더 힘을 받는다.

다른 사례로는 기이한 존재들의 유사성이다. 중국의 기서 『산해경』 속 기이한 인간들과 동물들은 메소포타미아 문명권의 신화와 그리스신화 등 다른 문명권의 신화들에서 공통적으로 발견된다. 인류문명권 대부분에서 발견되는 존재라고 봐도 무방하다. 이 공통점도 '문화공진화'로 설명이 가능하다. 문화적 성장 단계가 일정 시기에 유사한 방식으로 진행되어 나타난 것일 수 있기 때문이다. 서로 다른 종이라도 자연생태계에

선 환경에 맞게 진화하는 것처럼, 비슷한 시기를 산 인류의 상상력이 유사한 방향으로 나타난 것이라고 볼 수 있다.

다양한 민족들이 유사한 문화를 만들어가는 과정을 '문화 공진화' 개념으로 해석하면 훨씬 이해가 쉬울 수 있다. 참고로 동물들에게서도 인간과 비교하기 어려운 수준이긴 하지만 '문화 공진화'로 이해할 수 있는 사례를 확인한 연구가 있다. 리처드 도킨스가 말한 '밈(meme)'이 동물들에게도 존재할 수 있다고 이해의 폭을 확장할 필요가 있다. 인간과 동물의 뗄 수 없는 관계가 분명히 영향을 미쳤을 것이기 때문이다.

● 입맛이 제각각인 해달

눈에 보이는 행동들만 학습을 통해 얻어진 것이 아니다. 인간의 미각은 개인마다 서로 다르다. 육식을 즐기는 이가 있고, 채식을 즐기는 이가 있다. 육식도 다시 세분화된다. 해산물을 좋아하는 이들과 육지동물 고기를 즐기는 이들로 분화되고, 육지 동물에서 또다시 가금류와 네발 동물을 선호하는 이들로 나뉜다. 누군가에게는 엄청나게 맛있는 음식이 다른 누군가에게는 끔찍하게 싫은 음식이 될 수 있다.

서로 다른 미각을 갖게 된 것은 선천적 요인과 후천적 요인의 두 가지 영향이 작용한다. 우선 선천적 요인은 특정 입맛을 가진 유전자가 후대로 이어진 것에 기인한다. 유전적 미각의 차이에 대한 이해를 아주 넓게 확대해보면 인간과 동물의 서로 다른 식성까지도 그 안에 포함된다.

후천적 요인은 '문화적 미각(입맛)'이라고 표현할 수 있다. 우선 자연환경이 제공하는 음식이 식성 스타일을 결정한다. 바닷가에서 나고 자란 이들에게 회는 지극히 자연스러운 음식이다. 산골이 고향인 이들에게는 산짐승 고기와 나물이 친숙한 음식이다. 단순히 친숙한 것에 그치지 않는다. 자주 접한 음식들에 대한 선호도는 자신도 모르는 사이에 깊어지고, 미각에 아로새겨진다.

그런데 바닷가 출신이라고 해서 모두 회를 즐기지는 않는다. 각각의 부모가 갖고 있는 문화적 영향력도 미각의 형성에 지대한 영향을 미친다. 회를 좋아하는 부모 밑에서 자란 아이는 회에 대한 거부감이 없겠지만, 회를 싫어하는 부모에게서 자란 아이는 회를 싫어할 가능성이 높다. 심지어 한 집에서 태어난 가족도 식성이 다른 경우가 많다. 서로 다른 집안에서 서로 다른 선호도의 미각을 형성한 뒤에 결혼하게 된 부부의 식성이 완전히 일치하는 경우는 극히 드물다. 부부에게서 태어난 아이들은 유전적으로 그중 한쪽의 식성에 더 영향을 받을 것이 분명하고, 이후의 식생활을 통해 미각 차이는 더 분명해질 것이다.

동물들은 어떨까? 새들은 아무 맛도 못 느끼며 곤충을 먹는 걸까? 동물들도 역겨운 냄새와 맛을 풍기는 곤충이나 양서류는 먹었다가 도로 뱉는다. 맛을 느낄 수 없다면 있을 수 없는 일이다. 캐나다의 해안가에 사는 해달의 생태를 연구하던 생물학자들은 해달들이 개체마다 서로 다른 식성을 갖고 있다는 사실을 알아냈다. 덕분에 해달의 먹이가 되는 생물 중에 특정 종이 멸종하는 일은 생기지 않는다는 해석이 덧붙여졌다.

해달들의 식성도 인간과 똑같은 방식으로 형성될 것이다. 조상에게서 물려받은 요인이 있을 것이고, 새끼 시절부터 부모의 식성에 따라 학습하며 취향이 분명한 '문화적 미각'이 형성될 것이다. 동물들도 인간처럼 학습을 통해 미각을 형성해가는 것이다. 해달이 개체마다 다른 식성을 갖고 있다는 사실이 놀라울 수 있겠지만, 애완견을 기르는 이들에게는 개들의 식성이 저마다 다르다는 것이 하나도 이상하게 다가오지 않을 것이다. 모든 동물들이 다른 식성을 갖고 있고, 하나의 동물종 안에서도 각 개체마다 다르게 학습한 미각을 갖고 있다는 사실을 인정하는 것으로 학습에 대한 이해가 확장되어야 한다.

● 학습과 인문학

인간의 문화가 학습과 전수를 통해 오늘날까지 축적되고 꽃을 피웠지만, 각각의 개인으로 들어가 보면 조금 달라진다. 찬란한 문화적 자산이 개개인 모두에게서 똑같이 꽃을 피우지는 않는다. 학습의 결과는 제각각이다. 인간이 겪는 여러 마음 속 문제들은 그런 불일치 때문에 발생한다. 인간의 마음은 '짐승만도 못한' 수준부터 '천사 같은' 수준까지 천차만별이다. 그 차이에 학습이 관여하고 있다.

인간의 사악한 모습이 부정적이기는 하지만 인간만의 것이라고 믿어왔다. 하지만 그런 모습조차 인간만의 것이 아니다. 한 매스미디어에서 다른 새를 공격하여 죽이는 앵무새를 소개했다. 놀라운 것은 평소에는 그 새가 극히 나약하고 소극적인 모습으로 인간을 속였다는 점이다. 인간의 본성은 동물들과는 상당히 다른 것으로 믿어왔지만, 다른 새를 살해하고 범인이 아닌 척 인간을 속이는 앵무새의 행동을 통해 인간의 사악한 본성조차도 생태적 보편성에 해당한다는 것을 확인할 수 있다.

인간은 두 얼굴을 가진 앵무새보다는 나은 모습을 갖춰야 한다. 학습의 인문학적 가치는 인간의 본성 중 동물과 겹치는 보편적 수준을 뛰어넘는 것이어야 한다는 동의에서 출발해야 한다.

그동안 인간의 집단지성은 인간을 둘러싼 자연환경과 동식물에 대한 이해를 넓혀왔지만 공생의 자세에서 비롯된 것이 아니고 이용의 차원이 컸다. 그 와중에 동식물뿐만 아니라 같은 인간조차도 이용의 대상이 되었다. 이제는 인문학적 배움의 목적을, 자원의 이용이 아니라 전 생물계의 공존 공생이라는 가치에 두어야 한다.

4장
식물도 형제를 알아본다

● 로봇과 식물

식물이 외부세계로부터의 접촉을 감각적으로 인지하지 못한다는 오해가 많이 수정되었지만, 식물에 대한 이해는 아직도 짙은 안개 속을 걷고 있다. 식물의 생명체계에 대한 인식이 낮은 수준에 머물러 있는 것은 어떤 이유에서일까?

로봇공학자들은 로봇의 동작 안정성을 확인하기 위하여, 로봇을 발로 밀어버리고, 바닥에 쓰러뜨리는 실험을 한다. 꼭 필요한 일이지만, 그 장면이 대중에게 소개되자 일부 대중이 로봇을 학대하지 말라는 반응을 보였다. 무생물인 로봇에게 동정심을 보이고, 의인화(擬人化)해서 받아들인 것이다. 개나 말 같은 동물을 닮았다는 점 때문이다.

또 다른 용도로 만들어진 AI로봇들은 동물처럼 생기지는 않았지만 인간의 물음에 답을 하고, 인간의 지시를 따르도록 프로그램 되어있다. 사람들은 AI로봇에 대해서도 의인화했다. 완전한 소통은 아니지만, 인간처럼 말을 했기 때문이다. 결국 인간과 동물을 닮은 형상이나 행동 모두에 의인화를 한다는 사실이 밝혀졌다.

식물에 대해서는 로봇에게 보여주었던 만큼의 감정이입과 의인화를 하지 않는다. 인간과 동물처럼 움직이지 않고, 형상도 전혀 다르기 때문이다. 움직임이 없다는 것은 인간에게 죽음으로 인식된다. 인간은 죽은 존재를 의인화하는 데는 인색하다.

신체기능이 마비상태에 있는 환자들을 가리켜 '식물인간'이라고 표현한다. 영국 일간지 가디언은 1983년 심장마비를 일으켜 23년 동안 '식물인간' 상태로 누워있던 벨기에 남성 롬 하우번에 대해 보도한 적이 있다. 2006년 벨기에 리에주대학 스티븐 로레이 박사는 뇌 스캐닝을 통해 하우번의 뇌가 정상적으로 활동한다는 사실을 밝혀냈다. 하우번은 키보드를 이용한 의사표현에서 자신이 23년 동안 의식이 있었다는 충격적인 사실을 밝혔다. 하우번과 유사한 사례는 프랑스에서도 있었다. 환자들은 단지 의료기술이 밝혀내지 못한 세계에 강제적으로 머물렀을 뿐이다.

식물은 신체정지 상태의 환자들과는 비교하기 어려운 왕성한 활동을 보인다. '식물인간'이라는 표현은 잘못된 것이다. 인간은 가시적인 신체적 움직임 없이도 왕성하게 뇌 활동을 할 수 있다. 식물들도 충분히 그럴 수 있지 않을까?

네펜데스, 파리지옥 같은 벌레잡이 식물들과 미모사 같은 식물들이 보여주는 촉각의 존재를 예외적인 사례로 받아들인다. 촉각의 존재를 받아들이는 경우에도 그 반응을 이지적(理智的) 행동으로는 받아들이지는 않는다. 그렇다면 정말 식물들은 이지적이지 않은 존재일까?

● 식물도 냄새를 맡는다

식물에 대한 오해는 이동성을 갖지 못하고 땅에 뿌리를 박고 산다는 사실만으로 식물의 모든 것을 이해하는 데서 온다. 그렇다면 식물은 동물의 주요 특징인 성(性), 오감(五感), 동족·친족·가족 등을 구분하는 관계 인지 등의 측면에서 동물과 어떤 차이를 보일까?

수억 년의 나이로, 식물 중 가장 오랜 역사를 갖고 있다고 평가받는 은행나무는 대다수의 동물들처럼 다른 개체의 암나무와 수나무로 살아간다. 은행나무처럼 암수가 구분되어 존재하지는 않더라도 거의 모든 식물들이 암꽃과 수꽃이 확연히 다른 성(性)적 특성을 보여주기 때문에 성적 구별에 대해서는 이견이 없을 것 같다.

감각은 어떨까? 식물에게도 다양한 감각이 있음을 확인해주는 사례가 많다. 폴커 아르츠트의 『식물은 똑똑하다』에는 식물의 후각에 대해 밝힌 사례[39]가 있다. 엽록소가 없어서 광합성을 못하는 기생식물 '실새삼'은 기생근이라는 촉수를 만들어 숙주가 되는 식물을 감고 그 식물에서 영양분을 섭취하며 살아간다. 한국에서도 흔히 발견되는 식물이다.

미국실새삼의 숙주는 토마토다. 싹을 틔운 실새삼은 토마토를 찾지 못하면 영양분을 확보할 수 없기 때문에 죽게 된다. 문제는 실새삼이 어떻게 토마토를 찾느냐에 있다. 실험결과는 놀라웠다. 냄새로 토마토를 찾아냈다. 여러 식물들을 두고 실험을 했지만 결과는 언제나 토마토였다. 토마토가 가진 느낌 때문에 그럴 수 있겠다 싶어서, 토마토가 들어있지 않은 빈 통에 토마토 향만을 뿌려서 실험을 했는데 놀랍게도 향을 쫓아갔다고 한다. 미국실새삼이 특정의 냄새를 정확히 인식하는 후각능력을 보여준 것이다.

후각을 얘기할 때 개와 돼지가 자주 등장한다. 개의 후각은 인간의 100만배 정도로 알려져 있다. 돼지는 개보다 후각이 뛰어나다. 유럽에서 세계 삼대 진미로 꼽히는 식재료인 송로버섯을 찾는데 돼지를 이용하는 것도 그 때문이다.

식물은 돼지보다도 더 미세한 단위의 냄새에 반응한다. 동물처럼 코가 없기 때문에 '반응을 보인다'는 정도로 표현해야 하지만, 공기 중에 1억 분의 1의 농도로 섞여 있는 레몬 속 에틸렌에도 반응한다고 한다.[40]

2008년 개봉된 영화 <해프닝 The Happening>은 인간이 나무의 공격으로 죽어간다는 내용을 담고 있다. 나무들이 인간을 공격한 방법은 바람을 통해 인간이 스스로 자살을 택하게 만드는 독성 물질을 공기 중으로 퍼트리는 것이었다.

식물이 능동적으로 인간을 살해한다는 내용이 황당하게 생각되었는지 한국에서는 크게 인기를 끌지 못했지만, 식물에 대한 지식을 갖고 영화를 보면 황당한 'SF·미스터리'가 아니라 실현 가능성이 있는 과학 영화라는 것을 알게 된다. 공간이 제한적이었던 사육장에서 일어나기는 했지만, 식물의 공격으로 동물이 죽은 실제 사례가 있었다.

1986년 남아프리카공화국의 어느 쿠두영양 사육장에서 약 2,000마리 이상의 영양이 죽었다.[41] 조사 결과 밝혀진 원인은 굶주림이었다. 이상한 것은 죽은 영양들이 풀과 나뭇잎을 잔뜩 먹고 배가 가득 차 있었다는 것이다. 원인은 영양들에게 뜯어 먹힌 식물들에 있었다. 식물들이 잎을 뜯어먹는 영양들의 행동을 공격으로 인식하고 나뭇잎에 소화를 방해하는 독을 퍼트린 것이다. 식물의 삶을 기계적 과정으로 판단하면 이해가 안 되는 얘기다.

그런데 자연 상태에서는 이런 일이 일어나지 않았다. 오래 전 방영된 <동물의 왕국>에서는 기린이나 쿠두 같은 초식동물들이 나뭇잎을 한 곳에서 뜯지 않고 일정한 시간을 두고 장소를 이동하여 뜯는 행동에 대해 다음을 기약하는 것이라고 설명했다. 한자리에서 먹이를 먹으면 생태계가 파괴되니까 동물들이 안배를 해가며 먹이를 먹는다고 설명하며, 자연을 파괴하는 인간들의 행동을 비판했다.

동물들의 그런 행동은 미래를 염려하는 영특함 때문이 아니고, 식물의 반응과 관련된 것이었다. 잠시 후에 다가올 미래를 예측하는 정도의 반응이었다. 동물들의 먹이 활동을 위험신호로 감지하고 식물들이 독을 퍼트리기 시작하면 잎의 맛이 변하고, 동물들이 변화를 인지하고 위험지역을 피한 것이다. 식물은 자신과 외부세계의 움직임을 분명하게 인지하고 있다. 사육장에서는 옮겨갈 곳이 없었기 때문에 쿠두영양들이 독이 퍼진 나뭇잎을 먹을 수밖에 없었고 결국 죽게 된 것이다.

식물의 감각이 어느 정도인지를 극적으로 보여주는 사례는 거울난초와 스콜리드말벌의 관계다. 거울난초는 스콜리드말벌을 통해 수정하는데, 거울난초는 대부분의 꽃들처럼 꿀로 벌을 유인하지 않고, 생김새로 유인한다. 스콜리드말벌 암컷의 모양을 닮은 것에 그치지 않고 암컷의 향내까지 내뿜는다. 시각적, 후각적 인지가 없다면 불가능한 일이다.

거울난초와 스콜리드말벌 사이에 존재하는 감각적 연결고리는 특별히 주목해야 한다. 식물인 거울난초가 동물인 스콜리드말벌의 성적 관계성을 이해하지 못했다면 난초의 꽃이 스콜리드말벌 암컷을 닮고, 그 향내까지를 갖는 것은 불가능하다. 비과학적인 억측이라고 말할 수도 있지만 난초가 벌에 맞추어 우연히 진화했다는 것만으로는 설명이 부족하다. 연결고리 없이 우연히 벌어진 일들로 생명계가 가득 찼다고 보기에는 자연계 속 관계들은 너무나 정교하다.

거울난초와 스콜리드말벌의 관계가 두드러지기는 하지만, 그들과 같은 관계를 맺고 있는 사례는 양상이 다를 뿐 자연계에 차고 넘친다. 꽃들이 시각적으로 아름다운 이유를 우연으로 판단하기에는 식물이 꽃을 피우기 위해 들이는 정성이 너무도 각별하다.

항상성(恒常性)과 지속성이 있었기 때문에 오늘의 자연계가 존재한다. 관계를 맺고 있는 각각의 생명체들이 상대 생물의 존재와 그 특성을 감각적으로 인지하지 못한다면 관계의 지속은 불가능하다.

어제를 표절했다

● 친척을 알아보는 식물

식물과 동물을 구분하던 경계가 꽤나 모호해진다고 느끼겠지만, 놀라기에는 아직 이르다. 많은 사람들이 고등동물만 갖고 있다고 믿는 특성이 '친족'에 대한 인식이다.

한라산의 특정지역을 장악한 제주조릿대의 번식이 식물생태학자들의 관심을 모은 적이 있다. 특정 식물의 과도한 번식은 종 다양성 측면에서 문제가 된다. 다른 식물들을 완전히 밀어내고 하나의 식물들로 이루어진 세계는 생태적으로 바람직하지 않기 때문이다.

식물은 성장을 위해 다른 식물들뿐만 아니라 같은 종의 개체와는 치열하게 경쟁한다. 그런데 캐나다 맥매스터 대학 수전 더들리 교수가 서양 갯냉이를 대상으로 한 실험에서 한 모체(母體)에서 나온 싹들과는 경쟁하지 않는다는 사실이 확인되었다. 식물도 형제자매를 알아본다는 것이다.

식물은 햇빛을 독점하기 위해 치열하게 경쟁한다. 소개된 실험은 놀라운 사실을 보여준다. 무작위로 싹들을 선정해 심은 화분에서는 일반적인 예상대로 치열한 생존 경쟁이 연출되었는데, 한 모체에서 나온 갯냉이 싹을 심은 곳에서 뜻밖의 모습이 연출됐다고 한다. 햇빛을 골고루 받을 수 있도록 서로 너그럽게 간격을 유지하는 모습을 보였고, 영양분을 섭취하기 위해서 과도하게 벌이던 뿌리 확장 경쟁을 중단하거나, 경쟁이 눈에 띄게 감소했다는 것이다. 서로가 형제 관계라는 것을 인식하지 못하고서는 도저히 있을 수 없는 실험 결과가 나온 것이다.[42]

이쯤 되면 혼란스러워진다. 친족 인지는 높은 수준의 이지적 인식능력이 없으면 불가능하다. 제주조릿대의 왕성한 번식이 새롭게 보이기 시작한다. 일정한 크기로 고르게 자라고 있는 것은 형제와 친척들에 대한 배려로 볼 수밖에 없다.

● 판도라 행성의 나무

2009년 영화 〈아바타〉가 개봉됐을 때 가장 관심을 끈 것은 혁신적인 영상기술과 미국과 저개발국의 관계라는 정치적 담론이었지만 주목받지 못한 또 다른 비밀이 숨어 있다.

영화를 만드는 상상력은 '기술적 상상력', '이념적 상상력', '인문학적 상상력'의 세 가지로 나눌 수 있다. 세 가지 상상력이 적절하게 버무려져야 좋은 영화가 탄생한다.

〈아바타〉에 활용된 상상력을 살펴보자. 먼저 영화가 보여준 극대화된 '기술적 상상력'이다. 기술적 상상력은 상상 속에만 존재하던 것을 시각적으로 보여주고, 평면 스크린에 펼쳐지고 있음에도 불구하고 입체적으로 느끼도록 해준다.

〈아바타〉 선풍을 일으킨 기술적 상상력은 현재 영화 산업계의 핵심 요소가 되었다. 존재하지 않는 것들을 물질적 대체물이 아니라 비물질적 영상기술만으로 얼마든지 제작할 수 있고, 가짜와 진짜를 구분하기 어려운 수준이 되었다. 기술적 상상력은 영화의 스타일을 더욱 다양하게 만들었다. 가짜로 존재했던 것들을 현실 속으로 가져왔고, 가짜와 진짜가 갖고 있던 스타일의 경계를 모호하게 만들었다.

'이념적 상상력'은 영화 산업의 발전에도 불구하고 스타일이 크게 달라지지 않았다. 인간의 이념은 기술의 변화에 따라서 크게 변화될 성격의 것이 아니기 때문에 앞으로도 가장 변화가 적을 상상력이다.

이념적 틀이 작용하는 삶의 유형은, 예상 가능한 모든 경우의 수들이 '소재(素材)의 들판'에 뿌려졌다. 영화감독들은 들판에서 대중의 입맛에 맞을만한 것들을 선택한다. '소재의 들판'은 기술적 상상력의 발달에도 불구하고 확장될 여지(餘地)가 거의 없다. 〈아바타〉가 놀라운 기술적 상상력을 보여주었어도 '식민주의', '지배-피지배의 갈등', '투쟁과 자유'

라는 익숙한 이념적 담론을 담을 수밖에 없었던 것도 그 때문이다.

'인문학적 상상력'과 '이념적 상상력'은 유사한 것이 아니냐고 물을 수 있다. 쉽게 구분하면, 이념적 상상력은 이야기를 만들어가는 정치적 사고의 틀, 인문학적 상상력은 이야기 가지(枝)의 형태를 만들어가는 다양한 지성적 사고의 틀 정도로 이해하면 좋을 것 같다. 실제로 영화 속에는 다양한 학문 분야의 지식들이 복합적으로 녹아있다.

'인문학적 상상력'의 기본 토대는 여러 요소로 구성된다. 문학작품도 있고 예술작품도 있다. 앙코르와트, 타지마할, 피라미드 같은 건축문화가 토대가 될 수도 있고, 영화 〈해프닝〉처럼 자연과학적 사실이 토대가 될 수도 있다. 〈아바타〉를 보며 많은 이가 놓친 것은 바로 판도라행성의 자연이 보여주는 자연과학적 사실에 기반을 둔 인문학적 상상력이었다.

판도라 행성의 생명체들은 신체 접촉을 통해 긴밀하게 소통한다. 나비족들은 용과 비슷한 이크란이나 말을 타면 촉수로 서로 연결된다. 판도라 행성의 모든 생명체들은 서로 다른 종임에도 그렇게 연결된다. 연결의 중심에는 '에이와' 여신의 현신(現身)인 판도라 행성의 생명의 근원인 '홈 트리(Home tree)'가 존재한다. 〈아바타〉가 가진 상상력의 또 다른 중요한 근원이었는데 의외로 그 가치를 주목받지 못했다. 그 의미를 알아야 〈아바타〉가 갖고 있는 인문학적 상상력을 파악할 수 있었음에도, 혹평을 가했던 사람들은 특히 주목하지 않았다.

〈아바타〉에서 주목해야할 인문학적 상상력은 무엇일까? 판도라행성의 생명체들이 보여준 모습은 상상의 산물이기도 하지만 실제에 근거한 생태적 사실이다. 판도라행성의 생명체들과 '홈트리'의 소통방식이 극대화된 것이기는 하지만 지구촌 숲의 생태에서 실제로 발견되는 모습이다.

● '아바타적' 공동체와 언어

〈아바타〉가 보여준 자연과학적 지식에 기초한 상상력은 식물 공동체에 대한 정보를 준다. 우리는 식물을 눈에 보이는 각각의 개체로 이해하고, 단절된 개체로 받아들인다. 그러나 곳곳에서 다른 모습을 발견할 수 있다. 대나무 숲은 여러 나무의 군집으로 보이지만, 대나무는 뿌리로 번식하기 때문에 단 하나의 나무에서 뿌리가 뻗어나가 이루어진 연결체들일 수도 있다. 어미와 자식의 관계일 수도 있고, 형제 사이일 수도 있고, 하나의 나무가 복제된 것일 수도 있다.

〈아바타〉가 보여준 또 다른 상상력은 식물의 언어체계에 대한 정보다. 연구 자료를 보면 나무들은 향기와 전기 자극, 뿌리 접촉을 통해 의사소통을 한다. 원시림에서는 균류와 이끼류들을 통해 종류가 다른 나무들끼리도 메시지를 주고받을 수 있다고[43] 소개한 자료도 있다. 그런 생태적 사실을 선명한 이미지로 바꾸어 영화 속 배경으로 삼은 것이다.

동물과 식물은 생명체로서의 보편적 성격이나 행동 양상에서 크게 다르지 않다. 진화의 어느 시점에서 생존방식을 달리한 것뿐이다. 식물이 동물의 공격에 대응하고, 씨앗이 냄새를 통해 주변상황을 파악한 뒤 싹을 틔우고, 서로 친족임을 확인하고 있다면, 그들만의 방식으로 충분히 외부세계를 인식하고 있다는 사실을 열린 마음으로 받아들여야 한다.

모든 생물에게는 나름의 이지적 인지체계가 존재한다. 지구상에서 가장 오랫동안 살아남은 식물의 생존 배경을 기계적 시스템이라고 말한다면 지구상의 생물계는 일찌감치 모든 신비가 걷혀야 했다. 기계적이라는 것은 수학적으로 분석 가능한 유한한 알고리즘 속에 들어있다는 것을 의미한다. 오래 살고, 복잡하고, 기이한 생명체들이 아무리 많아도 슈퍼컴퓨터 한 대면 모든 생명체들의 생존 시스템이 파악되어야 한다. 그러나 신비는 여전하다.

어쩌를 표정했다

인간은 자신의 세계와 외부세계를 이해하기 위해 언어와 문자능력을 극대화시켰다. 하지만 완전하지 않다. 인류는 서로 다른 언어를 사용하는 인간들을 이해하는 것에서도 상당한 어려움을 겪는다. 그런데 다른 유형의 소통 방식과 다른 스타일을 가진 존재들을 어떻게 모두 이해할 수 있겠는가. 언어는 이해를 위한 최소한의 도구일 뿐이다.

채식주의자들은 별 죄책감 없이 식물을 먹으면서도 동물을 먹이로 삼는 것을 혐오한다. 그러나 식물이 친족을 알아보는 존재라는 사실을 생각하면 식물도 동물이나 인간과 동등한 생명체다. 동물과 식물의 섭취 중 어느 것은 잔인하고, 어느 것은 잔인하지 않다는 구분이 모호해질 수 있다. 단지 귀에 들리는 비명과 들리지 않는 비명의 차이일 수도 있다. 채식과 육식의 선악을 따지려는 것은 아니다. 생물계에 대한 무지가 인간들만의 편리한 세계관을 낳았다는 것을 지적하고 싶은 것이고, 허점투성이 지식으로 만든 세계관을 신앙처럼 믿는 태도를 반성하자는 것이다.

인간이 다른 생명체들과 어떤 생물학적 특성들을 공유하고 있는가에 대해서는 여전히 베일에 가려진 부분들이 있다. 가려진 부분이 모두 드러난 뒤에도 우리는 그것을 제대로 이해하기 위한 도구(언어)를 더 개발해야 한다. 지식은 언어 세계를 뛰어넘을 수 없기 때문이다.

인문학은 지식 세계의 산물이고, 주요 대상이 인간일 뿐이다. 올바른 답을 위해서는 인문학과 거리가 먼 것으로 여겼던 학문분야를 인문학의 중심지로 끌고 와야 한다. 생명체들이 갖고 있는 스타일을 이해하려는 프리즘은 더 다양한 도형으로 확장되어야 한다.

5장

개미와 늑대의 전쟁

● 모든 생명체가 전쟁을 한다

생명체들의 공통점은 감각적 행동을 통해서만 드러나는 것이 아니다. 전쟁 같은 피하고 싶은 사건들에 어쩔 수 없이 맞닥뜨려야 하는 본질적 숙명에서도 인간, 동물, 식물이 서로 닮아있다. 인간에게는 그럴듯한 명분과 변명거리가 있다는 것이 티끌만한 위안이 될 뿐이다.

<김제동의 톡투유-걱정 말아요 그대>라는 프로그램에 출연했던 한 인문학 강사가 "동족 간에 전쟁을 벌이는 종은 인간과 개미밖에 없다."라는 말을 했다. 개미는 대규모 사회, 역할이 다른 계급의 존재, 전쟁을 벌여 상대를 노예로 삼는 모습(사무라이개미와 곰개미의 관계에서 발견된다) 등 인간사회와 여러 측면에서 유사한 시스템을 가졌다. 그 때문에 동족 간에 전쟁을 벌이는 인간의 잔혹성을 강조하기 위해 개미를 끌어들였을 것이다. 하지만 그 주장은 전쟁의 외형적 양상에만 주목한 명백한 오류다. 거의 모든 생명체가 타 종족뿐만 아니라 동족 간에도 전쟁을 벌인다.

<동물의 왕국>에서 극지에 사는 두 늑대 무리의 전쟁을 보여주었다.

어쩌믈 표절했다

사냥감이 풍부한 영역을 지키고 있던 A무리가 외부에서 온 B무리에게 패해 영역을 빼앗겼다. 어느 날 B무리 중 한 마리가 영역을 되찾기 위해 기회를 노리던 A무리의 눈에 띄었다. A무리는 즉시 B무리 본진(本陣)이 주변에 있는지를 정탐하고 난 뒤 홀로 숲을 거닐던 B무리 일원의 늑대를 공격해 죽여 버렸다. 이제 B무리 전력에 큰 공백이 생겼다.

두 무리는 영역을 차지하기 위해 목숨을 건 전쟁을 벌였다. 적의 일부가 무리로부터 떨어지자 A무리는 척후병을 내세워 B무리 상황을 정탐하고, 우세한 상태에서 공격하는 치밀한 전략을 구사했다. 이전에 B무리도 A무리의 영역을 빼앗았을 때 유사한 전략을 구사했을 것이다.

늑대 무리는 불과 십여 마리로 구성되어 있지만 전투 상황에서 각자의 역할이 분명히 존재한다. 이것이 늑대 세계에서 벌어지는 전쟁의 양상이다. 우두머리의 지시에 따르는 명령체계가 있다는 점에서는 오히려 늑대가 개미보다 앞서있다. 개미는 군대체계를 유지하고 있지만 명령체계는 없는 것으로 알려져 있다.

베르나르 베르베르의 소설 『개미』에서 개미들은 여왕개미의 명령을 받는 것으로 묘사되고 있다. 학자들의 연구 결과를 보면 개미들이 실제 상황에서 페로몬을 이용하여 의사소통을 하기는 하지만 여왕개미의 지시가 아니라 병정개미와 일개미들이 자동화에 가까운 시스템에 따라 각자의 역할을 수행하는 것으로 알려져 있다.

'사회성'이라는 특성에 있어서는 개미가 개인적으로든 집단적으로든 수시로 반사회성을 보이는 인간보다 탁월하게 진화한 것으로 볼 수 있다. 그 때문에 개미의 사회성을 '진사회성(眞社會性, eusociality)'이라 부른다. 전쟁은 동·식물 모두에게서 발견되는 보편적 양상이다. 무리의 숫자, 서식 환경 등 여러 내·외부적인 조건에 따라 인간의 눈에 전쟁으로 보이느냐 보이지 않느냐의 차이가 있을 뿐이다.

프란스 드 발은 『내 안의 유인원』에서 인간과 유인원의 태생적 호전성에 주목했다. 침팬지들은 낯선 무리와 개체에 대해 강한 혐오감을 드러내고, 혐오감은 전쟁과 학살로 이어진다. 인간과 다르지 않다. 인간과 침팬지의 중간적인 특성을 갖고 있다고 평가받는 보노보의 사회에도 성적 관계로 순화시키고는 있지만 갈등과 충돌이 명백히 존재한다. 동물과 식물도 치르고 있는 전쟁을 인간의 문화에서 걷어내지 못하고 있는 것은 인간의 문화가 본성적 수준에서 멀리 떨어져 있지 않다는 것을 말해준다. 인간과 동물, 식물이 공유하는 특성 중에 전쟁과 학살을 일으키는 '적대', '혐오' 같은 감성적 특성 또한 포함된다는 것을 깊이 인식해야 한다.

● 유인원의 이타심과 도덕성

아직 끝나지 않았다. 인간만의 가장 수준 높은 특성으로 생각해온 이타심, 측은지심, 도덕심조차도 인간만의 것이 아니라는 사실이 프란스 드 발의 『내 안의 유인원』을 비롯한 여러 자료를 통해 확인된다. 유인원들은 자신의 위험을 감수하면서까지 동료를 구하려고 사지에 뛰어들고, 장애를 가진 동족을 보호해주는 측은지심을 보여준다. 사회적 규칙을 어겨 동료들에게 피해를 준 개체들에 대해 징벌도 가한다. 정치, 법률, 도덕, 인(仁), 측은지심이 더 이상 인간의 정체성이 아니라면 대체 인간이 가진 독특함은 무엇일까?

다른 것을 찾으려고 애쓸 필요가 없다. 인간도 다른 생명체들과 같은 보편적인 감성적 기원을 갖고 있다는 사실을 편하게 받아들이는 것이 중요하다. 천성을 받아들인 자리에서 인간의 가치를 높이는 해법을 찾으면 된다.

보노보처럼 자유로운 성관계를 통해 전쟁과 충돌을 피할 수는 없다. 그러기에는 인간은 너무도 다양한 문화를 가졌다. 그것이 바로 인간의 특별함이지만, 적대와 혐오를 넘어서는 관용을 타 생명체는 고사하고 인간 세계로 확대하는 것만도 쉬운 일이 아니다.

구(舊) 유고가 무너지며 여러 나라로 분열된 발칸반도에서 다른 민족, 다른 종교를 갖고 있는 이들에 대한 살육이 벌어졌다. '홀로코스트'라는 역사적 기억과 학습은 비극을 피하는데 전혀 도움이 되지 못했다. 발칸반도만이 아니다. 2011년 3월 시작된 시리아 내전은 2015년 3살배기 난민 소년 알란 쿠르디가 터키 해안에서 숨진 채 발견되며 지구촌을 충격 속에 몰아넣은 이후에도 2019년 현재까지도 여전히 난민을 만들어내고 있다.

보노보도 비웃을 일들이 왜 계속되는 것일까? 전쟁은 타자가 나와 다른 존재라고 생각할 때 잔혹하게 나타난다. 전쟁을 일상화하는 적대적인 천성을 억누르지 않으면 우리는 유인원 단계를 벗어날 수 없다.

인간과 개미만 전쟁을 벌인다는 오인은 인간의 잔혹한 행동을 합리화할 수 있다. 대단히 사악하지만, 전쟁이 인간만의 특성이라고 하는 순간 얼마든지 합리화될 수 있다. 인간이 특별한 존재가 되려면 전쟁을 종식시킬 수 있는 인간만의 방법을 찾아내야 한다. 전쟁과 폭력도 문화다. 문화이기 때문에 교정이 가능하다.

영장류학자들은 동물들이 도덕성을 갖고 있는 것을 부인하지 않는다. 하지만 인간의 도덕성과 동물의 도덕성을 어느 선에서 구분하고 있다. 영장류학자들은 도덕을 '공감의 도덕'과 '공정의 도덕'으로 나누고 있는데, '공감의 도덕'을 더 기본적인 것으로 보며, 인간을 비롯한 고등동물들이 공유하고 있는 것으로 판단한다. 공정의 도덕은 동물들에게는 미약하게 나타나고 인간에게는 극대화되어 나타나는 것으로 보고 있다.

마이클 토마셀로는 『도덕의 기원』에서 프란스 드발의, 대형 유인원이 인간 도덕의 근원을 갖고 있다는 견해에 대해, 대형 유인원이 보여주는 호혜성은 공감에서 벗어나지 않는 것이라며 반대되는 견해를 피력했다.

필자는 프란스 드발의 편이다. 토마셀로의 견해는 감정과 이성을 완전히 분리했을 때만 가능하다. 인간은 범법자의 잔인한 행동을 보았을 때 분노를 표출한다. 분노도 감정의 영역이다. 오로지 이성에 의해서만 발현된 것이라고 할 수 없다. 토마셀로는 동물에게서 공정의 도덕을 볼 수 있는 증거가 드물다고 하지만, 인간에게도 공정의 도덕이 무력한 경우가 동물들에게서만큼 자주 발견된다. 그렇다면 같은 기준이 적용되어야 한다. 증거의 수가 아니라, 증거의 질을 따져야 한다. 한 마리의 '블랙 스완'이 '백조는 희다'는 명제를 오류로 만든다.

공정성은 사회가 복잡할수록 발휘되기 어렵다. 한국사회에 '헬조선'이라는 자조적인 단어가 등장한 데에는 '공정성 부재'도 한몫했다. 동물의 세계는 고등동물이라 하더라도 인간 사회만큼 복잡하지 않다. 따라서 '공정의 도덕'이 인간사회처럼 고도로 발전하기는 어렵다. 동물의 세계에서는 공감의 도덕과 공정의 도덕 중 어느 것이 더 우세하게 작용한다고 판단하기 어렵다. 하지만 인간사회에서는 공정의 도덕이 공감의 도덕보다 월등히 우세한 몫을 차지하고 있다. 공감의 도덕만으로는 복잡한 시스템을 유지하기 어렵기 때문이다.

인문학의 중요한 역할 중 하나는 공정의 도덕이 현대 사회의 복잡성이 일으키는 문제들을 해결하도록 이끄는 것이다. 그러나 현재의 인문학이 그런 길을 가고 있는지는 낙관하기 어렵다. 많은 인문학자들이 '공감의 도덕'에 무게를 두고 이야기하고 있다. 공정의 도덕에 대해 이야기하는 경우에도 지나치게 감성적으로 접근한다. 때로는 공감의 도덕과 구분하기 어려울 정도로 감성적이다.

공정의 도덕은 감성을 배제할 필요가 있다. 필요하다면 일정 부분 기계적일 필요성까지 있다. 공정성이 사라진 사회를 감성적으로 치료하려는 것은 암 치료를 위해 모르핀을 투여하는 것과 같다. 잠시 잊히겠지만 근본적인 치유는 되지 않는다.

근본적 원인을 치유하지 않으면 인문학은 일시적인 진정제나 위약(僞藥) 역할에서 벗어나지 못한다. 문제를 근본적으로 살피고 해결 방안을 모색하려면 자연적인 도덕률보다는 인간이 가장 차별화시킨 '법률'에 나아갈 방향이 있는지도 모른다.

● 사회성도 공유한다

아리스토텔레스는(기원전 384~기원전 322) "인간은 사회적 동물이다."라고 말했다. 인간의 속성 중 하나인 사회성이 높은 수준으로 발달했다는 의미로 한 말이라면 맞는 말이지만, 인간만이 사회성을 갖고 있다는 의미라면 틀렸다—아리스토텔레스는 자연과학 분야에서 근 2천년 동안 종조(宗祖)로서 서양의 지식 역사에 지대한 영향을 미쳤다. 동물에 대한 연구 저서도 많이 남겼기 때문에 동물의 사회성에 대해서도 인식했을 것으로 여겨진다—. 그간의 연구를 통해 '사회성'은 더 이상 인간만의 특성이 아니고, 동물은 물론이고 극히 낮은 수준이겠지만 심지어 식물도 갖고 있는 특성으로 밝혀졌다.

우리는 아침에 눈을 뜨면 일터로 향한다. 동물들도 먹이활동을 한다. 권력의 눈치를 보고 다툼을 벌인다. 침팬지와 일본원숭이를 비롯한 대부분의 유인원들도 그 정도는 한다. 서로 협동하여 성과를 만들기도 한다. 돌고래들도 협동하여 사냥한다. 일부 돌고래들은 심지어 인간과도 협동한다. 자아실현을 위하여 그림을 그리고 음악을 연주하는 예술 활동을 한다. 바우어새를 비롯한 많은 새들과 고래들도 그렇게 한다. 정교한 사회적 시스템 운운하지만, 그 방면엔 개미가 있다.

인간에게 따로 남은 게 뭘까? 겨우 남은 것이 문자 정도다. 그것으로 문화를 만들었다. 하지만 문화는 동물들도 갖고 있다. '사회성'은 인간만의 특성이 아니라 상당수 생명체의 생물학적 특성이다. 다만, 인간은 사회성이란 형질을 고도로 발전시키는 방향으로 진화해왔다. 그리고 그것이 사회성을 가진 다른 생명체들과 다른 존재라고 주장할만한 근거다.

6장
물짐승이야? 물고기야?

● 동물은 죽음을 모를까?

인간의 특성에 주목해서 탄생한 상징적 개념들이 있다. 호모에렉투스(직립인), 호모하빌리스(능력인), 호모사피엔스(예지인)처럼 인류 종을 특징짓던 개념이 확대되어, 호모루덴스(놀이인), 호모파베르(도구인), 호모나랜스(이야기하는 인간), 호모에코노미쿠스(합리적인 소비를 추구하는 인간), 호모디카쿠스(디지털카메라로 언제 어디서든 사진을 찍어대는 인간), 호모모빌리쿠스(모바일미디어 시대의 인간), 포노사피엔스(스마트폰을 신체일부처럼 사용하는 인간) 등 온갖 개념어가 탄생했다.

인간의 다양한 행동 특성을 조명하고, 시대변화를 담은 상징적 개념들이라 앞으로도 문화적 변화가 생겨날 때마다 속속 등장할 것이다. 그런데 이런 개념어들은 인간의 문화적 행동이 인간만의 것이라는 결론으로 연결되는 오인(誤認)을 낳는다. 그런 오인에 감성적 행동들도 포함되어 있다.

1996년 개봉된 〈아름다운 비행〉이라는 영화가 있다. 교통사고로 엄마를 잃고 방황하던 소녀 에이미는 늪 주위에서 야생 거위 알을 줍는다. 부화한 거위들은 에이미를 어미로 알고 따른다. 이때 야생거위들이 보인 행동은, 새들이 태어나서 처음 본 동물을 어미라고 생각한다는 '각인효과 (imprinting)'에 따른 본능적 행동으로 이해된다.

그런데 매스미디어가 소개한, 인간과 새들이 깊은 신뢰 관계를 구축한 사례들 중에 각인효과로 볼 수 없는 것들이 상당수 존재한다. 관계를 맺은 사람들은 새들이 태어나서 처음 본 존재가 아니었다. 그렇다면 새들이 자신을 구해주고 보호해준 인간을 지고지순하게 따르는 행동은, 구해준 사람을 어미가 아닌 구원자로 생각하는 더 높은 수준의 인식에서 온 것이라고 판단할 수밖에 없다. 그 사례들은 동물도 죽음의 공포를 느낀다는 확신을 갖게 한다.

● 인간적 감정을 보이는 동물

인간의 감성 또한 더는 독보적 위치를 지킬 수 없게 되었다. 2017년 3월 언론을 통해 소개된 앵무새들의 감정에 대한 연구 자료는 인간과 동물 사이의 또 하나의 장벽을 허물어뜨렸다. 오스트리아 빈대학·뉴질랜드 오클랜드대학 공동연구팀의 뉴질랜드 남섬에 사는 케아 앵무새(kea parrot)의 행동에 대한 연구에서 놀랄만한 결과가 도출되었다.

케아 앵무새들이 어울려 놀 때 내는 높고 불안정한 음정의 지저귐이 사람을 포함한 포유류에서 발견되는 긍정적인 감정을 나타내는 소리로 밝혀졌다. 앵무새도 사람처럼 웃으며 논다는 것을 의미한다. 호모루덴스 (놀이하는 인간)의 아성이 무너지고, '페롯루덴스'(놀이하는 앵무새)가 탄생한 것이다.

그러나 이 연구결과는 새로운 것이 아니다. 동물들이 생각과 감정을 갖고 있다는 확신은 오래된 문헌에 이미 등장한다. 몽테뉴는 1580년 발간한 『수상록』에서 기원전에 활동한 과학자 루크레티우스(기원전 96~기원전 55)의 말을 빌려 동물의 감정에 대해 쓰고 있다. 찰스 다윈도 『인간의 유래』에서 앵무새들의 놀이와 감정에 대해 언급했다. 음정의 높낮이에 대한 세밀한 분석을 통해 증거를 뒷받침한 것일 뿐이다.

코끼리는 죽은 가족들에 대한 슬픈 감정과 애도로 보이는 행동을 보여준다. 동물의 가족에 대한 애절함은 최근 연구 결과에서만 확인된 것이 아니다. 오래전 기록에서도 확인된다. 1600년 전의 책에 동물의 마음을 보여주는 기록이 있다. 1956년 한국전쟁을 배경으로 담은 노래 한 곡이 발표된다. 〈단장의 미아리 고개(반야월 작사)〉다. 단장(斷腸)은 '몹시 슬퍼서 창자가 끊어지는 듯함'이라는 의미를 갖고 있는데, 유래가 있다. '단장(斷腸)'은 중국 남조(南朝) 송(宋)나라의 유의경(劉義慶:403~444)이 후한(後漢) 말부터 동진(東晉)까지의 명사들의 일화를 편집한 책 『세설신어(世說新語)』출면편(黜免編)에 등장하는 고사에서 유래한다. 배경이 된 이야기는 이렇다.

진(晉)나라 환온(桓溫)이 촉(蜀)을 정벌하기 위해 수군을 이끌고 양쯔강 중류의 협곡인 삼협(三峽)이라는 곳을 지나는 중에, 한 병사가 새끼 원숭이 한 마리를 잡아왔다. 그러자 원숭이 어미가 백여 리를 뒤따라오며 슬피 울었다. 배가 강어귀가 좁아지는 곳에 이르자 어미 원숭이는 몸을 날려 배 위로 뛰어올랐지만 곧바로 죽고 만다. 병사들이 죽은 원숭이의 배를 가르자 창자가 토막토막 끊어져 있었다. 자식을 잃은 슬픔 때문에 달려오는 사이 창자가 끊겨, 새끼를 구하기 위해 배에 오르기는 했으나 즉사하고 만 것이다. 고사를 통해 이미 1600년 전에 동물의 감정이 사람과 크게 다르지 않다는 사실을 인지했음을 확인할 수 있다.

● 동물의 측은지심

인간이 동물보다 우월한 존재라면 상대를 고르는 기술이 동물보다 탁월해야 한다. 그런데 눈이 콩깍지에 씌어 형편없는 상대를 고르기도 한다. 인간도 중요한 결정에 있어 종종 비이성적으로 판단을 하는데 동물이 인간보다 뛰어난 결정 시스템을 갖고 있다고 보기는 어렵다. 동물들이 짝을 고를 때 가장 강하고 우수한 상대를 선택할 것 같지만, 동물도 사람처럼 콩깍지에 씌어 결정한다. 강하고 우수한 유전자들만 살아남았다면 동물들의 능력이 점점 완벽해져야 하는데 그렇지 않기 때문이다.

남아공, 소말리아, 시나이 반도, 이라크 사막을 지나서 크로아티아의 작은 마을로 매년 찾아오는 '클레페탄'이란 수컷 황새 이야기가 화제가 된 적이 있다. '클레페탄'은 해마다 2001년 부부의 연을 맺은 암컷 '말레나'를 찾는다. 그런데 암컷은 1994년 사냥꾼이 쏜 총에 날개를 맞아 날 수가 없어서 어느 가정집 지붕의 둥지에서 생활하고 있다. 물론 그동안 암컷이 살 수 있었던 것은 집주인을 비롯한 사람들의 보살핌이 있었기 때문이다.

클레페탄은 따뜻한 시기는 암컷 말레나와 보내지만 철새가 가진 이주 본능을 이기지 못하고 여름이 지나면 떠났다가 봄이 되면 다시 말레나에게 돌아온다. 클레페탄은 날 수가 없는 심각한 장애를 가진 암컷을 아내로 선택했다. 특별한 사례라고 하지만 인간 세계의 모습과 차이가 없다.

● 동물의 트라우마와 기억

동물에게서 다른 심리적 요소도 발견된다. 앞서, 앵무새 체험관에서 '살조(殺鳥)' 범죄를 벌인 앵무새가 낮 동안에는 온순한 성격을 보이는 지킬박사와 하이드의 얼굴을 가진 새라는 것을 설명했다. 놀라운 것은 아무도 지켜보지 않는 밤마다 잔인한 행동을 하고, 낮에는 자신의 범죄를 철저히 은폐한 배경에, 새끼 시절 겪은 상처로 인한 트라우마가 있었다는 것이다. 인간과 차이를 느낄 수 없다. 새들도 인간처럼 과거의 기억에 시달릴 수 있고, 각각의 개체마다 서로 다른 성격이 존재한다는 것을 의미한다. 한 코끼리가 어린 시절 자신을 학대한 사육사를 오랜 세월이 흐른 뒤에 다시 만나 죽인 사건도 있었다.

　트라우마는 기억에서 비롯된다. 과거를 기억하지 못하면 트라우마는 존재할 수 없다. 동물들도 기억을 갖고 있다는 사실은 누구나 인정한다. 궁금한 것은 기억능력이 어느 정도인가다. 동물의 기억능력을 보여주는 사례가 있다. 유튜브에서 사자 크리스티앙 이야기가 화제가 된 적이 있다.

　1960년대 런던에서 두 젊은이가 백화점에서 새끼 사자를 사서 크리스티앙이란 이름을 지어주고 아파트에서 길렀다. 크리스티앙이 성장하면서 결국 아프리카로 보냈는데, 정들었던 크리스티앙이 보고 싶었던 청년들이 아프리카를 방문했다. 크리스티앙은 자라서 성년이 되었는데도 자신을 길러 준 두 청년을 기억하고 예전처럼 달려들어 포옹을 나누었다.

　심리학자 엔델 털빙(1927~, 캐나다)은 기억의 종류를 삼단계로 구분했다. 가장 낮은 단계에는 일의 순서를 기억하는 비언어적 기억인 '절차기억'이 있다. 학자들은 식물들의 기억이 이에 해당한다고 말한다. 두 번째 단계로는 개념을 해석하고 저장하는 '의미기억'이 있고, 세 번째 단계는 겪었던 사건을 기억하는 '일화기억'이 있다. 사자 크리스티앙은 자신과 함께 지낸 두 청년을 '의미기억'과 '일화기억'을 통해 또렷이 기억하고 있다는 사실을 보여주었다.

　감동적이지만 특별한 것은 아니다. 이 정도의 기억 능력은 애완견들에게서 흔히 발견된다. 전 주인을 기억하고 있거나, 오랫동안 떨어져 있다가 자기 형제들을 만나서 반가워하는 개들의 이야기는 주변에 흔하다. 실화를 소재로 만든 영화 <하치 이야기>도 동물의 뛰어난 기억에 대한 증거다. 하치는 주인이 죽고 난 뒤에도 10년 동안이나 도쿄 시부야역에서 주인을 기다리다가 죽었고, 사자 크리스티앙과는 또 다른 감동을 주었다. <하치 이야기>도 기억에 대한 증거로는 평범한 사례이다.

『침팬지와의 대화』를 통해 화제가 된 가드너 부부와 침팬지 '워쇼'의 일화는 동물의 기억능력이 만만치 않음을 보여준다. 가드너 부부는 '워쇼'라는 암컷 침팬지를 잠시 기르면서 수화를 가르쳤다. 그 후 헤어졌다가 20년 만에 재회했는데, 놀랍게도 워쇼는 부부의 이름을 즉시 수화로 보여주었다고 한다. 제인 구달박사에 따르면, 침팬지 워쇼는 함께 지냈던 다른 침팬지들에겐 단 한 번도 수화를 사용했던 적이 없었다고 한다. 무려 20년 만인데도 자신이 배운 수화를 떠올린 것이다.

'워쇼' 사례는 동물의 인지와 기억능력을 단적으로 보여준다. 수화와 연관된 대상을 만나자마자 수화를 사용한 것은, 수화의 역할을 개념적으로 이해한 것이고, 대상과 일화를 정확히 일치시키는 능력을 보여준 것이다.

'기억'은 문화의 핵심 요소다. 지적 능력은 기억에 의존한다. 기억하지 못한다면 학습 자체가 불가능하고, 문화 전달도 불가능하다. 기억하지 못하면 문화가 존재할 수 없다. 모든 문명적 자산들이 사회적 기억에 의해 만들어졌다.

동물들이 긴 시간의 '일화기억'을 갖고 있고 그것을 '의미기억'과 연결시키고 있다면 동물들은 우리가 상상하는 것 이상의 문화와 기억으로 인한 상처를 갖고 있을지 모른다.

● 물짐승이야? 물고기야?

동물에 대한 무지와 몰이해는 어류에 대한 인식에서 특히 많이 발견된다. 인간들은 어류의 기억력과 지적능력에 대해 다른 동물들에 비해 더 가혹한 평가를 내린다. 어류들이 그런 평가를 받는 것이 정당할까?

조너선 밸컴의 『물고기는 알고 있다 What a fish knows』를 비롯한 많은 연구 자료들이 물고기의 감각 능력과 기억능력, 지적 능력에 대해 소개하고 있다. 자료들이 보여주는 어류의 이지적, 감성적 수준은 우리가 알고 있던 수준을 훨씬 뛰어넘는다. 문제는 어류의 능력이 아니라, 우리가 그걸 받아들이느냐, 받아들이지 않느냐에 있었던 것이다.

어류를 '물고기'라고 부른다. 다른 종류의 동물들은 들짐승, 산짐승, 날짐승으로 표현한다. 물짐승이라는 표현만 없다. 역으로 포유류를 '땅고기', 조류를 '하늘고기'로 부르지는 않는다. 어류를 부르는 또 다른 이름은 '생선(生鮮)'이다. '신선' 상태에 의미를 둔, 극히 인간 편의적인 이름이다.

포유류를 '땅고기'라고 부르지 않는 이유는 인간이 포유류에 속해 있기도 하고, 포유류와 조류에게서 인간과 비슷한 점을 발견하기 때문이다. 하지만 어류는 '물고기'로 부르는 것을 어색해하지 않는다. 유독 어류에 대해서만 '고기'를 붙인 것은, 어류를 개별적인 생명체로 여기지 않고, 철저히 먹고, 이용하는 대상으로만 여겼기 때문이다.

'은혜 갚은 호랑이'처럼 의인화된 설화 속 동물들은 인간처럼 행동하면서도 동물 본연의 모습을 그대로 유지한다. 아주 드물게 산신령이 변한 모습으로 등장하기도 하지만 큰 틀에서는 고유의 정체성을 그대로 유지한다. '물짐승'도 역시 설화에 등장한다. 그런데 물짐승들은 거의 모두 용왕의 아들 같은 영험한 인격적 존재가 '물짐승'의 형태로 변신하여 등장한다. 다른 동물들과는 달리 어류 자체가 인격적인 존재로 등장하지는 않는다. 물짐승에 대한 편견을 걷어내면 자연계는 우리에게 또 다른 문화적 사유의 지평을 열어줄 것이다.

● 은혜를 아는 동물

은혜를 갚는 동물 설화가 많다. 대표적인 것이 치악산 까치 설화인데, 충분히 현실성이 있다. 2015년 BBC에서 미국에 사는 게이비라는 소녀와 까마귀 사이의 우정을 소개한 적이 있다. 게이비가 까마귀들에게 빵을 주기 시작하자 어느 날부터는 까마귀들이 게이비에게 귀걸이, 단추, 반지, 구슬, 나사 같은 선물을 놓고 가기 시작했다. 자기들 식으로 보답한 것이다.

까마귀가 영특한 새라는 것은 잘 알려져 있다. 조류학자들도 까마귀가 인간과 소통할 수 있는 능력을 갖추고 있다고 말한다. 그런데 중요한 것은 까마귀와 인간이 소통한 것이 아니라, 먹이를 선물 받은 것에 대해 갚아야겠다는 생각을 했다는 점이다. 게이비와 까마귀의 우정은, 뭔가를 받았을 때 그 의미를 이해하고 보답한다는 사회적 관계의 실현에서 인간이 동물들과 완전히 구분된 차원에서 존재하는 것이 아니라는 것을 보여준다.

언어가 통하지 않는 외국인을 만났을 때 외국인이 느끼고 생각하는 것을 완전히 이해할 수 없다. 인간과 다른 동물들과의 관계도 그런 상황에 있는지 모른다. 동물들이 높은 인식능력을 갖고 있다는 것을 인정하는 것은 인간의 삶에 영향을 주는 것들에 대한 이해를 인간의 문화를 넘어 자연계의 근원으로까지 확대한다는 의미가 있다.

인간의 것과 유사한 동물들의 특성을 인지하는 것만으로 획기적인 변화를 이끌 수는 없다고 답할 수도 있다. 인간이 갖고 있는 특성을 그들

어제를 표절했다

도 갖고 있으니 교만하지 말자는 정도의 답으로 충분하다고 말할 수도 있다. 정말로 동물들이 더 높은 수준의 답을 보여주지는 않았을까? 아니다.

에티오피아 고산지대에 사는 겔라다개코원숭이는 보노보와는 또 다른 수준의 사회성을 보여준다. 에티오피아 겔라다개코원숭이 사회에는 침팬지나 다른 원숭이 사회에서 발견되는 폭력적 서열이 존재하지 않는다. 모계사회인 겔라다개코원숭이 사회는 수컷, 젊은 원숭이, 암컷과 새끼로 이루어진 대 무리 등 세 그룹으로 구성된다.

겔라다개코원숭이 수컷들도 다른 원숭이들처럼 싸움을 벌인다. 일본원숭이 사회에서는 수컷 우두머리의 사랑을 받는 순서가 곧 공동체 내에서의 암컷과 그 새끼들의 서열을 의미한다. 일본원숭이뿐만이 아니다. 침팬지와 대부분의 원숭이 사회에서 수컷들의 싸움 결과가 공동체의 서열에 강력한 영향을 미친다. 그러나 겔라다개코원숭이 수컷들의 싸움 결과는 암컷들에게 영향을 미치지 못한다. 놀라운 것은 에티오피아 겔라다개코원숭이들이 모든 원숭이 사회에서 가장 큰 무리를 짓고 산다는 사실이다. 평등이 어떤 사회를 만들 수 있는지를, 폭력적 서열이 없는 세계가 결코 혼란스러운 세계가 아님을 보여주고 있다.

G. C. 리히텐베르크[22]는 "인간이 가장 고결한 생명체라는 주장은 다른 생명체들이 그 주장에 이의를 제기한 적이 없기 때문에 나온 말인 것 같다."[44]라고 말했다. 리히텐베르크가 풍자를 좋아했던 사람이었기 때문에, 그가 살았던 18세기에는 그의 풍자가 입으로는 신이 창조한 고결한 존재라고 말하면서 행동으로는 전혀 고결함을 보여주지 않는 인간들의

---

22 Georg Christoph Lichtenberg, 1742~1799, 독일의 물리학자이자 계몽주의 사상가.

오만함을 비꼬는 말로 들렸을지도 모른다. 하지만 이제는 그의 말이 풍
자로만 들리지 않는다. 고결한 모습을 동물들이 인간만큼이나 자주 보여
주기 때문이다.

4부 문화인종의 탄생

인간은 불량품이다. 그런데 그 불량품은 자기가 완전하다고 믿는다. 자신이 세계의 중심이고, 자신이 먹는 것, 입는 것, 생각하는 것이 최초의 것이라고 믿는다. 동물들은 물론이고 다른 인간들과도 차별화되는 독창적인 존재라고 믿는다. 아닐 수도 있지만, 반박할 수는 없다. 모든 '문화인종'이 그런 특성을 가진 불량품으로 탄생했기 때문이다.

1장
나는 표절이다

● 표절하는 숙명

심심치 않게 표절 사건이 터진다. 논문표절은 다반사고 문학이나 예술 창작에서도 낯설지 않게 등장한다. 짧은 문장을 두고 표절 사건이 터졌을 때는 문학계에서도 찬반이 갈린다. 표절 자체를 옹호하는 것은 아니지만 상상력의 한계를 지적하는 목소리도 있다.

비트겐슈타인[23]이 "내 언어의 한계는, 내 세계의 한계"라고 표현했는데, 한 개인의 사유 영역이 아무리 넓어져도 문자로 표현되는 상상력에는 한계가 있을 수밖에 없다. 상상력이 아니라, 문자의 세계가 한계를 갖고 있기 때문이다. 문자적 창조가 무한하다면 스타일의 순환이 아닌 전혀 다른 이야기를 하고 있을 것이다.

니체는 『차라투스트라는 이렇게 말했다』에서 "모든 것은 동일하다. 모든 것은 이미 있었던 것이다! "라고 말했다. 상상력을 드러내는 표현에는

---

23 Ludwig Josef Johann Wittgenstein , 1889~1951, 오스트리아, 철학자(언어 철학).

이미 새로운 영토가 거의 남아있지 않다. 은유의 영토도 깃발을 꽂을 곳이 거의 남지 않았다. 점점 더 먼 곳의 은유를 끌어다가 사용한다. 그러다 보니 대중들이 이해하기 어려운 작품이 탄생하고, 비평가들이 은유를 설명하는 일이 벌어진다.

다행인 것은, 같은 감정이 다시 연출되는 상황이라도 주인공이 언제나 다르고, 다른 옷을 입고, 다른 꽃향기를 맡으며, 다른 음식을 먹으며, 다른 와인을 마시며, 다른 나무 아래에서, 다른 조명 아래에서 이루어진다는 것이다. 게다가 모든 주인공은 자신의 생을 새로운 것이라고 믿는다.

생이 갖고 있는 유일성에 대한 믿음은 쉼보르스카(1923~2012, 폴란드, 1996년 노벨문학상 수상)가 「두 번은 없다」에서 "두 번은 없다. 지금도 그렇고 / 앞으로도 그럴 것이다. 그러므로 우리는 / 아무런 연습 없이 태어나서 / 아무런 훈련 없이 죽는다."[45]고 표현한 상황과 어긋남이 없다.

동일성과 새로움은 이렇게 충돌한다. 물질문명이 삶의 무대를 다르게 바꿔 놓았다고 해도, 이전 시대 사람들이 겪은 상황을 매번 다르게 표현한다는 것 자체가 극히 어려워지는 상황이 다가오는 것이다.

인공지능이 점점 발전하며 인간의 영역을 침범하자, 인간만의 창조 영역이라고 믿었던 분야들에 대한 분석이 이루어졌다. 글을 쓰는 직업 중에, 신문기자가 제일 먼저 없어지리라는 예측이 나왔다. 구체적 사실에 근거하여 일정한 틀에 맞추어 작성되고, 자의적 판단 개입을 자제해야 하는 신문기사의 특성상 AI가 알고리즘을 분석하여 일정한 패턴대로 충분히 기사를 작성할 수 있다는 분석이었다. 법원 판결문처럼 정형화된 글도 마찬가지였다. 기술적으로는 판사도 없어질 직업에 속했다.

문학창작의 세계는 AI의 접근이 불가능할까? AI가 작품을 쓰는 것은 이미 가능하다. AI가 작품을 쓸 수 있는 것은 문자로 창조하는 세계가 알고리즘의 세계 안에 있다는 것을 의미한다. 상상력의 극한을 표현했다는 작품들의 수준에는 아직 못 미치지만, 평범한 수준의 작품들은 이미 AI의 능력 안에 들어갔다.

드라마나 영화시나리오는 AI가 더 쉽게 창작할 수 있다고 한다. 패턴이 빤하기 때문이다. 시청자들이 욕을 하면서도 빠져든다는 '막장 드라마'는 전형적인 패턴을 갖고 있다. 뒤따르는 드라마들도 욕을 먹으면서까지 전례를 따른다. 주인공 이름과 배경만 살짝 바꿔 놓고 재탕을 한다. 욕은 먹겠지만 성공 가능성이 높기 때문이다. 그리고 실제로 성공한다.

AI를 통해 영화의 성공 가능성을 미리 분석해보는 시도도 있다. 이전에 성공한 영화들의 요인을 분석하면 성공 가능성을 점칠 수 있다고 한다. 영화는 대략 2시간 안에 일정한 비례의 커트 수가 적용된 시작-클라이맥스-종결로 이어진다. 2시간 안에 이야기를 끝내기 위해서는 일정한 공식이 있어야 하고, 그 공식이 매력적인지를 AI가 파악하는 것이다.

인간의 창조적 능력도 문화를 배우는 과정에서 생긴다. 문화는 반복적인 것들이 유무형의 형태를 갖춘 모습으로 나타난다. 이미 만들어진 것들을 배우고 난 뒤에야 우리는 창조를 할 수 있다. 따라서 독특하다고 평가받는 창조의 경우도, 흔들리는 물결에 삶의 모습이 다르게 투영되거나 변형되어 나타나는 거대한 '문화 호수' 안에 들어있다. 삶이 완전히 달라지지 않는 한 우리는 표절하는 존재라는 숙명을 안고 있는 것이다. 그 점을 인정한 후에야 새로운 길이 보일 것이다.

● 빅뱅과 이문세

아이돌 그룹 빅뱅이 2008년 〈붉은 노을〉을 발표했다. 어느 공연에서 이문세가 〈붉은 노을〉을 부르자 그 소식을 들은 빅뱅 팬들이 웬 나이든 가수가 자신들의 우상인 빅뱅의 노래를 망쳤다며 분노했다고 한다. 원곡 가수인 이문세가 방송에서 풀어놓은 얘기다.

빅뱅의 〈붉은 노을〉을 들어보면 이문세의 노래와는 사뭇 다른 느낌의 노래다. 하지만 원곡과 리메이크곡 둘 다 팬들의 공감을 불러일으켰다. 〈붉은 노을〉의 가사가 만들어낸 감성에는 세대 간에 차이가 크지 않다는 것을 말해준다.

문학은 무수한 단어의 조합이 가능하다. 음악은 음표라는 정해진 양식이 있고, 영화도 일정한 구성 양식이 있어서 형식적으로는 문학보다 훨씬 제약적이다. 그럼에도 불구하고 음악과 영화가 더 대중적이다. 음악과 영화의 대중성이 짙은 것은 실패에 따른 위험 부담이 크기 때문이기도 하지만 다른 이유도 있다.

문학은 소설의 경우 긴 이야기를 담을 수 있다. 소설마다 개별적인 요소를 얼마든지 가미할 수 있다. 대중가요는 3분을 약간 넘는 정도다. 그 안에 많은 이야기를 담기는 어렵다. 유사성은 더욱 짙어질 수밖에 없다. 게다가 음악은 감성의 장르다. 인간의 감성은 이성적인 측면보다 더욱 닮아 있다. 이전의 창작물과 다른 음악적 감성을 창작하는 것은 바늘구멍을 통과하는 것과 같다. 음악에서의 표절 시비가 가사보다는 선율에서 자주 발생하는 이유이기도 하다.

복제를 피해갈 수 없게 되자, 음악은 아예 적극적으로 재창작이라는 이름으로 복제와 베끼기를 창작의 영역 안으로 끌어들였다. 대중도 이를 인정한다. 감성이 변하지 않는다는 것을 대중도 잘 알고 있기 때문이다.

리메이크곡이 끌어오는 것은 옛 시간 속에 들어있던 감성이다. 비트를 가하고 박자를 빠르게 하여, 옛 감성에 현재의 액세서리들로 장식을 한다. 리메이크는 세대가 바뀌어도 감성은 같다는 사실에서 출발한다. 세대가 바뀔 때마다 감성이 변한다면 리메이크는 있을 수 없다.

4부 문화인증의 탄생

● 춘향전과 위대한 개츠비

영화도 리메이크를 적극적으로 시도한다. 『춘향전』은 1923년 첫 영화가 선보인 이후로 20편 넘게 리메이크 되었다. 『춘향전』은 설화에서 판소리로, 판소리에서 소설로 재탄생한 독특한 역사적 배경을 갖고 있는데, 그에 그치지 않고 창극, 연극, 오페라, 영화로 다양하게 변신했다. 변신이 가능했던 이유는 『춘향전』의 감성이 시대를 달리하고 장르를 달리해도 늘 대중을 사로잡았기 때문이다.

외국 영화계에서도 흔하게 발견된다. 피츠제랄드가 1925년 발표한 소설 『위대한 개츠비』는 1945년, 1949년, 1974년, 2001년, 그리고 2013년에는 레오나르도 디카프리오 주연으로 영화화 되었다. 여러 차례 리메이크 된 것은 『위대한 개츠비』의 높은 인지도와 상업적 성공 가능성 때문이기도 하지만, 소설이 발표된 이후 거의 90년, 첫 영화화 이후 70년 가까운 세월이 흘렀음에도 90년 전의 대중과 현재의 대중이 갖는 감성과 취향에 큰 차이가 없기 때문이다.

톨스토이의 소설 『안나 까레니나』도 1935년 미국, 1948년 영국, 1967년 러시아, 1985년 미국, 1997년 미국, 2000년 미국, 2012년 영국에서 영화로 만들어졌다. 1974년에는 러시아에서 뮤지컬로 만들어졌고, 발레로도 만들어졌다. 이처럼 여러 차례 영화로 만들어지고, 뮤지컬, 발레 등 다양한 장르로 확산된 것은 러시아뿐만 아니라 전 세계의 대중이 갖고 있는 정서가 닮았다는 것을 말해준다.

동양에서 만들어진 영화를 서양에서 리메이크하기도 했다. 〈황야의 7인〉은 일본을 대표하는 영화감독 구로사와 아키라의 〈7인의 사무라이〉를 서부영화 식으로 리메이크 한 것이다. 칼잡이가 총잡이로 바뀌고 무대도 달라졌지만 메시지는 그대로였다. 한국 영화를 할리우드에서 리메이크하기도 했다. 인간의 감성이 같기 때문에 있을 수 있는 일이다.

어제를 표절했다

롤랑 바르트(1915~1980, 비평가)는 "대중문화의 조잡한 형태는 수치스러운 반복이다. 내용, 이데올로기적 도식, 모순의 삭제를 반복하면서 표면적인 형태만을 변화시킨다. 책, 방송, 새 영화, 각종 사건들이 늘 등장하지만 항상 동일한 의미를 갖는다."고 말했다.

'조잡한 형태의 수치스런 반복'이라고 했지만 그 반복은 대중문화에만 적용되는 것이 아니다. 삶 자체가 그런 반복이기 때문에 대중문화도 그렇게 나타나는 것일 뿐이다. 대중문화와 영화에 대해 수치스럽다는 표현을 써가며 각박한 평가를 했지만, 반복성에 대한 견해는 옳다. 스타일이 다를 뿐이다.

창조성을 펼칠 여백이 별로 남지 않은 공간에서 활동해야 하는 것은 인문학 콘텐츠들도 마찬가지다. 인간의 감성과 지성을 만족시키는 문학·예술도 얼마 남지 않은 여백 안에서 만들어질 수밖에 없다. 리메이크는 필연적이다.

우리는 새로운 음악을 낯설어한다. 특정 음악을 기준으로 세대를 가르기도 한다. 젊은이들을 위한 영화가 있고, 나이든 세대를 위한 영화가 있다고 믿는다. 그러나 그런 음악과 영화는 존재하지 않는다. 우리가 가르고 있는 것은 시대적 스타일에 따른 껍데기일 뿐이다. 달라지는 것은 조금 다르게 입은 옷이다. 시대를 달리하며 7차례나 새로 태어난 '안나 까레니나'는 언제나 동일한 존재였다. 다만 역을 맡은 여배우가 다르고 다른 분위기를 자아냈을 뿐이다. 약간의 각색이 있었지만 사랑 때문에 고민하는 본질적인 부분은 달라지지 않았다.

● 출신이 다른 언어

시인이자 평론가인 권혁웅 교수는 새로운 언어 스타일을 갖고 있는 문학인들을 〈미래파〉로 불렀다. 일리가 있다. 시대에 따라 언어는 분명히 다른 스타일을 갖는다. 하지만 그 새로움을 완전히 새로운 세대의 언어로 보기는 어렵다. 시골 사람들과 서울 사람들의 언어 스타일이 다른 것과 동일한 현상이다. 농업이 주업이었던 시대의 언어와 기술문명이 주도하는 시대의 언어는 서로 다를 수밖에 없다. 먹는 것, 입는 것, 사용하는 것에 차이가 있다. 그 차이에 지리적 차이까지 곁들여졌을 때, 사투리(지역어)로, 더 나아가서 서로 다른 언어권으로 나뉜다.

새로운 언어라고 생각하는 것은 실은 언어적 유행이다. 특정 언어가 새로운 시대적 스타일 만들기에 동원된 것이다. 최근 출현한 '힐링(healing)'을 보자. 없던 단어가 생긴 것이 아니다. '니즈(needs)'는 어떤가? 고객은 언제나 욕구가 있었다. 그것을 생산자들이 새롭게 규정했을 뿐이다.

언어로 규정되는 스타일은 시대를 읽을 수는 있지만 바람직한 것만은 아니다. 어떤 것을 규정하게 되면 그 규정으로 인해 소외되고 왜곡되는 것들이 생겨난다. 인간의 감성적 치유는 언제나 존재했던 것이다. 치유는 사람마다 다 다르다. 문제의 양상도, 해결 방안도, 질적, 양적 차이도 다 다르다. 그런데 그 모든 것을 '힐링'이라고 말하는 순간 각각의 것들은 무시되어 버린다.

선종의 제6조 혜능(638~713, 남종선의 시조, 중국 당나라)은 글을 몰랐다는 이야기가 있다. 그럼에도 혜능은 불가의 깨달음을 많은 중생들에게 나눠주었다. 깨달음은 언어를 달리하는 것에 있지 않다.

● 돌고 도는 유행

자연은 멈추지 않는 반복을 보여준다. 봄이 되면 사람들은 들로 산으로 꽃을 보러 나선다. 지난봄에도, 지지난 봄에도 꽃을 보러 나섰다. 자연은 복제된 것처럼 같은 모습을 반복해서 보여주는데, 사람들은 왜 싫증을 내지 않는 것일까?

수명이 정해져 있다는 초조함이 같은 모습의 반복에도 매번 새로운 감동을 느끼게 한다. 생명의 유한성 때문에 사람들이 선호하고 만들어가는 스타일도 유한성 안에 담긴다.

2015년, 한 여배우의 의상디자인 표절 논란이 있었다. 표절 문제를 따지려는 것은 아니다. 그 논란에서 포착하려는 것은 표절 여부의 진위가 아니라 사람들이 선호하고 선택하는 디자인이 한정되어 있다는 사실이다. 사람들이 상상하는 옷의 스타일과 디자인에 대한 기호가 무한히 넓고, 그것을 충족시키는 무한한 디자인이 탄생했다면 표절시비는 애초에 발생할 수 없었다. 표절시비가 발생했다는 것은 누군가의 디자인을 손쉽게 사용하고자 하는 심리도 있을 수 있지만, 의외로 사람들이 선호하는 디자인이 일정한 범주 안에서 벗어나지 못한다는 것을 말해준다.

표절 논란을 다른 시각으로 살펴보자. 우리는 유명 작가의 창의성에 찬사를 보낸다. 그리고 공감한다. 공감은 같은 감정을 느끼는 것이다. 비록 똑같지는 않더라도 자신이 직접 겪은 경험이 있어야만 만들어지는 감정이다. 그렇다면 공감 자체가 반복성을 포함하고 있다는 얘기가 된다. 독자들이 공감하고 좋아하는 소설은 누군가에 의해 실연(實演)된 사실극을 글로 옮긴 것이라는 의미일 수 있다. 가장 대중적인 공감은 가장 많은 표절의 위험성을 처음부터 안고 있는지도 모른다.

● 유행과 동조화

예비군 훈련장에서 유행하는 우스갯소리가 있다. 사회에서는 서로 다른 삶을 살았던 사람들이 군복만 입으면 똑같아진다는 것이다. 확장해 보면 복식의 유행은 예비군 훈련장의 군복과 같은 심리적 얼굴을 하고 있다.

유행을 따르는 것에는 두 가지 마음이 존재한다. 하나는 자신의 스타일을 낡은 것에 머물게 하고 싶지 않은 마음이고, 또 하나는 주류에서 벗어나지 않으려는 마음이다. 게오르그 지멜[24]은 "유행이란 사회적 동질성을 추구하는 성향과 개인의 분리를 추구하는 성향 사이의 타협을 확실히 하고자 하는 삶의 특정한 형태"[46]라고 정의했다. 우리가 접하고 있는 유행이 어떤 성격을 갖고 있는가를 상징적으로 말해준다.

자연계에는 태어날 때부터 멜라닌 색소 부족으로 인해 다른 개체들과는 달리 흰색으로 태어나는 동물들이 가끔 있다. 행운을 가져다주는 동물이라고 해서 신성시하지만, 동물들의 대접은 다르다. 백색증을 갖고 태어난 개체들의 삶은 평탄치 않다. 다른 개체들로부터 따돌림을 당한다. 동물들은 다른 것에 대한 두려움과 혐오를 갖고 있다. 따돌림이나 배척은 그런 감정이 겉으로 드러난 것이다.

인간도 마찬가지다. 아프리카에서 알비노로 태어난 이들은 그 때문에 죽임을 당하기도 한다. 모습과 행동이 다를 경우 어떤 대접을 받는가를 잘 알고 있기 때문에 인간은 본능적으로 남들과 다르게 보이는 것을 두려워한다. 유행이 '사회적 동질성을 추구하는 성향'이라는 점을 설명해주는 사례들이다.

유행이 '개인의 분리를 추구하는 성향'과 '사회적 동질성을 추구하는 성향'과의 타협이라는 내용이 역설적으로 다가오기도 한다. 유행의 흐름에 합류하면 남들과 같아져서 마음이 편안해진다. 무리의 일원으로서,

어쩔 줄 표정했다

24 Georg Simmel(1858~1918) 독일 태생의 철학자이자 사회학자

구성원의 일원으로서 안전하게 살아갈 수 있다. 그런데 문제는 인간은 자의식이 강한 존재라는 점이다. 무리 속에 있으면서도 동시에 남들과는 다른 자신만의 정체성을 갖기 위해 몸부림치는 것이 그 때문이다.

무리의 유행에 따르면 안전하지만, 자신의 정체성을 찾기는 어려워진다. 사회생활을 하면서 '사회적 제복'인 양복을 입어야 하는 남성들을 보면 양복을 입고는 있지만, 똑같은 스타일의 양복을 입지 않기 위해 노력한다. 옷뿐만이 아니다. 음식, 취미, 취향을 드러내는 것도 마찬가지다.

동질성을 추구하는 유행을 따르면서도 남들과 다른 것을 찾는 성향이 특정 취미를 공유하는 마니아 그룹을 만들게 된다. 일본어 오타쿠에서 나온 '덕후'의 경우도 사회적 동질성과 개인의 분리를 말해주는 사례로 볼 수 있다. 동일한 취미를 가진 유행 그룹에 속했는데, 그 가운데서도 뭔가 자신의 정체성을 더 드러내고 싶기 때문에 유행을 따르는 사람들 가운데서 돋보이는 마니아가 되고 싶어 한다.

● 유행과 창조의 주체

삶에서 가장 인상적인 의미를 나타내는 단어를 찾으라면 아마도 '새로움'이 될 것이다. 다른 말로 표현하면 '창조'다. 우리는 중요한 것들도 그것이 새로운 것이 아니라는 점 때문에 기피한다. 특히 문학이나 예술 분야에서는 절대적인 기준으로 작용한다. 문제는 우리의 삶이 이전 세대의 삶과 완전히 다른 것이 아니기 때문에 '새로움'이 야누스 같은 양면성을 가진 의미로 다가오게 된다.

지그문트 바우만도 지적했듯이, 유행은 이전의 것들을 폐지하려는 방향으로 움직이게 된다. 이전의 것들이 그대로 유지된다면, 유행이 설 자리를 찾기는 쉽지 않다. 문제는 유행이 좋은 것과 나쁜 것을 가리지 않고 이전의 것들은 무조건 없애려는 속성을 지니고 있다는 점이다.

현시대의 유행은 더 다양하고 빠르게 변화하기 때문에 무엇이 좋고 나쁜지를 판단할 여유조차 주지 않는다. 고대 문명에서는 새로운 것을 만나기 어려웠다. 현대문명은 문명 간 교류가 활발하고 교류 속도도 빠르다. 덕분에 유행의 주기가 짧아지고, 형태들도 다양해졌다.

인간은 싫증을 잘 내는 존재다. 특정 음식을 자주 먹으면 '물린다'는 표현을 쓰곤 하는데, 음식만이 아니다. 거의 모든 것에 대해 싫증을 낸다. 새로움은 그 싫증을 달래주기 위해 탄생한다. 현대사회에서는 싫증난 것의 대체물을 개인들이 스스로 찾기보다는 상업적 목적을 가진 기업들이 찾아준다. 유행에는 상업적 주체들의 참여가 필연적이다. 하지만 지금은 그 정도가 너무 과도하다.

유행은 소비의 또 다른 이름이다. 물리적으로 남에게 보여주어야 하는 유행의 스타일은 새로운 물건들을 구매하는 것으로 나타나게 되어 있다. 그 때문에 유행은 불필요한 수요를 창출한다. 옷장을 열어보면 입지 않는 멀쩡한 옷들이 가득할 것이다.

유행은 특정한 문장들이 사람들의 머릿속에 흘러들어 왔다가 지갑을 여는 물리적 반응을 일으키지 않고 그냥 흘러나가는 것이 아니다. 유행을 가장 좋아하는 것은 바로 기업들이다. 사람들이 싫증을 내지 않는다면 지금 우리 앞에 있는 많은 기업들이 사라지거나 왜소해질 것이다.

유행에 대한 지나친 집착은 소비사회로서의 성격을 두드러지게 만든다. 소비사회에서의 개인은 새로운 문화 창조자가 아니라, 새로운 물건을 구매하는 소비자로서 활용될 뿐이다. 유행에 집착하지 않는 삶을 살아야 자신의 삶을 만들 수가 있다.

● 유행은 자연적 과정이다

인간의 시간 안에는 많은 가능성들이 존재하지만 사회적 시간의 영향을 받는다. 우리는 어린이집-유치원-초등학교-중학교-고등학교-대학교-군대(남자의 경우)-회사로 이어지는 과정을 거쳐 결혼을 하고 아이를 낳고, 그 아이를 다시 열거한 과정대로 성장시켜야 한다. 과정은 대략 30년 주기로 반복되고, 인간을 유사한 취향과 기호를 가진 그룹으로 묶는 작용을 한다.

반복되는 과정들은 문화적 영역 안에서 이루어진다. 문화를 생각하면 창조나 창의라는 단어가 먼저 떠오르지만, 실제의 삶은 창조나 창의보다 훨씬 제한적인 영역 안에서 이루어진다.

의상의 경우에도 폭넓은 창조가 가능하지만 디자인의 활용 주체는 인간의 몸이다. 몸이라는 실체가 있기 때문에 색과 모양을 아무리 달리해도 근본적인 한계를 가질 수밖에 없다.

문화의 속성 중 하나는 사물을 소유하거나 소비하는 것이다. 당연히 유행도 사물을 소유하거나 소비하는 형태로 나타난다. 유행은 일정한 색과 형태, 스타일에 대해 많은 사람들이 감성적으로 추종할 때 만들어진다.

예술 사조들도 마찬가지다. 고전주의가 있었고, 그에 식상해지자 낭만주의가 나타났다. 일정한 시간이 흐른 뒤 신고전주의라는 이름으로 다시 고전주의가 나타났다. 신(新)이 붙은 것은 시간의 변화에 따라 삶의 스타일이 약간 달라진 것에 기인한 것이다. 본질적으로 다른 것은 아니다. 고전주의와 신고전주의는 유사한 유행에 붙여진 다른 이름일 뿐이다.

이름을 바꾸며 나타나는 이런 순환은 모든 인간에게 영향을 미친다. 인간은 끊임없이 순환하는 크고 작은 '유행'을 직조(織造)한 문화의 옷을 입고 살아간다. 순환하는 것은 눈에 보이는 물질의 유행뿐만이 아니다. 생각과 지식도 순환한다. 하지만 순환의 다트판에 선택의 다트를 던지는 것은 무작위로 이루어지지 않는다. 자격을 갖추어야 한다. 무수한 세대가 이어지며 집단지성이 확보되었지만 인간은 반드시 일정한 과정을 거쳐야만 다양한 수준의 집단지성을 이해할 수 있다. 그 과정이 유한한 경우의 수를 만들어내고, 경우의 수 중 하나를 선택한다. 이전 세대도, 현 세대도 그렇게 선택했다. 다음 세대도 그렇게 선택할 것이다.

자기복제라고 할 수 있는 유행의 반복은 어떤 인문학적 의미를 갖는 것일까? 자연은 자기복제의 반복 없이는 존재할 수 없다. 인간도 자손을 갖는 과정을 통해 인류를 이어간다. 인간은 자연적 존재다. 집단지성이 이룩한 지식을 단번에 알 수 있다고 가정하는 것은 보리가 심겨지고 싹이 트자마자 꽃을 피우는 과정도 없이 열매를 맺는다고 가정하는 것과 다르지 않다. 과정들은 거의 유사하다. 과정을 둘러싸고 있는 자연환경과 문화환경도 거의 언제나 유사하다. 달라지는 것은 아주 조금일 뿐이다. 그 유사성이 순환에 영향을 미친다.

유행도 자연의 과정이다. 그래서 돌고 돈다. 그것은 인간의 문화가 돌고 도는 것을, 인간이 돌고 도는 것을 의미한다. 돌고 돌기 때문에 인간은 존재하고 이어진다. 그런 가운데서도 인간은 창조적인 모습이 되려고 애쓴다. 자신의 모습을 좀 더 예술적으로 가꾸고 싶어 한다. 그것이 바로 자신들만의 시대성과 독창성을 만들어낸다.

● 유행의 강렬함

유행은 어떤 감성적 특징에 의해서 유지되는 것일까? 유행은 강렬함을 추구하는 감성에서 탄생한다. 그러나 유행의 강렬함은 감성의 스타일을 단일화시키고 부유(浮游)하게 만든다. 르네 위그는 '강렬함'과 감각의 관계에 대해 이렇게 말한다.

> 감각은 속도의 필연적인 귀결인 강렬함을 통해서만 활개를 편다. 감각은 요구되는 반응을 유발하기 위해서는 거역하지 못할 만해야 하고, 충격을 이끌어 와야 한다! 강한 인상을 주어야 하는 것이다! 그리하여 지각의 강렬함은 현대세계의 욕구가 된 것이다. 그 강렬함은 문명이 진행을 가속하는 곳에서 더 높이 평가된다. 뿌리 깊은 관습이 붙잡고 있지 않은 미국에서는 그 강렬함을 훨씬 더 거침없이 기른다.[47]

강렬함으로 단일화된 감각은 언어 속으로 침투했다. '헐', '대박'은 무수히 다르게 표현될 수 있는 감정을 강렬한 하나의 반응으로 만들었다. 강렬한 반응은 어쩌면 다양할 수도 있을 표현의 가능성을 상실하게 만드는 것일지도 모른다.

강렬함은 필요한 감각이다. 우리의 스타일을 만드는 선택지를 강렬함이 포착하게 한다. 그러나 동시에 강렬함은 우리가 어떤 반복 속에 있는지를 잊게 만든다. 우리는 반복 속에 존재한다. 그 반복 속에서 나만의 스타일을 만드는 것은 강렬함 이상의 인식이 필요하다.

유행이란 문화적 현상의 배경 요소 중 하나인 '강렬함'을 '지향'으로 바꾸어 해석할 수 있다. 욕망은 반드시 무엇인가를 지향한다. '지향'은 대중문화 속에서 특정의 물질적 실체와 행동상의 특정한 패턴과 현상을 만들어낸다. 그것은 하나의 '집중'이지만, 무수한 것들 중에서 하나에 집중하는 것이므로 '쏠림'으로 이해할 수도 있다. '쏠림'은 협소함과 좁음이다. 유행에 지나치게 빠져드는 것은 자신의 존재를 시간적, 공간적 '좁음' 속에 가두는 것인지도 모른다.

● 이세돌과 알파고

인류가 축적한 집단지성은 인간과 동물을 구분 짓는 철옹성이 되었다. 집단지성 덕분에 1977년 9월 5일 발사된 보이저 1호는 태양계 밖으로 나갔다. 인간의 상상력이 우주 밖으로 진출했다. 그런데 여전히 유아적 행동들이 곳곳에서 발견되고, 범죄는 사라지지 않고 있다. 집단지성이 계속 축적되고 있음에도 불구하고 인간은 여전히 유치하고, 어제의 범죄가 오늘도 일어나는 불일치는 왜 존재하는 것일까?

바둑 고수 이세돌과 인공지능 알파고의 바둑 대결에서 알파고가 승리했다. 승자가 누구인가는 중요하지 않다. 알파고의 능력도 이세돌의 능력도 집단지성의 힘이다. 집단지성에 개인지성을 버무린 이세돌의 능력보다 AI에 집적된 집단지성이 효율적이었다는 것을 확인했을 뿐이다. 기계적 집적에 비해 인간적 집적이 단점을 갖고 있기 때문에 집단지성이 개인에게서 100% 발현되지 않는다는 점도 확인했다.

유발 하라리는 『사피엔스』와 『호모 데우스』에서 뛰어난 지식조합 능력을 보여주었다. 하지만 유발 하라리급 인간은 흔치 않다. 유발 하라리는 탁월한 지식에도 불구하고 찰스 다윈을 다루는 부분에 있어서는 자연과학사를 전공한 학자들이 연구한 것과는 다른 내용을 말했다. 어느 한쪽은 오류이다. 집단지성이 제대로 활용되지 않는 오류의 사례는 '지식 행성'에서 흔히 발견된다.

영국 철학자 토머스 홉스(1588~1679)는 1651년 출간한 『리바이어던 Leviathan』에서 동물들에 대해 형편없는 평가를 내린다. 내용을 요약하면 다음과 같다.

첫째, 인간은 명예와 지위를 위해 경쟁하기 때문에 시기와 증오가 발생하고 전쟁이 일어나지만 동물들은 그렇지 않다고 했다. 둘째, 동물들은 공동 이익과 사적 이익을 구분하지 못한다. 셋째, 동물들은 이성을 사용하지 못하기 때문에 과오를 찾지도, 과오가 있다고 생각하지도 못한다. 넷째, 동물도 욕망이나 감정을 알리기 위해 음성을 사용하지만 언어를 사용할 줄 모른다. 다섯째, 동물들은 이성이 없어서 '권리 침해'와 '손해'의 개념이 없으며 동료들에게 반감을 갖지 않는다. 끝으로 동물들의 화합은 자연적인 것이다.

현재는 동의하기 어려운 부분이 많다. 그런데 홉스 시대 이전의 지식 중에 오류를 보완하는 데 활용할 만한 것이 분명히 존재했다. 몽테뉴(1533~1592)의 『수상록』에 동물의 능력에 대한 진일보한 지식들이 포함되어 있는 것을 소개했는데, 등장인물들이 홉스보다 훨씬 앞선 시대를 산 아리스토텔레스(기원전 384~기원전 322), 루크레티우스(기원전 96~기원전 55), 단테(1265~1321) 등이었다. 네 사람의 지식이 토머스 홉스에게서 긍정적으로 수렴되었다면 홉스는 동물들에 대해 다른 시각을 보였을 것이다. 그러나 집단지성이 언제나 최신 내용으로, 전 세계인 모두에게 확산되지는 않는다는 점을 간파한 글이 있다.

과학적 지식들은 작은 힘이다. 과학적 지식은 눈에 띄지 않는 것이라서 누구나 다 인정하는 것이다. 소수의 사람들을 제외하면 아무도 인정하지 않는다. 그 소수의 사람들도 오직 몇몇 특정한 일에 관하여만 인정한다. 과학적 지식은 상당한 수준으로 습득한 자 외에는 그 내용을 알 수 없는 성질을 가지고 있기 때문이다.[48]

집단지성도 인간의 한계 안에 갇혀 있음을 설명해주는 글인데, 흥미롭게도 토머스 홉스의 글이다. 또 다른 사례도 있다. 키케로(Cicero, 기원전 106~기원전 43)가 '역사의 아버지'로 칭한 그리스 역사가 헤로도토스는 『역사』에서 외눈박이 아리마스포이족과 염소 발을 가진 부족에 대해 언급하며 자신은 이를 사실로 믿지 않는다고 적고 있다.

헤로도토스 시대에서 1400년쯤 흐른 뒤에 '존 맨더빌'이란 정체불명의 인물에 의해 『맨더빌 여행기』란 책이 탄생한다. 이집트, 에티오피아, 리비아를 비롯한 아프리카 지역과, 서남아시아 지역, 인도, 중국 등 아시아 대부분의 지역을 직접 여행하고 기록했다는 이 책은 중세 유럽 10개국의 언어로 번역되어 공전의 히트를 쳤다고 한다. 『맨더빌 여행기』에도 외눈족, 외발족, 반인반마, 식인 거인족 등 기이한 종족들이 대거 등장한다. 그런데 존 맨더빌은 자신이 이 종족들을 직접 보았다고 언급한다.

그럴만한 이유는 있다. 『맨더빌 여행기』는 중국을 비롯한 여러 나라를 직접 다녀온 외교사절들과 마르코 폴로(1254~1324) 등 여러 인물들이 남긴 기록들을 이용하여 만들어낸 창작물로 추정하고 있다. 헤로도토스의 『역사』도 참고했을 것으로 보이고, 기이한 존재들이 대거 등장하는 중국의 『산해경』도 참고했을지 모른다.

존 맨더빌은 대중의 관심을 불러일으키기 위해 사실의 정확성보다는 흥밋거리 제공에 무게를 두고 집필했을 것이다. 집단지성이 쌓은 지식을 의도적으로 왜곡한 것이다. 지금도 그러한 일은 흔하다. 안타까운 것은 대중이 속는 것도 여전하다는 것이다.

'지식 행성'에 사는 인물들이 이럴 정도인데, 평범한 인간이 더 많은 오류를 갖고 있는 것은 당연한 일이다. 살아가는 데 활용하는 상당수의 지식이 오류일지도 모른다. 인간은 구멍이 숭숭 뚫린 채 작은 거짓말에도 온몸이 나부끼는 종이인형인 것이다. 그런 존재에게 오류를 교정하는 데 관심을 기울일 것을 주문하지 않고 계속해서 마음을 비울 것을 주문하는 인문학은 샤먼의 효력 없는 주술 처방일 수도 있다. 계속해서 마음을 비우고 있는데도, 여전히 변하지 않는 모순들을 안고 신음하고 있기 때문이다.

● 집단지성은 개인지성과 관계가 멀다

우리는 개인지성을 동시대의 집단지성과 동일시하는 경향이 있다. 고대인들이 현대인들보다 지적, 문화적으로 낮은 수준일 것으로 생각한다. 그 때문에 앙코르와트, 피라미드 같은 유적들을 보면서 놀라워한다. 현시대 인류에게 미치지 못했으리라 판단했던 고대인들이 현재의 능력으로도 쉽게 도달하기 어려운 일을 해냈기 때문이다. 하지만 그런 생각은 오류다. 개인지성은 집단지성의 수준만큼 높아지지 않는다.

집단지성이 누적적으로 개인에게 영향을 미친다면 엉뚱한 상상이 가능해진다. 이제 막 태어난 갓난아기가 "배고파, 젖 줘!"라고 말을 하고, 제대로 기지도 못하면서 "엄마, 요즘 세계 경제 추세가 어때? 부동산에 투자하는 것이 나을까, 주식이 나을까?"라고 묻는 놀라운 장면이 연출될 수도 있다.

유모차에 실려 마트에서 만난 아이들이 사탕 하나씩을 물고 게임 산업의 전망에 대해 이야기를 나누거나 트럼프와 김정은 중에 어느 쪽이 먼저 양보해야 하는지에 대해 토론한다면 어떻겠는가? 유치원에서 만난 아이들이 '방귀대장 뿡뿡이'를 보지 않고 시사프로그램을 보면서 심각한 얼굴로 지구 환경에 대해 토론한다면 있을 수 없는 일이라며 손사래를 칠 것이다.

그렇다면 앙코르와트나 피라미드는 놀랄 일이 아니다. 피라미드와 앙코르와트가 건설된 지역에 대규모의 도시가 형성되어 있었다는 사실이 밝혀졌다. 노예 동원도 과장되어 있다. 노예도 일부 동원되었지만, 당대 최고의 기술자들과 노동자들이 급여를 받고 창조적 대업을 주도했다는 증거들이 속속 발견되고 있다. 피라미드와 앙코르와트는 외계인이 건설한 것이 아니라 그 시대 집단지성의 산물이었다.

● **나아지지 않은 준거기준들**

거대 건축문화가 아니라 사회적 시스템은 어떨까? 하나라의 폭군 걸을 추방하고 중국 상나라(기원전 1600년~기원전 1046년 존속)를 창건한 탕왕은 즉위 후, 나라에 7년간 가뭄이 들면서 정치적 위기를 맞았다. 지금은 자연현상으로 받아들이지만, 예전에는 왕의 부덕(不德)이 원인이라고 믿었다. 탕왕은 6개 항목의 반성문을 작성한다. 3600년 전의 반성문은 다음과 같았다.

첫째, 정치가 절제되지 않고 문란하지 않은가?
둘째, 백성들이 생업을 잃고 경제가 어렵지 않은가?
셋째, 궁전이 화려하고 사치스럽지 않은가?
넷째, 여자의 청탁이 성하고 정치가 불공정하게 운영되지 않는가?

다섯째, 뇌물이 성행하지 않는가?

여섯째, 참소로 어진 사람이 배척당하고 있지 않은가?

현재의 사회적 고민과 전혀 다르지 않다. 현재 삶의 양상이 수천 년 전의 양상에서 본질적으로 크게 나아지지 않은 상태에 머물고 있는 이유는 개인지성이 집단지성을 온전히 활용하지 못한다는 근본적인 한계를 갖고 있기 때문이다.

개인지성은 선택적이다. 지성을 완성할 재료들은 무제한 제공되지만, 재료들을 선택하고, 섞고 조립해서 지성의 건물을 쌓는 것은 개인의 의지에 달렸다. 그런데 개인지성의 주체는 이기적이고 생물학적인 존재다. 집단지성이 만들어 놓은 준거기준들은 개인의 이익을 위해 재해석되거나 외면 받는다. 세계는 언제나 그런 이기적인 불량품들로 구성되어 있다.

집단지성과 개인지성은 도서관과 그 안을 배회하는 인간의 모습과 같다. 도서관에는 집단지성의 결과물들이 쌓여 있지만, 개인지성은 서가를 배회하다 디자인이 마음에 드는 책을 선택적으로 뽑아서 읽을 뿐이다. 읽은 것을 모두 실현하거나 책 속의 율법을 모두 지키지도 않는다.

집단지성이 갖고 있는 문제점도 작용한다. 집단지성은 그 자체로 절대선(善)이거나, 가치중립적이지 않다. 집단지성도 개인지성 만큼이나 많은 불합리를 안고 있다. 특정의 이익집단에 의해 집단지성이 만들어지기도 하고 잘못 활용되기도 한다. 히틀러가 맹신한 우생학도 집단지성의 산물이었고, 인류를 양분시킨 정치, 사회적 이념도 집단지성의 산물이었다. 인류를 멸절시킬 수 있는 핵폭탄도 집단지성에 의해 탄생했다. 선악을 따져 좋은 것만 집단지성이라고 할 수는 없다.

● 필리도르와 안티-필리도르

1968년 노벨문학상 후보에 올랐지만 다음해에 사망하고만 폴란드 소설가 비톨트 곰브로비치는 『페르디두르케』에서 총합론자인 필리도르 박사와 분해론자(분석가)인 안티-필리도르 교수 간의 재미있는 대결을 보여준다. 한 사람은 세상 모든 사물과 사건을 총합하여 말하고, 한 사람은 모든 것을 낱낱이 분해하여 말한다. 그들은 모든 것을 걸고 충돌하지만, 충돌을 일으킨 대상은 같은 것이었다. 둘은 모두 틀렸다. 마치 집단지성과 개인지성이 다투는 모습을 연출한 것 같다.

소설 속 두 인물의 오류는 모든 인간에게서 나타난다. 지식은 '총합지(總合知)'를 지향한다. 총합지는 모든 지식이 한데 모여 오류들을 제거하고 보다 완전무결한 상태를 이루려는 지식이다. 총합지를 가진 인간은 존재하지 않는다. 석학이라 불리는 이들도 다른 이들보다 총합지에 겨우 몇 발짝 더 가까울 뿐이다.

총합지는 한 사람이 갖추기에는 너무 많은 시간과 노력이 들어간다. 과학적 사고와 인문학적 사고, 이상적 인식과 현실적 인식을 함께 갖추어야 한다. 그러나 그 둘은 논리적으로 충돌하는 경우가 자주 있어서 한 인간이 충돌을 모두 조율하여 '총합'을 구현하는 것은 불가능하다. 인간은 부분지(部分知)에 기대 살아간다. 어느 한 분야에 대해 전문성을 기르고 그걸 생계 수단으로 살아간다. 한 분야에서 천재적 능력을 발휘한다고 해서 모든 부분에서 우수한 것은 아니다.

총합지의 안을 살펴보면 부분지가 합을 이루고 있다. 부분지가 완결하다면 총합지도 완결성이 높겠지만, 부분지가 완결하지 않다면 총합지도 결함을 갖는다. 집단지성과 개인지성의 관계가 바로 그렇다.

● 책, 도서관, 권력

집단지성의 축적에 큰 역할을 한 것이 도서관이다. 도서관이 없었다면 집단지성은 쌓이기 어려웠다. 지식은 사람의 입을 통해서도 전파되지만 문자화된 책으로 주로 전파된다. 어떤 문화도 축적의 공간을 갖지 않고는 탄생하기 어렵다.

도서관은 생각이 모인 집이자 텃밭이다. 단순히 책이 쌓여있는 공간이라면 영원히 뿌려지지 않을 씨앗을 저장한 창고와 다름없다. 모여 있는 책들이 목소리를 내고 얼굴을 가져야만 '책 창고'가 아닌 도서관이라 부를 수 있다. 도서관이 죽은 창고와 다른 것은 책이 사람과 만나 발아하기 때문이다. 하지만 책은 낱알처럼 생명을 품은 오롯한 존재로 순수하게 탄생하지 않는다. 인간의 온갖 생각이 담기기 때문이다.

최초의 문자들은 권력과 밀접하게 맞닿아 있었다. 수메르 시대 유산 중에 <수메르 서기 두두의 좌상>이라는 조각 작품이 있다. 문자를 기록하는 서기의 좌상이 별도로 만들어졌다는 것은 문자를 해독할 수 있는 능력이 권력의 핵심과 맞닿아 있었음을 말해준다. 책이 권력인 시대였다.

도서관은 오랜 역사를 갖는다. 인간의 지적욕망이 집단지성을 한곳에서 보고자 했을 때 도서관이 탄생했다. 인류 역사를 살펴보면 강대국들은 대단한 규모의 도서관을 갖고 있었다. 도서관은 권력자의 욕망에 의해 만들어졌고, 이용자와 관리자도 권력층 사람들이었다.

기원전 669년에 세워져 인류 최초의 도서관으로 알려진 아슈르바니팔 도서관은 약 3만개의 점토판을 갖추고 있었고, 이후 3세기 반 동안 세계 최대 규모를 자랑하며 메소포타미아 지역의 패권국이 된 아시리아 제국의 번성을 뒷받침했다.

전설처럼 불리는 또 다른 도서관이 있다. 알렉산드리아 도서관이다. 헬레니즘문화의 탄생에 큰 영향을 미치기도 한 알렉산드리아 도서관은 기원전 280년경에 프톨레미 1세(기원전 367년 추정~기원전 283년)[25]에 의해 세워졌다. 두루마리로 만들어진 장서는 클레오파트라 치세기에 70만권에 이르렀다고 전해진다. 아프리카의 또 다른 지역에서도 도서관의 역사가 발견된다. 말리제국(1235~1645) 제9대 왕 무사 케이타 1세는 당시 아프리카 이슬람문화의 중심지였던 팀북투의 상코레대학에 재정을 지원하여 많은 책을 소장한 도서관을 짓게 했다.

이처럼 권력에 의해 탄생한 도서관들은 또 다른 권력에 의해 비극적인 최후를 맞기도 했다. 4세기 말 로마 황제 데오도시우스 1세(346~395, 재위 379~395)가 기독교에 반하는 이교의 서적들이라는 이유로 불사르도록 지시하며 전설로만 남게 되었다. 문명적 손실로만 본다면 '분서갱유'를 압도하는 '서적살해' 사건이었다.

책의 역사에서 가장 비극적인 사건으로 시황제 시절의 '분서갱유'를 든다. 하지만 우리가 아는 것과 역사적 사실은 다르다. 승상 이사와 시황제는 책을 불태우면서 세상에 실리가 되는 실용서들은 태우지 않았다. 정치적 이해가 달랐던 이론가들의 책이 주 대상이었다. 서양식으로 표현하자면 입만 열심히 놀리는 소피스트들의 책과 소피스트들을 제거한 것이다.

분서(焚書)는 그때만의 이야기가 아니다. 세계 여러 나라의 역사에 분서의 흑역사가 가득하다. 히틀러의 나치도 책을 불태웠고, 많은 독재정권들이 책을 불태웠다. 한국에도 많은 사례가 있다. 가깝게는 박정희-전두환-노태우로 이어지는 군부독재시기에 권력의 마음에 들지 않는 책들이 금서로 정해지고 불태워졌다.

---

25 마케도니아 귀족가문 출신 장군으로 알렉산더대왕의 페르시아 원정에 참여했다. 이집트를 통치하다가 알렉산더 사후 프톨레마이오스 왕조를 열었다. 클레오파트라는 왕조의 마지막 왕이었다.

● 도서관의 성장

　도서관은 권력과 밀접한 관계였고, 국가 주도의 도서관 시대가 오랫동안 이어졌다. 지금도 도서관의 설립은 국가의 힘을 빌려야 한다. 하지만 성격은 달라졌다. 지금은 대중 도서관 시대다. 권력이 대중에게로 내려왔음을 의미한다. 도서관은 엄청나게 성장했지만 그 성장의 대부분이 수백 년 안에 이루어졌다. 세계적으로 유명한 도서관에는 대학도서관들이 많다. 장서수와 운영 예산으로 치면 하버드대학을 1순위로 꼽는다. 초창기의 하버드 도서관은 지금과 많이 달랐다. 1764년 하버드대학의 총 장서는 5,000여 권이었다. 게다가 그 책들은 특정 신앙, 사상과 관련이 깊은 것들이었다.

　다른 도서관들도 마찬가지였다. 1753년 대영박물관의 장서는 51,000권 가량이었고, 1833년 영국 국립도서관의 장서는 25만여 권이었다. 지금은 구립도서관만 해도 수만 권의 책이 있고, 시립도서관 정도가 되면 수십만 권의 장서가 있다. 오늘날 명성을 날리고 있는 세계적인 규모의 도서관들이 1백만 권의 장서를 넘긴 것은 불과 1세기도 되지 않는다.

　장서량만 달라진 것이 아니다. 예전의 도서관은 아무나 접근할 수 있는 곳이 아니었다. 지식이 무기였던 때에는 집권세력에게만 허락된 공간이었다. 이제 도서관은 누구나 이용할 수 있는 공간이 되었다. 도서관은 장서량뿐만 아니라 열린 공간으로서의 전환 등 여러 면에서 성장해 왔다.

● 도서관과 개인지성

　도서관의 엄청난 성장에도 불구하고 인문학의 경전(經典)으로 인정되는 책들은 일부에 그친다. 그 일부의 경전들은 매 시대에 반복적으로 학습된다. 만고불변의 진리를 담고 있기 때문이 아니라면, 매 시대의 학습에도 불구하고 학습효과를 거두지 못하기 때문일 것이다. 어쩌면 두 가지 모두가 이유가 될 수 있다.

도서관의 성장은 집단지성의 성장을 의미하지만 개인지성의 성장을 의미하지는 않는다. 도서관의 성장에도 불구하고 각종 통계치를 살펴보면 1인당 독서량의 증가는 눈에 띄지 않는다. 책이 아닌 다른 채널을 통해서 지식을 습득한다지만, 그 지식이란 것도 책에 실린 것을 편집했을 가능성이 높다. 오히려 파편화된 지식을 수집하는 것이 될 수 있다.

도서관의 장서가 늘어나도 개인지성의 원천이 되는 독서가 비례해서 늘어나기는 어렵다. 한 사람이 매년 100권의 책을 읽는다고 쳐도, 제대로 된 이해력으로 독서를 할 수 있는 기간은 길게 잡아도 50년 남짓이다. 5천권을 넘기기 어렵다. 5천권 모두를 각 분야의 정수(精髓)로만 읽을 수도 없다. 지식은 단계를 밟아야 한다. 그런 상황까지를 고려하면 수십, 수백만 권의 장서 중 한 사람이 공들여 읽을 수 있는 책은 일생을 통틀어 1천권을 넘기기 어렵다.

도서관의 책들은 무수한 얼굴을 가졌다. 누군가는 "책이면 무엇이든 읽어라."고 말하지만 그 말은 "음식이면 독이 든 것이든, 약이 든 것이든 아무 것이나 먹어라."고 하는 것과 다르지 않은 처방이다. 정크 푸드(Junk food)가 있듯이, 정크 북(Junk book)도 있다. 도서관에 쌓인 집단지성을 개인지성을 높여주는 도구로 활용하기 위해서는 책을 구분할 줄 아는 안목이 필요하다. 안목은 쉽게 생기지 않는다. 그것이 인간의 약점이다. 개인지성이 상당한 약점을 갖고 있다는 사실을 인정하는 인식이 필요하고, 집단지성도 약과 독약이 섞여 있다는 것을 인정하고 구별하려는 의지가 필요하다.

3장
지식의 두 얼굴

● 학습지와 경험지

지식은 두 가지 얼굴을 하고 있다. 하나는 매개체를 활용해 쌓는 '학습지(學習知)'이고, 다른 하나는 직접적 경험을 통해 쌓는 '경험지(經驗知)'다. 두 지식의 경계지점을 두부 자르듯 쉽게 자르기는 어렵지만, 분명 다른 특성을 갖고 있다.

학습지는 간접적이고, 주로 공동체가 지식을 전해주는 주체가 된다. 공동체 구성원이 지식을 쌓는 과정에는 사회적 합의와 의지가 반영된다. 어린이집-유치원-초-중-고-대학에 이르는 20년 가까운 시간을 학습지를 쌓는데 보내는 것도 사회가 그만큼 복잡하고, 지속성을 위한 사회적 의지가 반영되기 때문이다.

문화집단 간에도 학습이 이루어진다. 각 문화집단은 교류를 통해 자신들이 축적한 집단지성의 결과물을 타 집단과 주고받고, 그 결과 지성의 탑은 더욱 높아진다. 지금도 탑은 다듬어지고 높아지고 있다. 오류가 제거되고 새로운 발견들이 차곡차곡 쌓여 우주를 향해 높아져가고 있는 것으로 보아, 제2의 바벨탑이 될지도 모른다.

'경험지'는 직접적이다. 전쟁이나 '촛불혁명' 같은 특별한 사회적 사건의 경우에는 공동체에 속한 대부분의 구성원이 경험 주체가 되고, 작은 사건들의 경우는 소수의 개인이 경험 주체가 된다. 개인이 직접 경험해야 하다 보니 쌓을 수 있는 지식의 양과 폭, 깊이에 한계가 있다. 독립적인 존재로서의 인간이 가진 한계이기도 하다.

그 한계를 알고 있기 때문에 인간은 경험지의 부족을 메우려는 노력을 한다. 사업에 성공했거나, 에베레스트 산을 등반했거나, 오지 탐험을 다녀왔거나, 산티아고 길을 순례하고 돌아온 이들의 경험을 듣는 것이 그런 노력들이다. 그러나 듣는 것이 경험이 되지는 못한다. 남의 경험을 아무리 생생하게 들어도 그 지식은 학습지가 될 뿐이다.

● 인간은 어떤 지식으로 사나

20년 가까운 정규 학습과정을 떠올리면 인간은 학습지의 영향을 더 많이 받을 것 같다. 그런데 학습지의 영향을 더 많이 받는다고 치면 의문이 생긴다. 학습지를 통해 배운 원칙대로 산다면, 삶의 모습이 5천년 전이나, 2500년 전과 크게 다르지 않은 것을 어떻게 설명해야 할까?

학습지가 그대로 실현된다면 인간은 높은 수준의 지성체가 되어야 하고, 세상은 유토피아가 되어야 한다. 그러나 유토피아는 여전히 꿈속에 있다. 집단지성을 통해 높은 수준으로 지식이 완성되어도 그것을 사람들에게 교육시키기 위해서는 고도의 정교한 시스템이 만들어져야 한다. 그러나 그 시스템을 만들고 활용하는 주체는 바로 결함투성이의 동물인 인간이다.

우리는 천재들이 많은 것을 바꾸어 놓는다고 믿는다. 실제로 천재들이 인류문명을 바꿔 놓았다. 자동차, 비행기, 전기로 만들어진 물질문명은 천재들의 능력에 의한 것이다. 집단지성이 바꿔 놓은 물질문명 속에서 시간을 파격적으로 뛰어넘거나 시간의 존재를 무의미하게 만들 정도의 본질적인 변화가 인간에게도 일어났을까?

그런 일은 일어나지 않았다. 천재적인 아이는 지식을 남들보다 10년 이상 앞당겨 체득할 수 있지만, 정신적 성숙까지 10년을 앞당기지는 못한다. 천재들도 우리가 18세 때 넘지 못한 정신적 한계를 역시 18세 때 넘지 못할 가능성이 높다. 10만명 중 한 아이쯤은 해낼 수 있겠지만 그 정도 비율은 영향력을 갖지 못한다. 특수한 비율이 아니라 보편적인 비율이 되어야만 인간의 문명은 정신사적으로 진일보할 수 있다.

인간이 불완전해도 지식이 완전하면, 무결점의 사회로 빠르게 진화한다고 가정할 수 있을까? 그 가정은 모순이다. 인간이 불완전한 가운데 완전한 지식이 탄생할 수는 없다. 게다가 지식은 인간이 만든 제도와 시스템에 의해 유포되고 이용된다. 지식이 사용되는 과정에도 도처에 오류들이 도사리고 있다가 문제를 일으킨다. 지식 전문가들도 믿을 것이 못된다. 전문가들에 의해 만들어지는 오류도 허다하다. 여전히 상처가 아물지 않고 있는 '가습기 살균제' 사건이 그렇다. 세균이 무조건 나쁘다는 오류의 지식이 만들어 낸 비극적인 사건이다.

● 지식과 인간의 운명

지식도 생로병사의 운명을 가졌다. 새로운 지식은 이전의 지식이 완전하지 않다는 전제에서 출발하지만, 지식의 폐기는 지식의 오류만으로 생기지 않는다. 산업계의 요구와 편리함에 대한 인간의 욕망 때문에 폐기되기도 한다. 엘리베이터를 더욱 안전하게 만들어 주는 지식이 탄생해서 모든 엘리베이터에 적용된다면 기존 엘리베이터에 활용된 지식은 폐기될 것이다. 기술적 지식들은 틀려서가 아니라 더 유용한 지식이 탄생했기 때문에 대체된다.

인문학적 지식들은 새로운 지식으로의 대체가 유용해서만은 아니다. 단순히 대중의 시대적 취향이 달라졌기 때문인 경우도 많다. 때문에 인문학적 지식의 대체는 더 높은 수준으로 나아졌다는 것만을 의미하지는 않는다.

각 분야별 지식들은 생존과 폐기에 있어서 다른 모습을 보인다. 마치 생명체들이 다양한 방식으로 살아가고 서로 다른 수명을 갖고 있는 모습과 유사하다. 폐기는 순리대로 이루어지지 않는다. 과학적으로 오류로 확인된 지식이라도 어떤 것들은 외래종 식물이 점점 더 영역을 확대해가듯이 사라지기는커녕 더욱 확산된다.

"개구리를 찬 물에 넣고 물 온도를 서서히 높이면 개구리는 뜨거운 줄 모르고 죽게 된다."는 얘기가 있다. 많은 사람들이 자신의 주장을 강조하기 위해 그 사례를 인용한다. 오류의 사실이고, 누군가가 자신의 주장을 강조하기 위해 만들어낸 가짜 지식이지만, 대부분 의심하지 않고 사용한다. 한 책에서 본 것을 다른 책들이 인용하며, 오류가 진실인 것처럼 계속 퍼져가고 있다. 지식이 갖고 있는 이런 모순적인 성격과 지식의 유통이 갖고 있는 한계 때문에 사람들은 학습한 지식들을 완전히 신뢰하지 못한다.

학습에 경험을 더한 지식들도 상황이 달라지면 신뢰성이 떨어진다. 열대지역에서 집을 잘 짓는 목수가 추운 지역에서도 실력을 발휘할 것이라고 기대할 수는 없다. 열대지역에서 유용한 지식은 날씨가 추운 극지방에서는 가치가 없을 수 있다. 같은 위도의 지역이라도 도시와 농촌이 또 다르다. 도시에서 유용한 지식이 농촌에서도 똑같은 유용성을 갖기는 어렵다.

어제를 표절했다

● 학습지와 경험지 사이에서

지식의 세계는 빨라지고, 넓어지고, 깊어지고 세밀해졌다. 그 와중에 오류가 수정된 것들도 있지만, 새로운 오류가 만들어지기도 했다. 그리고 언제나 인간은 변화하는 지식의 속도를 따라잡지 못한다. 덕분에 우리는 끊임없이 학습해야 한다. 학습지는 완벽한 시스템에 의해 달라지지 않는다. 불완전한 지식의 속성과 자기애가 강한 인간의 특성이 학습지보다는 경험지에 더 의존하게 만든다. 하지만 경험지에 대한 치우친 믿음은 바람직한 것이 아니다.

학습만으로도 지혜를 얻을 수 있으면 좋겠지만 인간은 경험을 해야만 지식을 지혜로 바꿀 수 있는 한계를 지닌 존재다. 인문학의 가치는, 변화 속에서도 바뀌지 않고 이어지는 해와 달의 순환 같은 본질적 모습을 찾아내고, 그것을 간접적으로 학습하되 최대한 경험과 유사한 것으로 만들어주는 것에 있다. 그런 방향성을 갖춘 인문학이 제대로 된 스타일의 인문학이다.

4장
위기의 주인공

● 인문학적 사고의 역사

인문학 이론들은 문화적 존재로서의 인간이 갖고 있는 특징과 한계의 면면을 나름대로 해석한 뒤에 하나 또는 복수의 틀로 보여준다. 해석의 틀은 다양하다. 철학, 문학, 미술, 영화, 음악, 춤, 음식, 건축 등 다양한 장르를 통해서 보여준다. 그 모든 장르에 인간의 모습이 담겨있다.

어떤 장르의 결과물을 다루든 인문학은 인간의 생각을 담는 그릇인 문자와 언어로 표현된다. 미술, 건축, 요리, 춤 등의 요체(要諦)는 문자와 언어로 표현되지 않기 때문에 해당 분야 전문가들의 설명과 해석으로 이해의 깊이를 더하게 된다. 영화도 언어를 갖고 있지만, 설명하는 예술 양식이 아니다. 의도하는 메시지를 이미지에 함축하고 함축된 의미를 또 다른 이미지로 연결한다. 미술이나 춤처럼은 아니더라도 역시 해석이 필요하다.

문자와 언어로 곧바로 표현되지 않는 장르들과 인문학의 만남은 앞으로 더욱 확대될 것이다. 많은 궁금증이 풀렸지만 인간에 대한 관심이 여전할 것이기 때문이다. 이전 시대에도 인간에 대한 관심은 있었다. 그러나 관심의 영역 안에 있었던 사람들은 시대를 거슬러 올라갈수록 소수였다.

불과 수백 년 전만 해도 소수의 권력자들만이 '인간'으로서의 지위를 누렸다. 소크라테스와 플라톤의 철학은 귀족과 시민들로 이루어진 소수를 대상으로 한 세계였다. 요즘의 시각으로 보면 그들도 노예를 부리며 살았던 기득권 세력에 불과했다.

동양에서도 같은 모습이었다. 공자와 맹자를 비롯한 제자백가들이 백성을 하늘에 비유했지만, 그때의 백성은 현실에 존재하지 않는 추상적인 백성이었다. 실제의 백성들은 귀족계층을 위해 죽도록 일하거나, 전쟁터와 부역장에서 일찍 생을 마감하는 운명을 피하기 어려웠다.

'성자', '위대한 영혼'이라는 의미를 가진 '마하트마'란 별호를 얻고, 세계적으로 존경받는 간디와 한국인들에게 큰 존경을 받는 퇴계 이황과 다산 정약용도 자신들의 세계에서 핍박받는 불가촉천민들과 노비들의 지위 개선에 대해서는 철저히 침묵했고, 오히려 기존 체제를 지키려 애를 썼다. 존경 받는 인물들조차 문화적 굴레에 갇혀있거나 그 굴레를 지지했는데, 굴레의 시대가 변화하기까지 얼마나 많은 시간과 노력이 필요했겠는가.

무수한 희생제를 치르고 나서야 시대적 한계들이 극복되었고, 대다수의 사람들이 '인간'의 영역 안으로 들어왔다. 생물학적으로 '인간'으로 탄생한 존재가 인문학적으로도 '인간'으로서 대접받는 데는 길고 험한 가시밭길이 필요했다.

자유를 향한 투쟁의 역사는 모든 사람이 '인간'의 영역 안으로 들어가기 위한 역사였다. 투쟁 덕분에 이제 거의 모든 사람들이 '인간'으로서의 인격적 지위를 누리고 있다. 그렇다고 모든 사람이 평등해진 것은 아직 아니다. 모든 사람이 평등해지는 그날까지 인문학에 대한 관심은 사그라지지 않을 것이다.

● 인문학적 사고를 무색하게 만든 사건들

대중을 경악하게 하는 사건들이 발생할 때마다, 매스미디어와 전문가들은 우리가 인문학적 소양을 상실했기 때문이고, 인성을 중시하는 교육의 부재 때문이라고 진단한다. 과연 그럴까?

멀리 갈 것도 없는 시기에 대중을 경악하게 한 사건들이 있었다. 살인마 유영철은 20명을 살해했다. 그 이전에는 그런 살인마가 없었을까? OO발바리 사건의 범인은 50건 가까운 강간을 저질렀다. 전대미문의 사건이었을까? 부모를 살해한 패륜 사건들도 종종 뉴스로 등장한다. 그 또한 이전에 없었던 일일까? 이전에 없었던 일이라면 인성교육이 무너졌다는 탄식이 맞을 것이다.

그러나 역사책을 펼쳐보면 살인과 강간은 일상이었다. 전쟁에 승리하면 며칠 동안의 살육과 강간, 약탈이 공식적으로 인정되었다. 고대와 중세기 인류사회의 여러 곳에서 초야권 행사의 흔적이 발견된다. 천민이나 노예들은 아주 사소한 일로도 죽임을 당했다. 남을 죽이는 것은 물론이고 형제를 죽인 사건들도 셀 수 없다. 아버지를 죽인 사건도 흔했다. 그것도 인간으로서의 지위를 가장 자유롭게 누린 권력층에서 가장 빈번했다. 절대 권력의 속성상 어쩔 수 없었다고 미화하지만 소수의 인간만이 인간으로서의 지위를 누렸기 때문에 가능한 일이었다.

인류의 가장 잔혹한 역사적 공간은 '아우슈비츠'로 알려져 있다. 절대수의 개념에서 학살자 600만은 선정적이다. 부인하기 어려운 숫자다. 하지만 제2차 세계대전 6년 동안 5,500만명이 목숨을 잃었다. 그들 모두가 군인은 아니었다. 집시들은 유대인보다 학살당한 사람들의 숫자에서는 적었지만 전체 집시 인구에서의 비율로 보면 더 컸다. 한 민족에게 안긴 상처로는 유대인을 능가하면 했지 결코 작지 않았다. 하지만 역사가 기록하는 가장 잔혹한 사건은 유대인 학살이 아니다. 숫자상으로 보면 6년 동안 5,500만명이 사망한 제2차 세계대전이지만, 공동체가 입은 충격으로 보면 전혀 다른 사건들이 등장한다.

미국 역사에서 미국인이 가장 많이 사망한 사건은 45만명이 사망한 제2차 세계대전이 아니고 남북전쟁(1861~1865)이었다. 4년 동안 62만명이 사망했다. 제2차 세계대전 기간의 사망자 45만명은 미국인 300명당 1명꼴이었고, 미국 본토가 전쟁터가 아니었기 때문에 민간인 사상자는 거의 없었다. 남북전쟁은 숫자상으로는 17만명의 차이지만 미국인 50명당 1명꼴이었다. 민간인 사망자도 많았다. 산술적 비교를 뛰어넘는 충격치가 무려 6배에 달했다.

칭기즈칸(1162~1227)의 정복 전쟁도 인류사에 큰 상처를 남겼다. 중국에서부터 시작해 중앙아시아는 물론이고 동유럽까지 피폐하게 만들었다. 몽골의 정복 전쟁 기간 동안 4,000만명이 죽은 것으로 기록은 전하고 있다. 전쟁 방식도 지독히 잔인했고, 여러 문명 공동체에 더할 수 없는 상처를 안긴 전쟁이었다. 현재의 인구수로 환산하면 2억 7천만명이 죽은 셈이다.

공동체에 가장 치명적인 상처를 안긴 전쟁은 중국 당나라 중기 안녹산과 사사명이 일으킨 안사의 난(755~763)이 꼽힌다. 9년 동안의 전쟁 중에 3,600만명이 죽었다고 기록은 전한다. 기록의 신빙성은 떨어진다. 전쟁이 일어났던 해인 755년의 호구조사에서 5,300만명 정도였던 당나라 인구는 전쟁 후인 764년의 호구조사에서 1,700만명 정도로 기록되고 있다. 당나라 인구의 3분의 2가 사라졌다는 얘기다.

과연 그러고도 국가가 존속할 수 있었을까? 아마도 시스템 붕괴로 인해 호구조사가 제대로 이루어지지 않은 측면도 고려해야 할 것이다. 당나라 인구에 대해서는 여러 통계가 존재하므로 어느 하나를 확정적인 기준으로 얘기할 수 없다. 그러나 공동체가 받은 상처로 따지면 최악의 사건으로 기록될 만하다.

기원전 260년, 진나라와 조나라 사이에 벌어진 장평대전은 어떤가. 기록에 따르면 장평대전에 진나라는 65만명의 병사를 투입했고, 조나라는 50만명을 투입했다. 진나라는 장평대전에서 25만명이 전사했고 조나라는 투항했던 포로 40만명이 몰살당한 것까지 포함하여 50만명 거의 전부가 전사했다. 장평대전에서만 75만명이 전사했다. 당시의 중국 인구를 생각한다면 기록적인 숫자가 될 것이다. 결국 인간은 여전히 전쟁을 치르고는 있지만 문명적으로는 조금씩 나아지고 있는 것으로 봐야 한다. 물론 전혀 위로는 되지 않는다.

● 인문학적 사고의 흑역사

많은 사람들이 신체적, 정신적 자유를 누리게 되기까지 사회는 성숙의 과정을 거쳤다. 계몽의 시대가 대표적이다. 계몽 이전의 시대는 지금은 범죄로 다루어지는 일들이 범죄가 아닌 일상이었다. 개인의 신체와 정신은 늘 절대 권력의 압제 아래에 있었다.

권력이 분산되면서 계몽의 시대가 도래했다. 계몽은 국가적 필요에 의해서 시작되었다. 국민이 깨어나야만 국력이 커졌기 때문이다. 하지만 국민이 깨어나고 나면, 계몽은 집중관리 대상이 된다. 모든 국민들이 깨어나면 국가의 힘은 커질지 모르지만 권력자에게는 국민이 다루기 힘든 대상이 된다.

자유를 맛보기 시작한 사람들은 더 이상 계급사회에 살기를 원하지 않는다. 이전으로 회귀할 수 없음을 아는 권력은 자신들이 원하는 방향으로만 향하도록 계몽하려 든다. '국민교육헌장'을 우리에게 달달 외우도록 강요했던 군부독재 시기가 바로 그런 시대였다. 그러나 계몽이 더 이루어지고 나면 관리도 불가능해진다. 그 시기가 지나면 이제 시민대중의 지지를 얻기 위해서는 강제가 아닌 유혹과 현혹의 방법을 써야 한다. 포퓰리즘이 탄생한다.

세상이 계몽되는 중에, 인문학이 항상 대중의 편에 서지는 않았다. 오히려 대중보다는 권력 편에 더 자주 섰다. 도덕적인 '인문학적 사고'라는 것이 따로 있으리라는 생각은 그래서 위험하다. 인문학적 소양 부족 때문에 사회적 불안과 인성 파괴적인 범죄가 만연한다는 진단이, 사회적 시스템이 아니고, 인문학을 범인으로 몰아갈 수도 있기 때문이다.

● 유토피아와 계몽

지상낙원을 이야기할 때, 무릉도원, 샹그릴라, 유토피아, 율도국을 떠올린다. 그중에서 유토피아는 다른 시스템을 가진 낙원이다. 4백년 전인 1516년 영국의 토머스 모어는 『최선의 국가 형태와 새로운 섬 유토피아에 관하여』라는 책을 발표했다. 줄여서 우리가 알고 있는 〈유토피아〉로 부르는데, 1권에서는 당시의 유럽과 영국사회의 부정부패를 비판하고, 2부에서는 대안으로 이상사회를 제시했다.

토머스 모어는 인간의 3대 악으로 나태, 탐욕, 교만을 제시하고 이를 근절하기 위한 정교한 사회적 시스템을 구상했다. 토머스 모어가 제시한 것은 의무 노동, 재산 공유제, 차별을 막기 위한 공동식사, 동일한 의복, 동일한 형태의 주택이었다. 토머스 모어는 의식주의 평등을 통해서 인간의 쾌락까지도 평등해져야 한다는 생각을 갖고 있었던 것 같다. 〈유토피아〉는 어찌 보면 공산주의 사회와 상당히 유사한 측면도 있다. 이상사회라고 했지만, 〈유토피아〉는 동양의 낙원인 무릉도원이나, 제임스 힐튼이 쓴 『잃어버린 지평선』 속의 '샹그릴라'와는 달리 조직적으로 통제되는 시스템을 가진 사회였다.

우리가 꿈꾸는 낙원은 모든 것이 풍요롭고 하고 싶은 대로 하고 사는 세계지만, 〈유토피아〉는 그렇지 않다. 인간 사회가 가진 문제들에 대해 대안을 제시하기 위해서는 그만큼 구체적이어야 한다는 것을 말해준다. 〈유토피아〉에 비하면 무릉도원이나 샹그릴라는 감상적 수준의 환상세계다.

서양인들에게도 동양의 무릉도원 같은 이상향이 있었다. 그리스 신화에 '엘리시온'이라는 이상향이 등장한다. 봄날만 계속되는 풍요의 공간인데, 신들의 총애를 받은 인간들이 죽음의 고통을 맛보지 않고 들어가는 낙원이다. 중국 신화에 등장하는 '곤륜산'과 비슷한데, 곤륜산은 신과 신선들만 산다는 차이가 있다.

고대 그리스인들은 '엘리시온'을 '행복의 들판'이나 '축복 받은 사람들의 섬'이라고 불렀다는데, 2013년 개봉된 영화 〈엘리시움〉은 '엘리시온'에서 이름과 모티브를 땄다. 영화 속에서 세계는 대기권에 존재하는 '엘리시움'이란 공간과 황폐한 지구로 나뉘어져 있는데, '엘리시움'에 사는 선택받은 사람들은 신화 속 '엘리시온'처럼 낙원의 삶을 사는 것으로 표현되어 있다.

낙원에 대해 이야기한 것은, 과거에 높은 도덕을 갖춘 유토피아적 세계가 있었고, 그것이 무너져 오늘과 같은 무법천지가 된 것이라는 생각이 오류임을 말하기 위해서다. 그런 세계는 존재하지 않은 상상의 세계였을 뿐이다. 실제로는 권력이 없는 사람들이 이유 없이 맞아죽고 강간당하던 무법천지가 있었고, 그때의 세상에서 좀 더 나은 지금의 세상으로 바뀌

어제들 표절했다

어 온 것뿐이다. 다만 아직도 덜 바뀌었을 뿐이다.

계몽이 필요 없는 시대가 됐다는 생각도 경계해야 한다. 여전히 우리는 계몽이 필요한 시대에 살고 있다. 숱한 범죄와 문제들이 그 필요성을 보여준다. 다만 시민 대중의 힘이 커졌기 때문에 어떤 세력도 계몽을 강압적으로 주도할 수 없다. 인간이 과거에 겪었던 문제들이 종식되지 않는 것은 그 때문이다.

여전히 계몽이 필요하고 인문학을 통해서 그 과정이 이루어지고 있지만, 현시대는 시민 대중이 결정권을 갖고 있는 시대다. 계몽의 대상이 시민 대중이지만, 이제 계몽을 가르칠 교육자도 시민 대중이다. 계몽을 투입하려는 지도자는 사라졌지만 덕분에 대중이 스스로 깨우치고 배워야 한다.

인문학적 사고가 따로 있다는 환상을 버려야 한다. 인문학적 사고란 실체가 없다. '도덕 불감증', '안전 불감증'이라는 말을 사용하게 되면 책임은 실체 없는 어떤 생각에 전가된다. 사회적 시스템의 문제를 '인성'이 부족한 개인의 문제로 돌리면 문제는 개선되지 않는다.

인문학적 사고가 굳이 존재한다면, 인간이 범죄적 인식을 갖고 있고, 문제투성이의 존재라는 것을 인정하고, 다른 곳으로 책임을 돌리지 않는 사고가 정착되어야 한다. 인문학 교육이 부족해서가 아니라, 사회적 시스템이 아직 미숙한 것이 진실이다.

범죄와 문제가 발생하지 않도록 시스템을 만들고 법을 개정해야 하는데, 있지도 않았던 도덕적 유토피아를 만들어놓고 도덕성의 회복을 이야기한다. 부족함과 미숙함은 '인간성 회복', '도덕성 회복' 같은 듣기 좋은 생각으로 메워지는 것이 아니다. 인문학적 사고는 몽상적인 도덕적 사고가 아니고 현실적 대응력을 가진 사고여야 한다.

● 인문학 위기의 실체

'인문학의 위기'라는 말이 회자된 지도 꽤 되었다. 마치 집으로 들어가는 골목 어귀에서 수시로 유령을 만나는 기분이다. 그것도 단 한 번도 죽은 적이 없는 유령을.

'인문학의 위기'는 진왕 정(진시황)을 도와 중국을 통일한 승상 이사(?~기원전 208, 순자의 제자, 법가 사상가)가 분서갱유(과장된 역사적 날조일 가능성이 아주 높다)를 벌였을 때와 지나친 기독교적 사상의 강조로 학문적 다양성을 죽여 암흑기로 불린 서양의 중세기라면 약간 어울릴 수 있는 말이다. 그것도 아주 어울리는 것은 아니다.

역사적 흐름으로 본다면 구텐베르크(1397~1468)가 만든 금속활자를 이용해 서적이 대량 출판되기 시작한 이후 인문학은 발전 가도를 달려왔다. 1662년 영국의 왕립학회가 설립되었을 때 과학저널 수는 2종이었다. 350여 년이 흐른 현재는 과학저널 수가 십만 종에 이르고 연간 600만편 이상의 논문이 발표되고 있다.[49] 인문학 분야도 전혀 다르지 않다. 어마어마한 수의 인문학 저널이 존재하고 역시 어마어마한 양의 논문이 발표되고 있다.

책은 어떤가? 출판되는 책의 양은 백 년 전과는 비교도 할 수 없다. 그 변화를 그래프로 그린다면 구텐베르크의 금속활자가 도서 제작에 도입된 15세기 이후부터 18세기까지는 완만한 상승곡선을 그리다가, 19세기 들어서면서 급상승을 하고, 20세기 이후에는 수직에 가까운 상승을 나타낼 것이다. 양적인 측면만 본다면 가히 인문학 폭발의 시대라 할 수 있다. 질도 양과 견줄 정도는 아니어도 크게 나아졌다.

연구물과 저작이 쏟아져 나와도 시민 대중이 그것을 만날 수 없다면 인문학의 위기라 할 수 있지만, 언제든 책과 연구물을 만날 수 있다. 국회도서관을 접속하면 논문도 쉽게 열람할 수 있고, SNS를 통해 인문학에 일가견을 갖고 있는 이들의 글을 언제 어디서든 접할 수 있다. '인문학의 풍년'이라고 할 상황이다. 인문학 위기의 실체는 인문학 생산자에게 있지만, 인문학 생산자들의 위기 또한 해석과 진단이 간단하지 않다.

역사적 변화를 한 번 살펴보자. 인문학은 실체가 없는 곳에서 생산된다. 실체가 없다는 것은 작물을 키워내는 밭이나 논이 없다는 의미다. 농부는 자신의 노동력으로 작물을 생산하여 생존을 이어간다. 인문학자는 자신의 생산물이 밭작물이 아니기 때문에, 누군가에게 자신의 생산물을 건네주고 작물을 건네받아야 한다.

인류 초기에는 먹고 살기에도 빠듯한 삶이 전부였기 때문에 인문학이 생겨나기 어려웠다. 도시가 발달하고, 경제가 발달하면서 인문학이 태동했다. 그 시기 인문학 생산자들은 최고 권력층과 겹쳐있었다.

서양이 자랑스러워하는 그리스 시대의 철학도 기득·권력층에 속한 사람들에 의해 탄생했다. 소크라테스, 플라톤 등 인문학 생산자들은 생계를 걱정하지 않아도 되는 시민계급 이상의 상층계급에 속한 사람들이었다. 동양에서도 같은 모습이었다. 동양 사상의 근간을 일구어낸 공자, 맹자, 노자, 순자 등 춘추전국시대의 사상가들은 모두가 권력층에 속한 사람들이었다. 그들의 유교를 물려받아 탄생지인 중국보다도 더 철통같이 지킨 조선의 유자(儒者, 선비)들도 육체적 노동을 하지 않은 기득권·지배세력이었다.

● 인문학 수요층의 변화

중세를 지나면서 중간계층이 생겨나고 지식층이 확산되자 지식은 더 이상 특정계급의 전유물이 아니었다. 인문학 생산자들의 신분도 지배 권력과 겹치는 위치에서 신흥 중산층과 자본권력에게 지식을 파는 신분으로 전락했다. 인문학 생산자(지식 생산자)들의 비극이 시작된 것이다. 권력자들과 자본가들에게 지식을 팔아야 한다는 것은 그들의 입맛에 맞는 것을 바쳐야 한다는 것을 의미했기 때문이다.

인문학이 보편화되면서 인문학 생산자들과 해석자들의 권위와 필요성은 더욱 낮아졌다. 대중은 인문학 생산자들에게 어떤 것을 생산하라 강제할 수 없지만, 더 무서운 상황이 연출되었다. 대중의 기호에 맞추지 않으면 굶어죽게 된 것이다. 최근의 상황은 더욱 나빠졌다. 이제 대중은 인문학 생산자들의 큰 도움 없이도 인문학을 즐길 수 있게 되었다. 인문학은 사유의 들판 곳곳으로 퍼져가고 있는데 인문학 생산자들은 더 가혹한 눈칫밥을 먹게 된 것이다.

인문학 생산자들이 밥을 굶게 되면 고품질의 인문학이 생산되지 않을 수 있다는 반론도 제기될 수 있지만, 인문학이 밥 굶는 시대는 이전에도 있었다. 인문학 시장이 크지 않을 때는 당연히 있을 수 있는 일이었다. 사회적 문제가 되지도 않았다. 그러나 지금은 인문학 생산물의 풍년시대다. 그것은 역으로 인문학 생산자들이 그만큼 많아진 것을 의미한다.

박리다매가 통하지 않는 시장도 있는 법인데, 인문학 시장이 그렇다. 시장이 크든 작든 쏠림 현상은 있다. 당연히 인문학 생산자들 중 굶는 사람이 발생할 수 있다. 문제는 수가 많아졌기 때문에 위기가 몇몇 개인의 문제가 아니라 사회적 문제가 되었다는 차이가 있을 뿐이다.

인문학이 작고, 특수한 시장에 갇혀 있었다면 생산자들도 여전히 특수한 지위를 누리고 있을 것이다. 하지만 인문학은 보편화되었다. 인문학 생산자들의 지위는 더 이상 공고하지도 높지도 않다. 위기라고 느끼는 것은 인문학으로 이전과 같은 권력과 부를 구하기 때문이다.

● 낮은 곳으로 임하소서

위기론의 확산과는 달리 인문학 생산물은 대중과 멀어지고 있다. 왜 여전히 낯설고, 이질적이고, 기괴한 생산물이 탄생하는 것일까? 인문학 생산자들은 과거에 누리던 지위에서 내려오고 싶지 않은 것이다. 생산물을 높은 곳에 올려놓고 대중이 존경하기를 바라고, 자신들이 여전히 신을 대리하고 있다고 인정받고 싶은 것이다. 여러 인문학 생산자들이 저명한 철학자의 견해를 대중에게 설파하고 있다. 여러 시각을 배우는 것은 유용하다. 그러나 특정 철학에 가치의 무게를 두는 것은 바람직하지 않다. 시장이 보편화되었다면 인문학 이론도 보편적인 것이 되어야 한다.

인문학은 높은 곳에 있으면 안 된다. 인문학의 가치를 높게 보는 관점에서 보자면 유자들이 지배한 조선시대 500년이 가장 높은 도덕적 수준을 갖춰야 했다. 그러나 역사적 기록들은 결코 그렇지 못했음을 증거하고 있다.

인문학을 이야기하는 많은 사람들이 '도덕이 추락했다'고 말한다. 그러나 도덕은 한 번도 바닥으로 추락한 적이 없다. 추락하기 위해서는 높은 곳에 있어야 한다. 인류의 도덕은 추락할 만큼 높은 곳에 있지 않았다. 수준 높은 도덕의 시대는 상상으로만 존재했을 뿐이다. 인류의 현실 속에 존재해온 도덕은 단 한 번도 추락한 적 없이 언제나 아주 미세하게나마 상승해왔다. '도덕이 추락했다'고 말하는 이들은 현실의 도덕이 아니라 유학자들이 말한 이상향을 말하는 것이다. 유학자들이 통치하던 시대가 어떤 모습이었나. '도덕이 추락했다'는 것은 도덕을 앞세워 누리던 기존 권력이 추락한 것이다. 권력과 도덕을 착각한 것이다.

우리는 한 사회가 갖고 있는 특정 사고나 이념에서 벗어나는 것이 얼마나 어려운 일인가를 잘 안다. 여러 시도에도 불구하고 한국 사회가 레드 콤플렉스에서 벗어나지 못하는 것도 한 예다. 인류 역사 내내 각 문명공동체는 레드콤플렉스와 같은 이념과 사고에 갇혀 시달렸다. 그 굴레를 깨뜨리고 빠져나오는데 엄청난 사회적 공력이 소모되었다.

인문학은 우상화와 굴레를 벗어나는 것에 헌신해야 한다. 특정 철학 담론에 매여 있는 것은 굴레와 감옥을 벗어나는 좋은 방법이 아니다. 유가 사상은 유교라는 종교에 가까운 사회적 체제를 만든 기초였다. 그 영향으로 강력한 권위주의, 계급사회, 남성중심 사회가 탄생했다.

굴레는 문화의 속성이다. 크고 작은 무수한 굴레들이 서로 얽혀 있는 것이 세상의 속성이다. 버려야 할 굴레도 있지만 한 사회가 움직여가는 데 필요한 굴레도 있다. 인문학은 그 굴레들을 분석하여 무용한 굴레는 버리고 유용한 굴레는 강화하는 데 헌신해야 한다.

어쩌다 표절했나

5장
아름다운 불량품

● 트렌드의 바닷가에서

아모스 오즈(이스라엘, 1939~, 2015년 제5회 박경리문학상 수상)의
소설 『나의 미카엘』에는 이런 문장이 등장한다.

> 잘못 알아들었군요, 미카엘. 당신이 당신 아버지의 아들이라는
> 게 끔찍한 게 아니라 당신이 당신 아버지처럼 말하기 시작했다는
> 게 끔찍한 거라구요. 그리고 당신 할아버지 잘만. 우리 할아버지.
> 우리 아버지. 우리 어머니. 그리고 다음에는 야이르. 우리 모두가
> 요. 인간이 계속해서 거부당하는 거잖아요. 계속해서 초안이 만들
> 어지는데 결국은 다 거부되고 구겨져서 쓰레기통에 던져지고는 새
> 롭고 약간 발전된 개작으로 대체되는 거죠. 이 모든 게 다 쓸데없
> 는 일인지. 정말 무의미한 농담이죠.[50]

정말 우리의 삶이 쓸데없는 일이고, 무의미한 농담일까? 바닷가의 바
위에 파도가 친다. 멀리 적도에서 더위에 지쳐 있던 파도는 누군가에게

등을 떠밀리고 떠밀려 한국의 남쪽 바다까지 왔다. 바닷가에 도착하기 전, 섬을 돌던 파도는 만월(滿月)의 입김으로 한껏 기운이 부풀어 좀 더 힘을 내며 섬을 돌았다. 바닷가가 곧 보였고, 바위에 몸을 부딪쳤다. 뒤이어 그를 따르던 파도들도 연이어 몸을 바위에 부딪쳤다.

사람들은 파도를 '트렌드'라고 부른다. 바위에 부딪힌 파도가 만들어 내는 형상이, 소리가 어느 하나 똑같지 않듯이 '트렌드'도 똑같지 않다. 유사할 뿐이다. 그래도 트렌드는 언제나 유효하고 매력적이다. 트렌드는 한 번에 다가오지 않는다. 파도가 멀리서 시간을 타고 오듯이 트렌드도 시간을 타고 온다. 이전의 것도 이후의 것도 언제나 현재와는 다르다. 이전의 것은 사라졌고, 이후의 것은 오지 않았다. 그리고 인간은 언제나 현재만을 보고 산다.

혹시, 과거나 미래를 눈으로 보는 이가 있을까? 그런 이가 있다면 좀 전의 말은 취소할 수도 있다. 아니, 약간 정정할 수도 있다. 인문학에 대한 관심? 그것은 어쩌면 트렌드(Trend)일지 모른다!

피에르 부르디외는 이렇게 말했다.

> 취향이야말로 인간이 가진 모든 것, 즉 인간과 사물 그리고 인간이 다른 사람들에게 의미할 수 있는 모든 것의 원리이기 때문이다. 이를 통해 사람들은 스스로를 구분하며, 다른 사람들에 의해 구분된다. 취향(즉 겉으로 표현된 선호도)은 피할 수 없는 차이의 실제적인 확증이다.[51]

트렌드의 파도가 아무리 거칠게 쳐도, 부르디외가 충고해주는 취향을, 스타일을 찾고 싶다. 하지만 개인에게는 선택지가 많지 않다. 로버트 프로스트가 「가지 않은 길 The road not taken」에서 아쉬워한 것처럼, '가

어제들 표정했다

지 않은 길'은 무수히 생겨난다.

  언제나 선택은 하나! 한 무리의 사람들이 하는 행위들이 트렌드가 된다. 모두가 하는 것은 아니다. 그것을 명심해야 한다. 따르지 않을 이유도, 따를 이유도 없다. 내가 따른 것이 최고이고, 따르지 않는 이들은 뒤처진 이들이라고 무시할 이유도 없다. 선택하는 스타일이 다를 뿐이다.

  지리적, 사회문화적 '다름'이 각각의 인간과 문화집단을 개별화시켰다. 한편으로는 개인과 집단 모두 환경적 한계에 갇힌 문화적 존재로서의 동질성을 갖는다. 그 두 가지 사실을 쉽게 이해하기 위한 틀을 하나 만들고 싶었다.

  하나의 단어로 명명하는 것은 조심스럽다. 억지가 될 수도 있고, 특정 명명에 끼워 맞춤으로 해서 사실을 왜곡할 수도 있다. 그럼에도 불구하고 인간의 문화적인 행동과 사고의 흐름을 구분해 줄 담론이 필요하다고 생각했다.

  고민해서 찾아낸 것이 '스타일'이다. 스타일은 타입(Type)과 시간이다. 타입? "넌 내 타입이 아니야!"라고 할 때의 그 타입으로 이해하면 된다. 거기에 시간이 곁들여진다. 어느 시대든 다수가 선택하는 스타일과 타입이 존재한다. 선택에는 오성(悟性)과 감성이 모두 작용한다.

  오성(悟性)과 감성의 작용은 파도가 바위와 만나 서로 다른 모습을 만들어내는 것과 같다. 서로 다른 파도 중 유독 소리가 크고 반짝이는 어느 하나의 파도에 집중된 '쏠림(유행)', '아우라(후광)' 같은 것을 걷어내고 나면, 하나의 맥락이 눈에 보일 수 있다. 그 맥락을 잘 살피면 진정으로 필요한 인문학의 원류에 가까이 다가갈 수 있다.

● '프레타 포르테'와 수제 열풍

봄이 되기도 전에 의류회사들과 유명 디자이너들은 봄에 유행할 새로운 스타일의 옷을 선보이는 '프레타 포르테'[26]를 개최한다. 따져보면 말이 안 된다. 아직 봄이 오지 않았기 때문이다. 어느 누구도 미래에 유행할 옷을 선보일 수는 없다. 그런데 놀랍게도 봄에 유행할 것이라고 미리 선보인 옷들이 봄이 되면 실제로 유행을 한다.

의류회사들과 디자이너들이 미래를 볼 수 있는 것은 아니다. 옷을 미리 만들어놓고 사람들을 미래로 끌고 가는 것일 뿐이다. 사람들은 그 말을 믿고 따라간다. 믿지 않더라도 따라간다. 적어도 작년 봄에 입었던 옷과는 다른 스타일이기 때문이다. 스스로 새로운 스타일을 만들어야 하지만 쉽지 않다. 바로 그때, 누군가 매력적인 경우의 수들을 좌판에 늘어놓고 유혹하고 있다. 좌판의 주인이 의류회사와 디자이너일 뿐이다.

그런 선택을 하는 이유는 인간이 끊임없이 자기 존재를 확인하고 싶어하기 때문이다. 남과 똑같은 모습이라면 자기 존재는 드러나지 않는다. 인간은 남과 다른 점도 추구하지만 이전의 자신과도 다르기를 추구한다. 변화 없는 모습은 많은 이들에게 정체(停滯)를 의미한다. 의류회사들을 비롯한 기업들은 그 점을 간파하고 있고, '이렇게 바꾸는 것은 어떨까요?' 하고 솔깃한 제안을 내놓는다.

택할 수 있는 경우의 수는 무한정이 아니다. 경우의 수는 기후·지리적 환경, 사회·문화적 환경의 영향을 받는다. 그래서 의문이 든다. 새로운 스타일이라 하더라도 유행한다는 것은 많은 사람이 선택했다는 것을 의미하고, 다수의 선택은 이미 개별화가 아니기 때문이다. 그것이 유행의

어제들 표졌했다

---

26 Pret-A-Porter(ready-to-wear) 2차 세계대전 이후 값싼 기성복을 홍보하는 행사로 만들어졌으나, 이제는 오지 않은 미래의 복장을 미리 보여주는 막강한 영향력을 가졌다.

역설이다. '새로움'이지만 동시에 '새로움'이 아니다. 새로운 것을 추구하지만 일정한 틀 안에서 이루어진다는 한계를 갖고 있다. 그렇기 때문에 스타일(유형)에 대한 해석은 중요한 의미를 갖는다. 인간은 누구나 다른 스타일을 추구하고, 자신이 선택한 스타일을 타인에게 고급스럽고 독창적인 것으로 인식시키려 노력한다. 스타일이 곧 자신의 정체성이기 때문이다.

최근 각광받는 스타일 중 '수제'가 있다. 자신의 선택이 흔한 복제가 아니기를 바라는 데서 온 스타일이다. '수제'가 영양학적으로 더 우수해서가 아니다. '나'만을 위한 것이어서 선택된다. '수제'는 희소성이다. 희소성은 동시에 '고급'을 상징한다.

'수제'에서 우리가 읽는 가치는 소수를 위한 정성이다. '나'만을 위해 준비하는 음식은 재료 이상의 가치를 갖는다. '나'는 남과 다른 대접을 받아야 하는 고급스러운 존재이기 때문이다. 수천만 원을 호가하는 명품 가방과 옷이 의미하는 것(베블런 효과)도 '수제'가 갖는 의미와 정확히 일치한다. 자신을 타인보다 더 높게 구별 짓고 싶은 것이다.

● 희소성과 스타일

희소성은 다른 스타일을 통해서도 가치를 증명한다. 수집가들에게서 발견되는 스타일이다. 우표나 화폐를 모으는 이들에게 진귀한 것으로 평가받는 것들은 무수한 복제품 속의 불량품(?)이다. 잘못 인쇄된 것이며, 본래의 효력을 상실한 것이다. 그럼에도 그것은 똑같은 것들과는 비교할 수 없는 가치를 갖는다. 왜? 다른 스타일을 갖고 있으니까.

스타일은 눈에 보이는 것에만 있지 않다. 현시대를 '정보의 홍수'시대라고 부른다. 정보는 우리를 같은 모습으로 만들기 위해 탄생한 것이 아니다. 남보다 더 빨리, 더 많은 차이(스타일)를 확보하기 위한 열망이 만들어낸 것이다. 그 열망에 의해 습득된 정보들은 '나'를 타인들과는 다른 스타일을 가진 존재로 만들어준다.

하지만 많은 사람들이 같은 생각으로 정보를 구하면서 특별한 존재이고 싶었던 열망은 역설적이게도 비슷한 존재들 중 하나로 드러난다. 그역설을 확인한 사람들이 택한 방법은 비슷한 열망을 가진 사람들끼리 뭉치는 것이다. 한 분야에 몰입하는 사람들(덕후-그들의 열정과 몰입은 마니아를 뛰어넘는다)의 모임이 그렇게 해서 탄생했다. 타인과는 다른 자신만의 스타일을 집단으로 드러낸 사례다.

새로운 정보는 새로운 스타일을 향한 열망에서 탄생하지만, 정보도 스타일이 만든 환경일 뿐이다. 새로운 세대는 구세대들이 누리는 정보를 거부한다. 이미 존재하는 정보는 자신들의 스타일이 되기에는 너무 흔한 것이기 때문이다. 하지만 새로운 정보가 이전의 정보와 판이하게 다르지는 않다. 특히, 인문학적 정보는 더더욱 다르지 않다. 겉만 새로 칠을 한 복제품에 불과하다. 환경이 만든 겉모습이 문화적 스타일을 만드는 것은 분명하다. '스타일이 정체성이다'라고 하는 것은 그 때문이다.

무수한 인간이 지구상에서 명멸해 갔지만 인간은 언제나 현재를 산다. 현재는 지구상에 살다간 모든 인간을 포함하지 않는다. 특정 시간대에는 특정의 사람들이 주인공이다. 인간의 역사 속에서 무수한 스타일이 만들어졌지만, 현재를 사는 인간들에게 과거를 살다간 사람들이 누렸던 스타일은 실감적으로 다가오지 않는다. 그것은 과거의 기록 속에서만 존재할 뿐이다.

인간의 삶에는 바람이 불어온다. 바람 안에는 무수한 스타일의 먼지가 들어있다. 부스러기로 존재하기도 하고 덩어리로 존재하기도 한다. 그것들을 조합하여 생을 장식한다. 겉모습뿐만 아니라 정신까지도 그렇게 장식한다.

인간은 태생이 불량품이다. 그런 불량품에 대한 이야기인 인문학은 앞뒤 가리지 않고 무작정 한계만을 극복하려고 태어난 것이 아니다. 불합리하고 부조화한 것들을 조화롭게 만들려고 탄생한 것이기도 하다. 그전제를 바탕에 두지 않은 인문학은 이름만 빌린 것일 뿐이다.

우리의 삶은 언제나 현재적이다. 때문에 '과거'라는 창고는 스타일 창조의 곳간이 될 수 있다. 우리의 삶은 공간적으로 제한적이다. 때문에 '타인의 문화'라는 창고 또한 스타일 창조의 곳간이 된다.

프랑스 미술사학자 르네 위그(1905~1997)는 자신의 저서 『보이는 것과의 대화』(열화당)에서 쿠엔틴 마시스(1465~1530)가 그린 〈파라켈수스의 초상화〉와 쿠엔틴 마시스의 그림을 보고 페테르 루벤스(1577~1640)가 그린 〈파라켈수스의 초상화〉, 그리고 귀스타브 쿠르베(1819~1877)의 〈잠자는 여인들〉을 보고 그린 베르나르 뷔페(1928~1999)의 〈잠자는 여인들〉을 함께 소개하며, 긴 글의 말미를 다음과 같이 결론짓고 있다.

> 화면 전체는 조금도 변하지 않았다. 미술가가 사물들에 배게 한 저 헤아릴 수 없는 것, 본질적인 것 이외에는.[52]

결국 본질은 '스타일'이다. 삶은 복제된다. 인간은 모든 장르에서 표절한 표절 덩어리지만, 기계로 찍어내는 존재가 아니어서 필연적으로 오차가 생기는 불량품이다. 하지만 불량품이어서 아름답다.

에필로그

1

1871년 찰스 다윈이 『인간의 유래』를 출간하면서 그동안 인간만의 특성으로 알려졌던 것들의 아성이 무너지기 시작했다. 찰스 다윈의 공이 크기는 했지만, 『인간의 유래』에 실린 많은 이론들과 사례들은 집단지성의 결과물이었다.

다윈이 집단지성의 탑에 돌 하나를 더 얹을 수 있었던 것은 다른 학자들의 공이 있기에 가능했다. 다윈은 멋진 석탑의 최상단부에 잘 조각한 자신의 작품을 얹음으로써 탑의 완성도를 높였다는 찬사를 받았다.

『인간의 유래』가 출간된 시점부터 148년이 흘렀다. 그러나 모든 사람이 찰스 다윈과 그의 업적에 힘을 보탠 이들의 노력을 알고 있는 것은 아니다. 그 결과물의 정수를 모두 이해하고 있는 것도 아니다. 이런 양상은 인류의 모든 지성적, 문화적 성과물에 공히 적용된다.

인간만의 경계가 허물어졌지만, '인문학 천문대'에서는 여전히 인간을 중심으로 별자리가 구성되어 있다는 '인문학 천동설'을 주장하고 있다. 동물·식물과 공유했던 특성들을 인간만의 것으로 규정하면, '인간적'이라는 말은 동물과 식물들에게는 지나치게 가혹하고, 인간에게는 지나치게 너그러운 오류의 세계가 만들어진다.

인류의 역사에 비하면 몹시 짧은 역사를 가진 문자조차 탄생과 복잡한 의미체계에 이르기까지 오랜 시간이 걸렸다. 유교문화의 탄생은 전적으로 한자에 힘입은 것이 아니었다. 한자의 탄생 이전에 이미 인간의 문화는 토대가 형성되어 있었다. 그리스 철학도 폴리스와 여러 사회적 시스템이 먼저 만들어진 후에 탄생했다. 독자적으로 탄생한 것도 아니다. 이집트와 메소포타미아문명의 영향을 받았다. 문화의 세계에는 '독생자(獨生子)' 신화는 존재하지 않는다.

많은 사람들이 허준(1539~1615)의 『동의보감』[27]에 실린 사실들에 대해 놀라워한다. 식물의 약효에 대한 검증을 과학적으로 규명할 수 있는 연구 장비가 없었던 상황에서 현대 의학에서도 인정할만한 약효들이 실린 것에 대해 찬사를 보낸다.

허준이 조선을 넘어 중국과 일본의 의학에도 영향을 미친 천재적인 인물이기는 했지만 『동의보감』에 실린 내용들 또한 집단지성의 산물이었다. 『동의보감』의 기초는 선대의 연구 자료들과 중국의 의서들에 기반을 둔 것이다. 허준 시대에서 최소 2000년 전에 탄생한 기서(奇書) 『산해경』만 해도 식물의 약효에 대한 지식들이 수록되어 있다.

현대적인 검증 도구가 없던 시점에 『동의보감』에 실린 결과가 나오기 위해서는 상상을 넘어서는 임상실험이 진행된 것을 의미한다. 과학적 분석이 뒷받침되지 않았으니 하나의 약물을 검증하는 데도 수백 년이 걸렸을지 모른다. 시행착오도 많았을 것이다. 지난한 과정을 거쳐 『동의보감』이 탄생할 수 있었다.

현재의 문화는 그보다 더 많은 임상실험을 통해 만들어졌고, 실험은

---

27 1670년(광해군 2년)에 지어졌으며, 1613년 첫 간행이 이루어졌다.

지금도 계속되고 있다. 현대인은 결코 지성적, 문화적 정점에 있는 것이 아니다. 인문학을 향해 정신적 고통을 줄여달라고 호소하고 있는 것이 그 증거다.

2

영화 〈루시〉[28]에서 루시는 이렇게 말한다. "인간의 특질을 이루는 것은 모두 원시적인 거야." 그 말이 옳을지 모른다. 그렇다면 해법은 명확해진다. 본성적인 것을 뛰어넘는 것이다. 그 뛰어넘음은 니체가 말한 '초인'이 되는 것을 의미하지 않는다. 초인은 불가능한 목표다. 필요한 목표도 아니다.

〈루시〉에서 루시는 최초의 루시[29]를 만나, 〈E.T〉에서 E.T와 엘리엇이 손가락을 맞대 소통의 장을 열었듯 손가락을 맞댄다. 인류의 시원적 존재 '루시'와 진화가 극대화되었을 때 탄생할 수 있는 최후의 존재 '루시'가 만난 것이다. 처음과 끝이 만난 것이다. 인간이라는 존재 안에 최초의 인류 '루시'가 가졌던 특질과 최후의 인류 '루시'가 가졌을 특질이 동시에 들어있다는 것을 상징적으로 보여주려던 것인지 모른다.

환경을 파악하고 조정하려는 이성의 역할은 문명 발달과 함께 성장해 왔다. 이성이 본성과의 조정과 화해를 거치며 발달해 온 것이 인간의 문화다. 우리가 생각하는 진화의 이상향이, 본성이 점차 줄어들고 이성이

---

28 영화 속 주인공 '루시'는 인간의 뼈 성장에 관여하는 물질이 몸에 퍼져 뇌의 100%를 활용하는 인물로 등장한다.
29 318만년 전에 존재했던 오스트랄로피테쿠스 아파렌시스 종의 최초의 인류 화석. 1974년 에티오피아 아파르 삼가지역 아와시 강가에서 발견되었다.

압도적으로 지배하는 세계로의 방향성을 가진 것도 그 때문이다.

인간의 본성은 많은 문제를 지니고 있다. 그래서 본성이 자연적 운명을 지속가능하게 만들기는 해도, 최소화 되어야 한다고 믿는다. 그런데 '루시'는 말한다. "지식이 쌓일수록 인간적인 느낌이 사라지는 것 같아요." 그렇다. 본성은 동물적인 것이지만, 동시에 인간적인 것이다. 인간의 정점을 본성이 완전히 제거된 상태로 이해하면 안 된다. 본성의 완전한 제거는 '느낌'이 사라진, 더 이상 인간적인 존재가 아니라는 것을 의미한다.

루시가 보여주는, 이성이 극대화되어 본성이 사라지는 방향으로 나아갈 수는 없다. 본성이 완전히 제거되면 지금 즐기고 있는 수많은 문화들도 사라질 것이다. 오로지 이성적 효율성만 남는다면, 거기엔 인간적인 문화가 설 자리가 없다. 물론, 죽었다 깨어나도 그렇게 되기는 어려울 것이다.

3

선진국이라는 개념은 '사회성' 시스템이 고도로 발전한 나라를 말한다. 한국사회는 거기까지 진화하지 못했다. 안타깝게도 '사회성'이란 생물학적 특성이 좀 더 진화한 인종이라면 북유럽 국가에 사는 인종들이 더 가까울 것이다.

하나의 특성이 후대의 형질로 정착하기까지는 많은 시간이 걸린다. 한국에는 지난 수십 년 동안 4·19, 5·18, 1987년 시민항쟁, '촛불혁명'이라는 돌연변이가 있었다. 일시적으로 '사회성' 시스템이 업그레이드 될 수 있는 형질이 여러 차례 발현되었다. 돌연변이는 일상적으로 반복되어야만 선천적 형질이 되어 후대에 이어진다. 혁명을 일으킨 형질이 일상 속에서 항시(恒時)적으로 나타나야 한다.

높은 수준의 정치적 사회성을 보여주었다는 '촛불혁명'의 다른 한편에서는 장애학생들을 위한 특수학교 설립을 호소하기 위해 무릎을 꿇은 이들에게 욕설과 힐난이 퍼부어졌다. 사회적 관용을 발견할 수 없는 모습이었다. 간극이 너무 크게 벌어진 두 '사회성'의 얼굴이 엄연히 상존하는데 '촛불혁명'만을 짚어 사회성이 높아진 것으로 판단하는 것은 밝은 면만을 본 것이다.

우리는 여전히 진화 중이다. 방향은 알 수 없다. 속도가 빨라질 수도 있고, 역진화(逆進化) 할 수도 있다. '사회성'이 생물학적 특성이기는 하지만, 사회 구성원의 의지에 따라 진보와 퇴화가 결정되는 독특한 성질을 갖는 사회적 유전자이기 때문이다.

인간에게 무엇이 남아 있을까? 대부분의 생명체들이 함께 갖고 있는 것을 왜 인간들은 특별한 곳에 놓고 그 특성들을 인간만의 것이라고 생각할까?

어떤 차가 시속 200km로 달리는 능력이 있는데, 일주일마다 고장이 난다고 상상해보자. 정비소에 갔을 때 정비공이 "이 차의 본질과 정체성은 시속 200km로 달리는 능력에 있습니다. 다른 곳에 발생한 고장은 본질과 정체성의 고장이 아님으로 이곳에서 정비할 사항이 아닙니다."라고 말한다면 모두 펄쩍 뛸 것이다. 이 모든 것을 포함한 것이 차가 아니냐고 따질 것이다. 그런데 왜 유독 인간에 대해서는 시속 200km에 대해서만 이야기할까? 인간도 마찬가지다. 다른 모든 기능과 허점들을 포함해서의 인간이다.

인문학을 찾아가는 것은 어딘가 고장이 났거나, 이상이 느껴져서다. 그런데 많은 인문학 프로그램들이 시속 200km에 대해 이야기하고 있다. 시속 200km로 달리지 말라고 하거나, 시속 200km로 달리려면 이렇게 치유하라고 한다. 그건 답이 아니다.

세계를 쉽게 바꿀 수는 없다. 그러나 세계를 이해할 수는 있다. 이해하면 비로소 바꾸는 길이 보인다.

4

한국의 한 진화학자는 박새가 우유병 뚜껑을 찢어 지방층을 쪼아 먹은 행동이 퍼진 것을 문화라고 보지 않았다. 원래 박새가 벌레를 쪼아 먹는 행동을 보이기 때문에 무엇을 쪼아 먹든 본능적 행동이라는 것이다. 보상에 의해 강화된 것일 뿐이라고 했다.

그렇다면 인간의 요리는 어떨까? 인간이 입으로 음식을 먹는 행동은 본능이다. 수만 년 전에도 입으로 음식을 먹었고, 지금도 입으로 음식을 먹는다. 음식을 다양하게 조미하면서 보상이 커졌다. 그럼에도 결국은 그 음식을 입으로 먹는다. 그럼 새로 개발한 요리를 먹는 행위는 본능인가? 문화인가?

그는 문화를 유전적이거나 본능적인 것을 떠나서 사회적 학습을 통해 전달된 것으로 보았다. 해달(Sea Otter, 海獺)은 배 위에 성게나 조개류를 올려놓고 돌을 이용하여 깨뜨려 먹는다. 오래전부터 발견된 현상이다. 해달의 수명은 평균적으로 수컷이 10~15살, 암컷이 15~20살 정도로 알려져 있다. 돌을 도구로 사용하는 현상이 한 개체의 평균 수명을 뛰어넘어 20년 이상 지속적으로 발견되었다면 그 양상은 분명히 사회적 학습이다. 돌을 도구로 이용하는 것이 본능적이라면 인간의 도구 사용도 본능의 범주에 포함시켜야 한다.

1953년 일본 규슈 지방의 고시마섬에서 관찰된, 고구마를 씻어먹는 일본원숭이의 행동에 대해서도 의문을 제기한다. 문화를 난이도의 문제로 접근하면 현재의 인류 안에서도 문화와 비문화의 개념을 적용하여 인간들을 나누어야 한다. 인류가 문화적으로 쌓은 지식의 활용은 전 세계 곳곳에서 균등하게 나타나지 않는다. 어느 세계에서는 문화적으로 미개한 것으로 확인된 것이, 어느 세계에서는 여전히 강고한 위치를 갖고 있는 사례들이 허다하게 발견된다.

많은 사람들이 동물들의 학습을 문화로 인정하기 어렵다고 말한다. 학습으로 인정하면서도 문화로 인정하기 어려운 이유로 드는 것이 다음 세대로의 이전이다. 분명 동물들은 자신이 습득한 것을 다음 세대로 이전하는 것에서 치명적인 약점을 갖고 있다. 동물들은 학습한 것을 면대면 방식을 통해서만 전수할 수 있다. 그런 약점 때문에 새로운 성과를 만들어낸 개체가 사망하면 소거되거나, 그 개체가 속해 있었던 무리에서만 전수된다.

인간은 다양한 비대면 방식의 전수 방법과 기술을 발전시켜 왔다. 그것이 오늘날의 문명을 이룩한 결정적 이유가 되었다. 그렇다 해도 동물들의 학습은 인정하면서도 문화로 인정하지 않는 것은 이율배반적이고 여전히 인간중심적인 사고다. 앙코르와트를 이룩한 12세기 초의 찬란했던 크메르문명은 현재의 캄보디아 후손들에게 전해지지 않았다. 소거를 이유로 문화가 아니라고 판단한다면 앙코르와트도 문화라고 부를 수 없다. 잉카 문명의 찬란했던 문화도 사라졌다. 후손에게 전해지지 않은 것을 이유로 문화라고 규정할 수 없다면, 잉카 문명, 이집트 문명, 수메르 문명 등 인류의 무수한 문명들이 모두 문화가 아니다.

문화를 지나치게 좁게 생각하면 인간의 행동만이 문화로 남는다. 많은 사람들이 그러기를 바란다. 동물의 행동까지 문화의 영역으로 들어오게 되면 인간의 위대성이 줄어들기 때문이다. 그 편협한 희망이 객관적 사실을 간과하게 만든다.

여전히 인간은 오만하다. 그 오만함을 버리지 않는다면 인문학의 외연은 확대되지 않을 것이고, 인간과 세계에 대한 인식 지평은 넓어지지 않을 것이다.

5

공자 시대에도 세상에 도가 없다는 개탄이 가득했다. 공자가 법률 업무를 총괄하는 사구(司寇)의 자리에 올랐을 때, 가축에 물을 먹여 무게를 속이는 일이 사라졌다고 한다. 우리 시대에도 엄연히 존재하는 불법 사례다.

긴 시행착오를 단번에 뛰어넘기는 어렵다. 그럼에도 우리는 해내야 한다. 지난 1세기 동안 인간의 문명이 폭발적 성장을 한 것만은 확실하다. 그러나 그 성장의 주요한 부분은 물질적인 측면이다. 현실 세계를 잊게 하는 사이버세계가 만들어졌지만, 태어나고, 성장하고, 결국은 죽어야 한다는 숙명은 여전히 뛰어넘지 못한다.

안개와 어둠 속에 갇혀 있던 많은 것이 명확하게 드러났다. 그러나 세상을 덮었던 안개와 어둠이 인간의 본질을 완전히 다른 것으로 바꾸어놓을 수 없었듯이, 안개와 어둠을 걷어낸 과학기술 문명의 태풍 또한 인간의 본질을 바꿔 놓지 못했다. 안개와 어둠은 완전히 걷힌 것도 아니다. 인간의 본질은 안개와 어둠, 기술과 밝음에 의해 완전히 달라질 수 있는 성질의 것이 처음부터 아니었는지 모른다.

안개와 어둠이 늘 주변에 있지만, 인간은 자유로운 존재여야 한다. 어떤 이념과 정치, 사회시스템으로부터도 자유로워야 한다. 그러면서도 인간은 동시에 정치와 사회시스템 속에서 살아가야 하는 역설적 존재다. 불일치가 만들어낸 불합리를 수정해가며 살아가야 한다.

인간이 불량품이기 때문에 사회도 불량품이다. 불량률을 제로로 만들수는 없지만, 노력한다면 얼마든지 최소화할 수 있다. 인문학의 목적은 불량 최소화에 있어야 한다.

6

인문학은 인간에 대한 이야기다. 인간은 문화적 존재다. 자신을 둘러싼 시간과 공간에서 만들어진다. 미숙한 인간을 문화적 존재로 만드는 인큐베이터는 정교하면서도 다양하다.

그동안 인문학은 인간을 만든 인큐베이터 환경이 가진 무게에 대해 제대로 가치를 부여하지 않았다. 인간은 자신이 창조한 것들로 인해 위대하고 뛰어난 존재가 되었다고 생각해왔지만, 인간은 위대하고 뛰어난 존재라기보다는 특수한 존재다. 특수한 것만으로도 자부심을 느낄 수 있다고 생각할지 모른다. 그러나 모든 생명체는 특수하다.

인간은 지구상의 생명체들 중 극히 일부에 해당한다. 지구상 생명체의 99.5%가 식물이고, 0.3~0.5%가 동물로 알려져 있다. 인간이 지구상에서 모두 사라진다 해도 지구 생명체 중에서 0.01% 정도가 사라지는 것일 뿐이다. 지구는 인간 없이도 아무 일 없이 유지될 것이다. 아니, 더 잘 유지될 것이다.

인문학이 인간을 기르는 인큐베이터인 다양한 자연환경과 생명체들에 대한 연구결과들을 인문학 속으로 받아들여 새로운 시각을 가져야 하는 이유다. 인간과 동물들을 가깝게 연결시키는 자연과학계의 집단지성을 적극적으로 인문학 속으로 끌고 와야 한다. 모든 학문분야가 철학과 동등한 지분과 자격을 갖고 논의에 참여해야 한다.

7

미숙한 인간을 탄생시키는 인큐베이터에는 세 개의 영양관이 삽입되어 있다. 본성, 시간, 공간의 스타일이다. 그 세 개의 스타일이 주는 영양분을 먹고 인간은 자라난다. 놀랍게도 미숙한 아기에게 주입되는 영양식은 정해진 공식에 의해 만들어지지 않는다. 공식이 아주 없는 것은 아니지만 거의 중구난방에 가깝게 만들어진다.

점묘화법으로 그림을 그린 조르주 쇠라의 그림들은 낱낱이 다가가보면 하나의 색으로 그려진 사물이 아니라 무수한 색의 점들로 이루어진 색의 조합이다. 조르주 쇠라[30]는 이렇게 말했다. "예술은 조화이고, 조화는 차이의 유추다." 인간을 만드는 스타일도 마찬가지다. 우린 지금 아주 작은 점들의 조합으로 만든 그림을 굵은 붓으로 그린 그림으로 착각하고 있는 것인지 모른다.

질 들뢰즈는 이렇게 말한다.

> 정신은 기억을 지니거나 습관들을 취하기 때문에 어떤 개념들 일반을 형성하고 무언가 새로운 것을 끄집어낼 수 있다. 기억과 습관

---

30 조르주 쇠라(프랑스, 1859~1891) 색채학과 광학이론을 미술에 적용한 점묘화법을 탄생시켰다.

들 덕분에 정신은 자신이 응시하는 반복으로부터 새로운 어떤 것을 훔쳐낼 수 있는 것이다.[53]

　기억과 습관은 무형과 유형의 스타일이다. 기억은 이미 존재했던 생각들의 창고이며, 습관은 무수히 반복된 행동과 생각의 표출이다. 그것이 스타일을 만든다. 스타일은 한 번 이루어진 것으로 만들어지지 않는다. 생각과 행동의 유형(類型)은 충분한 표본들이 존재해야만 탄생한다.

　오래 누적된 일반적인 반복과 반복이 만들어내는 스타일의 작동기제(作動機制)를 이해해야만 새로운 스타일을 만들어낼 수 있다. '반복'이라는 호수의 표면에 나타나는 물결들이 어떤 작동 원리에 의해 만들어지는지를 이해해야만 자신만의 스타일을 만들어낼 수 있다.

　수백만 년 전부터 존재해왔던 '인간의 세계'라는 호수는 오늘도 물결을 만들고 있다. 그 앞에 선 우리는 고작 100년을 지켜볼 수 있을 뿐이다. 초라한 존재지만, 그 초라한 존재 앞에, 거대한 세계가 해석을 기다리며, 나신(裸身)을 드러내고 있다.

　앙드레 지드는 "끈기 있게든, 초조하게든, 그대를 가장 대치 불가능한 존재로 만들라."[54]고 말했다. 인간은 바닷가 백사장에 넓게 뿌려진 무수한 스타일의 모래를 주워 모아 쌓아놓은 '문화인종'이란 작품이다. 어느 작품도 다른 작품과 유사할 수는 있어도 완전히 동일하지는 않다. 어느 작품은 끊임없이 밀려오는 트렌드의 파도에 쉽게 쓸려가고, 어느 작품은 수시로 파도가 밀려와도 쓸려나가지 않는 단단함을 보여준다. 하나하나의 모래알을 어떻게 버무려 존재할 것인가는 언제나 한 인간의 몫이다. 파도에 쓸려갈 스타일을 베끼는 것으로는 자신의 스타일을 만들어낼 수 없다.

그대가 호수에 돌을 하나 던지면 동심원이 만들어진다. 그대의 동심원은 예전 누군가가 만든 동심원과 똑같을 수도 있다. 하지만 호수에 돌을 던진 예전 누군가는 이제 존재하지 않는다. 지금 돌을 던지고 있는 그대만이 세계의 호수에 현존하며, 동심원의 중심을 향해 노를 저어간다.

8

인간은 한 사람 한 사람이 유일한 '문화인종'이지만, 두 인간형이 있다. 한 분야의 지식과 경험에 몰두하는 '장르적 인간'과 장르의 벽을 뛰어넘어 다양한 문화를 한몸에 담으려는 '탈장르적 인간'이다. 많은 현대인들이 '장르적 인간'을 꿈꾼다. 특정 장르의 지식과 경험의 깊이가 전문가로서의 가치를 높여주기 때문이다. 하지만 '장르적 인간'이 많아지고, 각 장르의 독자성을 지키려는 고집이 강해질수록 인간 사회는 갈등과 편협으로 시끄러워진다.

'탈장르적 인간'은 전설 속 인어 같은 존재다. 인류사에 등장한 어떤 현인도 모든 장르의 지식과 경험을 갖고 인간을 이야기한 '탈장르적 인간'으로서의 모습을 보여주지 못했다. 하지만 포기할 수 없다. '탈장르적 인간'을 추구하는 분위기가 형성되어야 이상향을 향해 나아갈 수 있다.

작가, 화가, 음악가는 고뇌와 수련을 거쳐 자신만의 스타일을 만들어낸다. 예술가가 아니어도, 모든 삶은 독창적인 예술작품이 될 수 있다. 삶에 아름다운 '문화 문신'을 새기고 봄날의 벚꽃처럼 환하게 춤출 수 있다. 이제, 탈장르적 문화인종이 되기 위한 사유의 순례에 나서야 할 시간이다.

▣ 참고 문헌

- 『공간이 사람을 움직인다』, 콜린 앨러드, 문희경 역, 더퀘스트, 2016.
- 『교양으로 읽는 건축』, 임석재, 인물과사상사, 2008.
- 『구별 짓기 - 문화와 취향의 사회학』, 삐에르 부르디외, 최종철 역, 새물결, 2005.
- 『끝과 시작』, 비스와바 쉼보르스카, 최성은 역, 문학과지성사, 2016.
- 『나무수업』, 페터 볼레벤, 장혜경 역, 이마, 2016.
- 『나의 미카엘』, 아모스 오즈, 최창모 역, 민음사, 1998.
- 『극지과학자가 들려주는 남극식물 이야기』, 이형석, 지식노마드, 2015.
- 『내 안의 유인원』, 프란스 드 발, 이충호 역, 김영사, 2005.
- 『노년』, 시몬 드 보부아르, 홍상희·박혜영 공역, 책세상, 2002.
- 『노년에 대하여』, 키케로, 오흥식 역, 궁리, 2002.
- 『도덕의 기원』, 마이클 토마셀로, 유강은 역, 이데아, 2018.
- 『도서관, 그 소란스러운 역사』, 매튜 배틀스, 강미경 역, 지식의숲, 2016.
- 『도시, 인류 최후의 고향』, 존 리더, 김명남 역, 지호 2006.
- 『동물을 깨닫는다』, 버지니아 모렐, 곽성혜 역, 추수밭, 2014.
- 『레비-스트로스의 인류학 강의』, 클로드 레비-스트로스, 류재화 역, 문예출판사, 2018.
- 『리바이어던』, 토머스 홉스, 진석용 역, 나남, 2008.
- 『모두스 비벤디』, 지그문트 바우만, 한상석 역, 후마니타스, 2010.
- 『물고기는 알고 있다』, 조너선 밸컴, 양병찬 역, 에이도스, 2017.
- 『빵 와인 초콜릿』, 심란 세티, 윤길순 역, 동녘, 2017.
- 『보이는 것과의 대화』, 르네 위그, 곽광수 역, 열화당, 2017.
- 『블랙패션의 문화사』, 존 하비, 최성숙 역, 심산, 2008.
- 『속도와 정치』, 폴 비릴리오, 이재원 역, 그린비, 2004.
- 『수상록』, 몽테뉴, 손우성 역, 동서문화사, 1978.
- 『식물은 똑똑하다』, 폴커 아르츠트, 이광일 역, 들녘, 2013.
- 『식물은 알고 있다』, 대니얼 샤모비츠, 이지윤 역, 다른, 2013.
- 『역사』, 헤로도토스, 천병희 역, 숲, 2009.
- 『역사는 수메르에서 시작되었다』, 새뮤얼 노아 크레이머, 박성식역, 가람기획, 2000.
- 『역주 경국대전』, 윤국일 역주, 여강, 2000.
- 『왜 사람들은 이상한 것을 믿는가』, 마이클 셔머, 류운 역, 바다출판사, 2007.

어제를 표절했다

– 『음식과 먹기의 사회학』, 데버러 럽턴, 박형신 옮김, 한울, 2015.
– 『이기적 유전자』, 리처드 도킨스, 홍영남 외 1명 역, 을유문화사, 2010.
– 『인간의 그늘에서』, 제인 구달, 최재천·이상임 역, 사이언스북스, 2001.
– 『인간의 유래』, 찰스 로버트 다윈, 김관선 역, 한길사, 2006.
– 『잃어버린 인간성』, 알랭 핀킬크라우트, 이자경 역, 당대, 1997.
– 『자연의 예술가들』, 데이비드 로텐버그, 정해원·이혜원 역, 궁리, 2015.
– 『차라투스트라는 이렇게 말했다』, 프리드리히 니체, 장희창 역, 민음사,
  2004.
– 『차이와 반복』, 질 들뢰즈, 김상환 역, 민음사, 2004.
– 『청동의 시간 감자의 시간』, 허수경, 문학과지성사, 2005.
– 『측정의 역사』, 로버트 P. 크리스, 노승영 역, 에이도스, 2012.

▣ 미주

1 『해석에 반대한다』, 수전 손택, 이민아 역, 이후, 2002, 62쪽.
2 『끝과 시작』, 비스와바 쉼보르스카, 최성은 역, 문학과지성사, 2016, 34쪽.
3 『차라투스트라는 이렇게 말했다』, 니체, 장희창 역, 민음사, 2004, 237쪽.
4 『충분하다』, 비슬라바 쉼보르스카, 최성은 역, 문학과지성사, 2016, 61쪽.
5 『레비–스트로스의 인류학 강의』, 클로드 레비–스트로스, 류재화 역, 문예출판
  사, 2018, 108~109쪽.
6 『음식과 먹기의 사회학』, 데버러 럽턴, 박형신 옮김, 한울, 2015, 10쪽.
7 『공간이 사람을 움직인다』, 콜린 엘러드, 문희경 역, 더퀘스트, 2016, 86쪽.
8 『빵 와인 초콜릿』, 심란 세티, 윤길순 역, 동녘, 2017, 32쪽.
9 『경국대전』 제5권 「형전(刑典)」, '단속사항'.
10 『블랙패션의 문화사』, 존 하비, 최성숙 역, 심산, 2008, 15쪽.
11 위의 책, 18쪽.
12 『줌 인 러시아』, 이대식, 삼성경제연구소, 2016, 23쪽.

13 『보이는 것과의 대화』, 르네 위그, 곽광수 역, 열화당, 2017, 40쪽에서 재인용.

14 『고대 도시 경주의 탄생』, 이기봉, 푸른 역사, 2007, 104쪽.

15 『생각 조종자들』, 엘리 프레이저, 이정태·이현숙 역, 알키, 2011, 236쪽.

16 『교양으로 읽는 건축』, 임석재, 인물과 사상사, 2008, 155쪽.

17 『역사는 수메르에서 시작되었다』, 새뮤얼 노아 크레이머, 박성식 역, 가람기획, 2000, 33쪽.

18 위의 책, 34쪽.

19 위의 책, 40~42쪽.

20 『도시, 인류 최후의 고향』, 존 리더, 김명남 역, 지호, 2006, 58쪽.

21 『동양의 지혜』, 차주환 역, 을유문화사, 1964.

22 『모두스 비벤디』, 지그문트 바우만, 한상석 역, 후마니타스, 2010, 15쪽.

23 『측정의 역사』, 로버트 P. 크리스, 노승영 역, 에이도스, 2012.

24 『거울나라의 앨리스』, 루이스 캐럴, 최지원 역, 심야책방, 2015, 51쪽.

25 『잃어버린 인간성』, 알랭 핀킬크라우트, 이자경 역, 당대, 1997, 20쪽에서 재인용.

26 『극지과학자가 들려주는 남극식물 이야기』, 이형석, 지식노마드, 2015, 40쪽.

27 『노년에 대하여』, 키케로, 오흥식 역, 궁리출판, 2002, 50쪽.

28 『노년』, 시몬 드 보부아르, 홍상희·박혜영 공역, 책세상, 2002, 9쪽.

29 『물고기는 알고 있다』, 조너선 밸컴, 양병찬 역, 에이도스, 2017, 255쪽.

30 『동물을 깨닫는다』, 버지니아 모렐, 곽성혜 역, 추수밭, 2014, 148쪽.

31 위의 책, 167쪽.

32 『잃어버린 인간성』, 알랭 핀킬크라우트, 이자경 역, 당대, 1997, 31쪽에서 재인용.

33 『수상록』, 몽테뉴, 손우성 역, 동서문화사, 1978, 227쪽.

34 『인간의 그늘에서』, 제인 구달, 최재천·이상임 역, 사이언스북스, 2001, 381쪽.

35 『수상록』, 몽테뉴, 손우성 역, 동서문화사, 1978, 482~483쪽.

36 위의 책, 489쪽.

37 『레비-스트로스의 인류학 강의』, 클로드 레비-스트로스, 류재화 역, 문예출판사, 2018, 25쪽.

38 『이기적 유전자』, 리처드 도킨스, 홍영남·이상임 역, 을유문화사, 2010, 284쪽.

39 『식물은 똑똑하다』, 폴커 아르츠, 이광일 역, 들녘, 2013, 98쪽.

어제를 표정했다

40 『식물은 알고 있다』, 대니얼 샤모비츠, 이지윤 역, 다른, 2013, 44쪽.

41 위의 책, 144쪽.

42 위의 책, 218쪽.

43 『나무수업』, 페터 볼레벤, 장혜경 역, 이마, 2016, 24쪽.

44 『하찮은 인간, 호모라피엔스』, 존 그레이, 김승진 역, 이후, 2010, 117쪽에서 재인용.

45 『끝과 시작』, 앞의 책, 34쪽.

46 『유행의 시대』, 지그문트 바우만, 윤태준 역, 오월의 봄, 2013, 37쪽에서 재인용.

47 『보이는 것과의 대화』, 앞의 책, 79~81쪽.

48 『리바이어던』, 토머스 홉스, 진석용 역, 나남, 2008, 123쪽.

49 『왜 사람들은 이상한 것을 믿는가』, 마이클 셔머, 류운 역, 바다출판사, 2007, 62쪽.

50 『나의 미카엘』, 아모스 오즈, 최창모 역, 민음사, 1998, 268쪽.

51 『구별 짓기 - 문화와 취향의 사회학』, 삐에르 부르디외, 최종철 역, 새물결, 2005, 114쪽.

52 『보이는 것과의 대화』, 앞의 책, 416쪽.

53 『차이와 반복』, 질 들뢰즈, 김상환 역, 민음사, 2004, 54쪽.

54 『보이는 것과의 대화』, 앞의 책, 549쪽에서 재인용.

어제를 표절했다

1판 1쇄 발행 2019. 6. 25.

지은이	천세진
펴낸이	박상욱
책임편집	최혜령
편집	박남숙, 박은미
북디자인	이신희
펴낸곳	도서출판 피서산장
등록번호	파주 바 00032
주소	경기도 파주시 조리읍 두루봉로 40
전화	070-7454-0798
팩스	031-947-0848
홈페이지	www.badakin.co.kr
메일	badakin@hanmail.net

ISBN 979-11-966213-1-5 03800